提高现代文阅读和写作成绩的金钥匙

范婉作品
阅读试题详析详解

康桥泛舟

康桥（Cambridge，即剑桥）泛舟，感觉如在梦中；停泊在画里，无声无息。

我认识你似乎很久了。因为诗人徐志摩一次次的激情吟咏。你妩媚的脸庞蒙着薄纱，盈盈的眼眸流转旖旎。看到你夏日浅绿色的草地，草地上的天空，还有云在草地上投下的暗绿影子，我会想到诗人谈起你时温暖的语气，别样的情怀。哦，康桥！你的柔美，你的风韵，需要用心灵去感应。

八月的早晨，太阳将它的恩赐金雨一般倾泻，透明。河岸边那一棵棵粗壮的金柳，在你的一泓碧水上婀娜飘荡。两边草地沿着康河漫漫延伸，近岸一丛丛黄色的雏菊，闪闪的过去，静美。尤其是隔了河，对岸一大片白色夹竹桃，像六月雪下在草坡上。怪不得，徐志摩说：“我的眼是康桥教我睁的，我的求知欲是康桥给拨动的，我的自我的意识是康桥给我胚胎的。”

我感受你温柔的波澜，使小船轻轻摇荡，几只鸭子在水中游弋嬉戏。康河上的每一座桥，都那么精巧古朴。国王学院、皇后学院、三一学院、圣约翰学院、圣玛丽教堂……那一座座高耸精美的学府和庄严肃穆的教堂，枝繁叶茂的大树，还有爬满青藤的红砖房，多么令人心醉。慢慢前行，我微微地吸气，将那些嫩的草色，那些静的水面，那些墨色的倒影，那些细细的水草，全都收集于心。

躺卧在你的怀抱里，诗人梦想着草地、溪流、云彩、少女、天堂以及所有遥远的事物。他的性情、想象、为人，有着水的涤荡，宽阔。每一个接近他的人，每一个诵读过他的诗篇的人，都能从中嗅出康桥青草、鲜花的芳香。泥土的光明，河水的温情化作他生命的本质，化作他热烈、真挚、轻柔的诗歌。沉默的康桥赋予了诗人一副歌唱的嗓子。“但我不能放歌，悄悄是别离的笙箫；夏虫也为我沉默，沉默是今晚的康桥！”我在心里默诵着徐志摩的诗，想着他的爱、思虑与沉痛。我想从他的诗歌里理解他，贴近他。

河水清碧安宁地流淌，康桥的三拱与倒影合成满圆。撑船人轻点竹篙，明黄色的小船无声地穿过桥拱。坐在船上，听船舷边哗哗的水声。身后的康桥，走过去推自行车的人了，走过去白发的老夫妇了，走过去背相机的人了，他对着我们拍照，将我们当作画中人。空间的变化印证着时间的推移。

哦，康桥，我敢肯定四月的你是最美的。河边是一排排苍翠撩云的大树和一树树白色、淡紫色的樱花。在阳光的拂照下，显得生机勃勃。各个学院和住宅门前的草地上，紫红的、粉红的玫瑰，鹅黄色的早水仙绽放，路灯柱上、阳台上悬挂着缤纷的鲜花，青葱的草地几乎铺满了这座小城除了街道以外的一切空地。

春天的柳树，绿叶伸出小手，徐志摩是其中一片，林徽因是另一片。他感到她的甜蜜，在书页的字里行间，在上扬飞升的音乐中，在雨点落下的瞬间。诗人倚着金柳，读着济慈的诗。他在等待——“那河畔的金柳，是夕阳中的新娘；波光里的艳影，在我的心头荡漾”。他把手抚住自己的心，埋首静听。她渐渐走近，她的气息混有淡淡的紫丁香花香。她走近，如同那光，从窗户射进来，明亮。哦，他愿意康河边柳树的金黄，永远不变。

因为爱，康桥，你的每个角落都充满了灵气，凡是光照耀的地方就会有青草、鸟儿和鲜花。当然，爱者有时也会犹豫、徘徊，愁容满面。“我是天空里的一片云，偶尔投影在你的波心——你不必惊异，更无须欢喜——在转瞬间消灭了踪影。”但哪怕是黑夜里飘浮的一两点萤火虫黯弱的光，微小的星，抑或一弯朦胧的月，都会指引他、激励他。

黄昏，风带着水的清凉，渗透进每一寸肌肤。徐志摩和林徽因，在交错而过的桥上，在金柳边，在诗歌里，相依相存，他们相互欣赏对方，彼此倾听着，赞美着，体恤着……

我知道，不是每一个人的爱的故事，都如此富有诗意色彩，如此的童话般。而且也无法刻意追求某些情节。但爱本身确实是一个幸福与痛苦的追求过程，必定起伏波折，就像康桥的柔波。

“四月是残忍的季节，记忆中长满了丁香……”普鲁斯特因为一块玛德兰小点心所唤起的味觉，使他回到贡布雷或斯迈家那边。康桥，你依然吸引着重游的徐志摩，他出神地望着你——清澈的河水在桥下流淌，如思念无休无止。起风的时候，柳树垂下的绿丝条欲飞欲舞，柔缓地扫向河面，灰绿的桥身树影斑驳。黄昏倏然而降，薄暮四起。蛙声与虫响，唤出那半圆月亮。两岸灯光影影绰绰，在水中晃动。不似人间。诗人泪眼迷离："在康桥边上过一个黄昏是一服灵魂的补剂。啊！我那时甜蜜的单独，那时甜蜜的闲暇。一晚又一晚的，只见我出神似的倚在桥栏上向西天凝望。"

谁在温柔地怜悯着细瘦孤单的诗人？他站在海轮上仰头望天，浩瀚的夜空，无边的大海……"你我相逢在黑夜的海上，你有你的，我有我的，方向；你记得也好，最好你忘掉，在这交会时互放的光亮。"远了，船和岸。别了，康桥。爱者也许会身陷苦痛，但诗人一定能从悲愁中催生出圣洁的精神气质。

康桥泛舟，静谧。船行河中，水面徐徐铺开又无声复合，似乎从来不曾发生过什么。只是"那榆荫下的一潭，不是清泉，是天上虹；揉碎在浮藻间，沉淀着彩虹似的梦"。我迷失在梦的康桥了。

1．文中最后一句写"我迷失在梦的康桥了"，这句中的"迷失"是指什么意思？你从中感受到作者对康桥有怎样的感情？

2．作者说泛舟康桥，感觉"停泊在画里"，请联系全文说说，作者描绘了有关康桥的哪几幅画面？

3．整篇文章中，作者用第二人称"你"来称呼康桥，有什么作用？

4．本文写作语言优美细腻，请从第三段中任选一句，进行赏析。

参考答案：

1．“迷失”指“陶醉”的意思。从中感受到作者被如梦般的康桥美景所吸引，深深地沉醉其间；同时也表达对康桥纯净、圣洁的精神气质的赞美和喜爱。

2．三幅画面：精美的近岸风光、精巧古朴的建筑、诗意波折的爱情。

3．用拟人的修辞，赋予康桥柔美、温情的特点；拉近和康桥的距离，便于抒发对康桥的热爱。

4．示例：

（1）河岸边那一棵棵粗壮的金柳，在你的一泓碧水上婀娜飘荡。

本句用了拟人的修辞，写出了金柳的多姿秀丽，随风摇曳的情态，表达了作者对康桥美景的喜爱和赞美。

（2）对岸一大片白色夹竹桃，像六月雪下在草坡上。

本句用了比喻的修辞，将夹竹桃比喻成六月雪，写出了夹竹桃开得茂盛的场景，表达了作者对康桥美景的喜爱和赞美。

古都的秋

我记得，从前来北京时，也是秋天。新婚宴尔，住在先生的姑姑家。前门附近的一个四合院，狭小残破。其间住着几户人家，窗棂寂静，偶尔有鸽群从高空掠过。

院子里没有嫩红的海棠，馥郁的丁香，却长着一棵高大繁茂的白杨树。早晨起床，推开门，一阵风吹来，树叶簌簌直响，带了丝丝寒意。我想：到底是北国的秋啊，来得这么直接。

我们每天早出晚归地在北京城里闲逛。天安门前花团锦簇，金水桥上人山人海。故宫是初次来北京的人必去的景点，也不奇怪，作为凡人，每个人都想去瞻仰一下住在紫禁城里的皇帝的日常起居生活，怎样的奢侈烦琐。那么多的稀世珠宝，那么多的珍馐佳肴，还有那么多的名人字画，看得人眼花缭乱。傍晚归来，不免饥肠辘辘，烤羊肉串、冰糖葫芦吃了一串又一串，当然全聚德烤鸭店也是不容错过的。啃着鸭腿时我想到：其实锦衣玉食的皇帝，不如平民百姓活得自在。

北京有一座桥，叫天桥。住在紫禁城的皇帝，每年到天坛祭祀，必经此桥。它在正阳门和永定门之间，东边是天坛，西边是先农坛。旧时跑江湖的、卖艺的、杂耍的集聚地，也是《啼笑姻缘》中沈凤喜唱大鼓的地方。

金碧辉煌的天坛，从它南方北圆的建筑构造，可以想见从前皇帝在祈年殿里祭天、祈谷和祈雨的祭典是何等的盛大。雕梁画栋的颐和园、断壁颓垣的圆明园还有万里长城，怎么走都无法到头似的，毕竟是历经三代的偌大皇城啊。香山去得早了些，红叶尚未变红，最多只是微红。倒是山脚下的碧云寺，山水清幽，林木葱郁。陶然亭的芦花呢，荡然无存，芦影自是看不到了。

人与人的相处讲究的是缘分，对于城市又何尝不是如此？今年秋天，我又来到了北京，一个人。这个城市和我从前来的感觉有些不同。

我心里明白，能抓住的也只是这短短的几天而已。我走在宽阔的马路上，两旁种着成排的槐树。走累了便坐在茶馆里喝茶，透过窗户，看胡同，不再是小巷。一样的小路，在不同的城市，有着不一样的风韵。我深深地吸一口空气，感觉是凉爽干燥的，不似江南的阴雨湿润。

作为古都，北京自然有其独特的表情与风貌，无法替代。那种随处散发的气息像它的建筑一样博大雄伟，久远凝重，无法描绘。及时行乐的浮生，俗世人生的氤氲，迷散扩张，从宫墙深院到市井街衢。

阳光淡淡的，我起早去了孔庙。它位于安定门内成贤街，是元、明、清三代皇帝祭祀孔子的地方，西面是国子监，即所谓的“左庙右学”。大门内的两侧排列着元、明、清三代进士题名碑，院内桧柏苍翠，庭阶肃穆，令人油然生起敬仰之心。国子监和孔庙在清代分别举行“辟雍”和“丁祭”两样大典，十分隆重。

北京的寺庙禅院很多，幽深静寂的环境，神秘莫测的氛围。雍和宫的藏传佛造像，可说是古都之最了。我仔细地看着一座座建筑，绝不放过。祖师殿、额不齐殿、永佑殿、法轮殿、照佛楼、万福阁……坐坐立立的像，来来去去的人。

千余尊各式佛像，造型奇特，特别是密宗双身造像，即雍和宫的七宝镏金欢喜佛。很高，需仰望。男佛魁梧伟岸，女佛玲珑娇弱。确实精美无比啊。

每年农历正月的最后一天及二月初一在雍和宫都要举行“跳布扎”（打鬼）活动，热热闹闹。妖里妖气的鬼怪，戴着兽面具的喇嘛。随后，锣鼓喧嚣带出了持钵念咒的大喇嘛，一身黄锦衣。

北京的后现代建筑主要集中在建国门内外大街上，一幢幢，拔地而起，直插云霄。但我还是喜欢看那些古建筑，古朴宏大，总看不够。

我包了一辆三轮车，不是骆驼祥子拉的那种人力车，是脚蹬的。在什刹海一带的胡同里转悠。那么多的名人故居、寺庙和王府。穿过烟袋斜街，我站在银锭桥上眺望后海。缺水的北京，不同江南，稍大一点的水面就称“海”了。宽阔的水面，可以望见北海白塔的轮廓。沿岸柳树成荫，酒吧遍布。

我站在街道对面看房子，古旧的顶，墙体上饰有精美的汉白玉石雕图案，是中西合璧式的风格。先是涛贝勒府，后为辅仁大学旧址，带着古色古香的旧时印记。午饭时分了，有男女学生三三两两地从拱门下走出，朝气蓬勃。

走不多远，便是恭亲王府了。里面回廊水榭，花木扶疏。走过戏楼，恰好刚刚演罢京戏《霸王别姬》，紫藤花架下人潮涌动，人们急着赶往藏宝楼。我想，我也要去一个幽静的地方了。

那是位于护国寺街9号的梅兰芳故居。小巧雅致的四合院，原是清庆王府的一部分。由正房、东西厢房和南房组成的一个独立院落，有好看的抄手游廊，豪华的垂花门，垂花门内有影壁。从前，院子里一定还有天棚、鱼缸。两棵柿子树长得遒劲挺拔，结了满树累累的丹柿，沉甸甸的。他黄莺般的天籁之声飘过来，越谷穿枝，清雅婉丽，在深秋的小院内萦绕不去。回望墙上那一张张扮相俊美的剧照，天女散花、贵妃醉酒、游龙戏凤、生死恨……唯有他可以堪称风华绝代。

才看罢演戏的，转眼便迈进了编戏的家。前海西街18号，树木葱茏。这里住过诗人郭沫若，他编过《屈原》《卓文君》《王昭君》《蔡文姬》《虎符》，研究过甲骨文，写过新诗歌《女神》，著作等身。秋日的阳光斜照着宽敞的二进四合院，静谧，时而传来小鸟的啼唱。

过去的时光，慢慢地涌到眼前，我怀着感情一点一点地回味。暮色沉沉，我乘着地铁回复兴门内大街的旅店，穿梭在古都的我只是一个匆匆过客罢了。

坐在地铁车上我昏昏欲睡，一路上的站名却清晰可记：木樨地、公主坟、五棵松、玉泉路、八宝山、苹果园。这条路，有芳香、有快乐、有哲理，更有人生的归宿。

月亮升起来了。

深秋的月亮金黄金黄的，在夜空中显得又大又圆。市声渐微，人语朦胧。丰富胡同，一条短短窄窄的小胡同。它跟金鱼胡同、鸦儿胡同、礼士胡同、北官房胡同一般齐名。老舍笔下的月牙儿是惨淡的。

跨车胡同，已经淹没在四周耸立的高楼中，只有13号这个院落硕果仅存。齐白石在此住了三十年之久，院内北正房三间就是“白石画屋”，曾经有水墨河虾、小蝌蚪游弋在案头的宣纸上。

还有阜成门内宫门口西三条21号。这是一座极为普通的小四合院，北房三间呈“凸”字形，堂屋北间就是鲁迅的工作室兼卧室，被人们称为“老虎尾巴”。书桌一角放着一盏老式煤油灯，他在昏暗的油灯下写出一篇篇不朽之作，《秋夜》《社戏》《伤逝》《阿Q正传》……小小的后院，看不见墙外的两株枣树。

黑夜，一切有生命的、无生命的都在呼吸，不紧不慢，伴着一股久远的气息。这种均匀、有韵律的节奏，就是神秘的岁月。天地笼罩着这座偌大的皇城，看着它辉煌，看着它衰败。它是承受得了的，尽管侵略者的铁蹄凭借洋枪洋炮践踏过它，使它满目疮痍。周遭的黑暗漫过来了，历史的厚重支撑着它仍然傲立在天地间。

紫禁城的四角矗立着风格绮丽的角楼，与绵延的宫墙，形成森严的堡垒。

灰黝的城墙仿佛倾斜欲倒，却连绵不断。墙砖灰缝掉落，却萌长出一撮鸟衔种子的野草，生机盎然。

深远的钟声响起来了，历经风雨的鼓楼、钟楼巍然屹立在古都的中轴线上，下面是川流不息的人群车辆。

走在灯火璀璨的王府井大街上，我有些茫然。那些灯闪闪亮亮，如汪洋大海。除了瑞蚨祥、同仁堂这些老字号外，还有茶叶、刻雕、脂粉、风筝、鞋帽的店号，门前悬了一盏盏的宫灯，工笔细画西厢红楼，人间情爱。

奇怪的是，我心中没有灯。我突然十分向往什刹海的荷花市场。《帝京景物略》中记载：十五日，诸寺建盂兰盆会，夜于水次放灯，曰“放河灯”……放灯的那晚，凭着栏杆，望着水面上荷花深处，闪烁的河灯，似渔火，似繁星，缭乱迷醉，不似人间。

我没有去三里屯的酒吧，但在什刹海“烤肉季”附近的酒吧里停留过。那些写字的、画画的、跳舞的、做摇滚的，男男女女，他们的脸在醉后的灯光下闪烁。说到底，他们，当然也包括我，在这个空旷的城市都感到弱小，心里有点发慌，也有点心虚，尤其在夜晚。

早晨起来，我临窗俯望修葺一新的四合院。天零零落落地洒了一阵秋雨，发黄的树叶悠悠地唱着歌儿似的飘落在马路上。

我爬上了百盛购物中心的五楼，为了去工艺美术馆欣赏现代国宝，翡翠、白玉、景泰蓝、象牙、瓷瓶、漆器、紫砂壶，还有缂丝、刺绣。待看见那幅流光溢彩的苏绣《翩翩》时，心里竟生出些他乡逢故知的激动，忍不住想上前去抚摸翩翩起舞的白孔雀。有人说“一时期的文化衰亡后，一整套技巧也随之永远消失”。这话说得极是。

我有个习惯，每到一个城市必去它的书店。因为书店最能反映一个城市的文化学习氛围。站在西单的中国图书大厦，我翻阅着一本本的书籍，试图从字里行间去寻找走入古都心灵深处的捷径。一切徒劳。或许，从北大未名湖畔的春色、清华水木清华的夜月中可以发现？

从景山公园出来后，我乘上 111 路有轨电车，来到了五四大街上的中国美术馆。一楼到五楼，墙上挂满了画，一幅幅，有油画、版画，也有国画。人们凝神屏气地看着，思索着。不是因为画，而是历史的在场。那幅陈逸飞的《玫瑰与扑翅的小鸟》，居于展厅中央。好像从来没在他的画册中出现过。穿着锦衣绣服的仕女，手持一柄纨扇，鬓边插着玫瑰，眼睛却望着笼中扑翅欲飞的小鸟。我的眼前忽然一亮：它不正是古都最好的写照？

归途中，在电车上看到夕阳。

那是紫禁城上的夕阳。

通红的夕阳，恍如从森林的树梢掠过。

紫禁城在绚丽晚霞的映衬下，显得愈加金碧辉煌、庄重肃穆。

前门、大栅栏、琉璃厂……曾经那么热闹的地方。深秋了，以后是元旦、春节、元宵，节日一个一个接踵而至，既是旧年的尾声，又是新年的开始。这时，我仿佛听见了孩子们举着花灯奔来跑去发出的嬉笑声。

“你是一树一树的花开，是燕

在梁间呢喃——

你是爱，是暖，

是希望，你是人间的四月天！”

一春总有曲终人散时。只是秋，这古都的秋，千万留住它，留住它。

1．作者写到先后两次去北京，对古都的秋“感觉有些不同”，请说说不同之处在哪里。

2．作者说陈逸飞的《玫瑰与扑翅的小鸟》正是古都最好的写照，请你谈谈对此的理解。

3．作者在什刹海的酒吧，身处热闹的环境，为什么却感到“心里发慌，也有点心虚”？请谈谈你的理解。

参考答案：

1．第一次去北京，重在游玩游人必去的热闹景点，感受皇家生活；第二次去北京，重在探寻文人故居，感受深厚的文化底蕴。

2．陈逸飞的《玫瑰与扑翅的小鸟》中，“锦衣绣服的仕女，手持一柄纨扇，鬓边插着玫瑰”，这里体现了古都的精致美丽的特质，“眼睛却望着笼中扑翅欲飞的小鸟”，这里体现了古都渴望改变，渴望自由，突破自我的特点。

3．作者眼见现代人缭乱迷醉的生活，深深感到内心的慌乱不安。表达作者对现代人一味追求纸醉金迷的生活，精神空虚浮躁的不满。

玉　品

认识杨曦，很早。依水傍河的平江路，一座石桥有些年头了，过了这石桥，就是他的玉雕工作室了。后来，他搬到了苏州博物馆北面的齐门路。在那里，我又认识了他的朋友李敏。前两年，工作室又搬了新地方，轩敞明亮，还在齐门路。

对我来说，交了他们这样的朋友，自然也常去店里，因此，结识了不少爱玉之人，其中不乏经商的。他们不住赞叹杨曦绝伦的技艺，经常许下重金请他雕玉。李敏也是经商的，但心中磊落，一无所求，在杨曦面前态度不卑不亢，平和自如。

店堂当中，摆着一张方桌。

桌子上有茶具：一把宜兴紫砂壶，两只细瓷白茶杯，都盛着酽酽的红茶。

桌子这边，杨曦坐在一张椅子上，低着头，用笔在玉石上画着图案。

他很瘦，穿一件月白色对襟布衣。相貌眉目清净，手指因为常年雕玉的缘故，有点粗糙。报刊上发表他的照片，大都有胡子。他目光炯炯，深沉。

桌子那边，坐着与他年龄相仿的李敏，他的面容现出诚实和忠厚的品性。他时常用一杯茶润润嗓子，微笑。他正在翻看新到的一本《国家地理》杂志，他喜欢旅行与摄影，去过许多地方，包括南极和北极，还喜欢苏州园艺。

真奇怪！

他们两个人——画画的他和看书的他——忽然同时觉得这书的某个地方有趣，会同时抬起头，他的眼睛离开手里的玉石，他的眼睛离开那本杂志，四只眼睛发出饱满、快乐的光芒，你看我，我看你，说一两句话，相视一笑，又低下头，画画的画画，看书的看书。

四周的空气是那样的平静、清凉和安宁！

我站在店门口，看着这样的情景，想了想，还是原路折返。

从前的雨天里，架子上栖息着灰鹦鹉，双眼骨碌碌地转着。屋外穿套鞋的脚踩在水洼上，一枝粉红的桃花出现在半明半暗中。可惜，听不到鹦鹉的叫唤：

“欢迎光临！”

我轻轻推门走了进去！石缸里游弋着朱红金鱼。旁边置放着一大盆兰草，绿意迎人。玻璃橱柜里，各种玉器，琳琅满目。白玉、黄玉、墨玉，上面雕琢出如意、灵芝、蝙蝠、金蟾、松、竹、梅、鹤。花好月圆，福禄寿全。

我坐在店堂里，气息宁静。来店里的人很多，侃侃而谈者，可真不少。像老俞，聪明绝顶，问题刁钻而有深度；像姚力，天生有一张利口，穷追猛打，鲜有对手；像童莲敏，她是李敏的妻子，说话有机锋妙趣，精彩；又像吴芸，坦率热诚，笑口常开，稍觉不对，就杠上杨曦，要求作出论断。相形之下，李敏与杨曦的问答显得单调无趣得多。他问问题，平易简短，难见惊人语。杨曦答后，也不追问，即便追问，寥寥数语，点到为止。李敏的静默，是因为心里明白。

《杨曦玉雕作品集》的扉页是一张放大的照片，印象深刻。杨曦和李敏站在江枫园的荷塘前，随意、散淡，身后衬着一大片碧绿的荷叶，层层叠叠，绵延无边，其间开着亭亭的白色的荷花，冰清玉洁，余香阵阵。让我不禁想到了艺圃。

专诸巷附近的艺圃，不大，却有味道。用袁宏道的话来说，“俱有林下风味”。我喜欢坐在假山石上，看水面，疏朗幽远。从浴鸥的圆洞门进入，芹庐、南斋、香草居，院墙一波三折，百看不厌。这是文震孟的园子，也是文震亨的杰作。艺圃的造园，杨曦的玉雕都有一种味道，这种味道需要意会。

我觉得杨曦不像是现代人，倒更像是伍子胥时代的，很清高，又十分重情，但一点也不懦弱。他的玉牌大气，雄强，刚处柔，柔处刚，又不露痕迹。

有位客人推门而入，一声不吭地买下了杨曦的新作《马》牌，他确有一双相玉的慧眼。玉牌上的双马，膘肥肌健，四蹄飞骧。既有着汉八刀的洗练，又深得唐韩幹画马的神韵。杨曦雕刻的骏马，借助了唐代传奇的背景和绘画。也许，只有这样的题材，这样的技法，才能传达他对趣味和智慧的解释。我一直很想知道，当李敏望着杨曦心领神会之际，那又是怎样的一种眼神？

李敏看上去是随和的、静默的，他把多年来收藏的杨曦玉雕作品，用丝绢包了一层又一层小心放置起来。那些收藏，都被他一件一件地拍了照片，没有丢失，没有损坏，也没有拍卖。有时，拿出来和童莲敏一起慢慢欣赏，一种愉悦的享受。

一根根碧绿的兰叶劲挺、舒展，迎风摇曳……把件《幽兰》，雅致。像是信手拈来。褐红色的湖石旁，枝叶扶疏的兰草，抽枝吐蕊。空灵，幽寂。

风雪中，点点簇黄繁枝蜡梅，千花万蕊，疏影横斜。挂件《傲雪梅香》，清雅。风情撩人。枝条潇洒劲拔，花朵迤逦百转。

冷香，绝俗。

“玉有五德：仁、义、智、洁、勇。玉雕者如是追求，求玉者门庭若市。”我在《访玉雕者》这篇文章里曾这样写道。仔细想来，其实是意有所指的。

玉有什么用？人的一生像微尘一样轻；美有什么用？刺绣或者绘画、音乐，带给我们的美感与惊喜，是擦过皮肤的战栗。

所有无用的东西，都是有用的。就像一个美好的春夜，也许它真正的、唯一的用途，就是万籁俱寂。

跟着李敏的身影，我踏入南石居。假山、水榭、罗汉松、海棠、杏、石笋，杏花烂漫，初阳淡抹；芭蕉油绿，浅画成图。还有回廊里的海棠花瓣，点点滴滴，惹人醉。他折转月洞门，枝头传来一声鸟鸣。我眼睛透亮：别有洞天。

在杨曦的手上，玉石犹如面团，几乎不假思索，便妙手天成。人们在茶余饭后传说着杨曦的奇巧技艺。对于仿制的赝品和获奖的褒美之词，他往往置之一笑。

站在朝爽亭，隔着逶迤的云墙，看橙黄的枇杷。枇杷晚翠。苏州的玉文化里有一种品质，内敛成熟的品质，它接近黄金般的秋天。

1. 请结合文章说说你对题目“玉品”的理解。

参考答案：

1. 玉品，其实就是人品，玉如其人，人如其玉。表达了作者对随和静默、心中磊落，内敛成熟的高尚品质的赞美和崇敬。

秋天，在拉市海看鸟

秋天，在丽江拉市海是看不到成群的飞鸟的。

那一天，我骑马穿过一片金黄色的向日葵田到拉市海。第一次看见拉市海这片幽蓝色水面时我激动万分。它明朗又迷幻，散发着一种气息，清新、充沛，这是生命本身的气息。从前，我见过许多更大更美的湖，但都不如那一天的拉市海让我激动。

从那天起，我爱上这片湖水，包括水边的山峦、草树、庄稼，还有村庄。应当说，冬天才是拉市海看鸟的最佳季节。现在，正是初秋。但这并不妨碍我的心情。秋天的树叶与月亮，冬天的落雪与飞鸟，我真想把这些景色用诗描述出来。

我坐在船上，船夫把船慢慢划入湖中。极目远眺，青山连绵起伏，山的影子随着水波荡漾在蓝色的湖面上，透过层层山峦可以望见玉龙雪山闪耀着光芒的尖顶。湖水很清，淡紫色的海菜花寂寞地开放，银色的小鱼在水藻间若隐若现。我忧郁地看着近岸美丽的坡地，坡上绿树郁茂茁壮，牛羊悠闲地吃着青草。

合上眼，湖水和景色一起消失了，只剩下船轻轻摆动，像摇篮，或者其他与岁月有关的事物。幽蓝的湖水得不到大地的呼应，呼应它的只有天空——阴霾的天空。云色昏暗沉重，说不清在天上还是在水里。偶尔有一两片尚未遮蔽的云洞，露出明媚的蓝天，一束金色的阳光恰好由那里直射下来。很远的地方，几只白鹭展翅飞过这个蓝色的湖泊，它们要飞到哪里去？

这时，我听到一声鸟的鸣叫，婉转动听，像藤蔓般开遍湖岸的柔丽海菜花。一只黑颈鹤轻盈优雅地落在水面上，体味着日渐稀薄的夏意。

我感到一阵喜悦。

我尽情亲吻着从湖面上吹来的湿润的风！

在无边的荒凉中，我有些莫名的感动。这片湖在鸟飞翔的高度，以其婀娜的身姿、潺动的流水以及没被玷污的、源自久远的幽蓝，向万物证明它具有一种原始而强悍的生命力。

拉市海是充满希望的，它从不放弃水边的一株草、一棵树、一畦庄稼、一个村庄，它为此骄傲，认为完全值得，认为那在它浇灌下生长着的每个生命都是美好的，都是值得珍惜的。这片湖有着一颗母亲那样明亮的心。

鸟儿愿为一朵云，还是云愿为一只鸟。这是泰戈尔的诗。他的诗纯净、透明。他写诗像天真的小孩子在说话，完全没有城府与戒心，信任面前所有的人。泰戈尔的诗里写过一只无家可归的小鸟。

在拉市海这片陌生的湖泊，我得到了安慰。当我再次念诵着“无家可归的小鸟”，心里晴朗了。感觉离天堂很近。我确信是有一片湖可以栖息的，是有了天空的方向的。

返回的时候，对面驶过一艘船。香味扑鼻，戴草帽的船夫在烤鱼。他热情地招呼，问我要不要来一条。我摇了摇头。这些船夫，他们原来都是住在附近村子里的渔夫，时常骑马到山上那些孤寂而神秘的林子里跑得老远，直至茶马古道。

我用一种与世隔绝的目光欣赏着拉市海，这片宁静诱人的湖水。船夫用力地划着船，唱起了古老低沉的纳西歌曲。与开头唱的是一支同样的曲子。秋天的拉市海在我的记忆里，就成了那支曲子。曲子里有芦苇，有海菜花，还有美妙的鸟叫声。

夜晚，我靠坐在束河古镇的小酒吧，与歌手合唱《神话》。灯火飘摇中，我仿佛看见冬天成千上万只候鸟从北方迁徙飞来，在湖面上翩翩起舞，景象壮观。

拉市海是一个神话。

1．梳理作者对拉市海的情感变化，请从文中找出恰当的词语，填入下面的空格中。

激动→________→________→________

2．文章在结尾说“拉市海是一个神话”，拉市海的神奇体现在什么地方？请结合全文谈谈你的理解。

参考答案：

1．激动→喜悦→感动→安慰

2．拉市海的神奇体现在三个方面：

（1）拉市海有美丽清新的自然风光；

（2）拉市海浇灌万物，使一切都具有原始而强悍的生命力；

（3）这里的人们过着与世隔绝、宁静神秘的生活。

西贡往事

西贡河，一条平常的河，蜿蜒流过西贡市。

混浊的河水，漂着浮萍。璀璨的广告霓虹灯，倒映在水里，颤动的光影。岸边，酒吧、歌厅、商场，还有富丽堂皇的大酒店，叫 Riverside Hotel。巨型大白鲨游船灯火通明，缓缓地向前驶去。

人声鼎沸，游客们喝着加冰的啤酒，载歌载舞。乐队为他们配上节奏。侍者忙碌地穿行于欧式长条餐桌间，送上一盘盘美味的越南菜。

我坐在船舷边，暖暖的夜风夹着河水的腥味，一阵阵吹来。

昏黄的河水，昏黄的天空，渡轮的笛声由天外传来……

那年她 15 岁半，乘船过湄公河。

一片没有四季的土地，永远处于酷热中。她穿着一条领口开得很低的旧裙，头戴一顶平檐男帽，上面有一条黑色宽带。

她一只脚踏在轮渡的栏杆上，俯瞰壮观、奔腾的河水。从她身后的一辆黑色轿车上下来一个头发油亮的中国男人，她的情人。

“女人的命运就像雨滴 / 有些落在水沟里 / 有些落在有钱人的池塘……”

湄公河两岸土地肥沃，物产丰富。“有谁知道稻田里有多少根稻 / 一条河有几个弯 / 雨季的云有几层 / 有谁能够扫得森林里的落叶 / 谁能命令风……”颇具南越风情的美拖。

坐独木舟在河上，两边有高大的芭蕉树，累累的龙眼果实垂下来，水下钻出怪异的海底椰。几个小孩在游泳，河边台阶上有人在洗衣服。树林里有空吊床。鸡在啄食。破旧的木屋半边在河上，炉火红红的，飘出熬制椰子糖的香味。

茅草屋里，坐着歇息的游客。杏红的木瓜，姜黄的杧果，灿黄的香蕉，还有带刺的红毛丹，放在白瓷盘上，颜色好看。

悠悠的丝竹钟磬声，夕阳里轻轻摇晃的心事。

晨曦初露，戴着斗笠的采莲女摇着独木舟在幽静、歌声与荷花丛中开始了一天简单的生活。诗人住在荷花池中的寺庙里，他多年来从不出门，人们都没见过他。一天晚上，神秘的他把采莲女叫到寺庙，是她下午唱的那支歌安排了这次命中注定的会面。曾经年轻英俊的诗人失掉十指、麻风病在脸上发作毁了容貌。他承受了孤独寂寞，以及痛苦。采莲女真诚而坚定地说，我借手指给你写。

采莲女向诗人少年时的水上市场划去，把荷花都散在水里，花瓣遮蔽水面形成一条白河，直到那时，诗人又回到故乡……

住在旅馆，房间面对街道。很晚了，一辆辆摩托车穿梭而过。吵得睡不着，就站在露台上。树叶在窗上投下摇曳的碎影，空气中有潮热的湿气。

早餐丰盛得很。咖啡、牛奶，加上各种面包。蛋煎得地道。网上说，在西贡的阮惠街，有一家五星级饭店，是法国殖民时期留下的古建筑，很会做西餐，尤其是烤牛排。正宗的法国口味。

阳光灿烂。

甜湿的空气，绿色的大叶子树、白色的鸡蛋花、红色的凤凰木……

带钟塔的黄色法式房子，精致的咖啡色百叶窗，树木葱茏的院子。外国人在街上闲逛。长发的西贡小姐穿着洁白的Ao dai，白莲一般，窈窕婀娜。

走在街上看房子。那些房子，颓败的，有时光划过的痕迹。墙面是黯旧的灰白色。有些却又是那么鲜艳。长长的百叶木格窗，深深的土耳其蓝，被雨水淋得有些发白。露台上垂着细竹帘，隐藏着忍耐、善良、宽容，对生的热爱，还有大簇大簇的艳红石竹花。

我在街上慢慢走着，拍下那些旧房子。统一宫、圣母大教堂、西贡大邮局、歌剧院。庞大的殖民地建筑，繁复华美的白色浮雕。还有战争博物馆和历史博物馆。没有色彩的世界，腐烂的肉，没头的身体。死的恐惧。饱受创伤的华丽西贡。不屈的灵魂。

马路上摩托车、汽车还有三轮车在争先抢后、竞道而行，交通的混乱不可言语。堤岸——西贡的华人聚集地。站在喧嚣的街头，她想起下雨的夜晚，独自坐三轮车来到和情人约会的堤岸小屋。她穿着湿雨衣坐在床边，看着空空的房子。为小树浇水，然后离开。雨中惨淡的路灯，潮湿的街道。

西贡，一部怀旧、温馨、让人感动的旧日殖民地的黑白影像。

然而，西贡的生活这样随和。

黄昏时，在街上溜达。买一个冰冻椰子，插一根吸管，口味清淡。一对穿着时尚的年轻人骑在摩托车上飞驰而过，他们去跳舞。昏黄的灯光下，和着欧美流行的舒缓音乐，翩翩起舞。法国式的生活已经点滴浸入西贡。

七月，酷暑难耐，热汗涔涔。我坐在范五老街的一家咖啡馆里，人很多，墙上的老式风扇“呼呼”地吹着。

昨夜我也是这样坐在Panorama的33层楼上，喝着咖啡，用小匙挖着冰激凌。

我喝越南滴滤式冰咖啡，褐黑色咖啡一滴一滴地通过不锈钢滤网渗在透明的冰上，我喝下的咖啡清苦而冰甜。

阳光照过来，照在杯子上，反光正好映射我的眼睛，我端起杯子——我看到的西贡和咖啡杯里的西贡不大相同。

眼前的感觉，安静、舒适，仿佛光脚走在头顿的沙滩上，细而白的沙粒，柔软，温暖。

古老的百叶窗前，一枝美艳的火百合，带着20世纪的追忆。浮光掠影里的繁华，破碎伤感的爱情故事。

她是一棵燃烧不尽的树，为了真爱，相信真爱而寻找，爱对每个人来说都是妙不可言的。在我睁眼看到百合花盛开的样子，我就明白。也许有许多往事的女人在某种本质上都是相似的。

她听见他说，我宁愿你死了，也比你是白人要好。

爱情本身是依靠幻觉、想象和迷情才存在的。

旧日的西贡，一切这样不可思议的华丽、凄凉和荒芜。

早晨，我站在露台上朝马路望去。一眼望不到头的老梧桐树，浓浓绿绿的叶子，斑斑节节的树干。树下是来来往往的摩托车，载着上班的人群。

1. 这是一篇写景抒怀的散文。请梳理作者游西贡的游踪。

2. 作者说“透过咖啡杯看西贡和眼前所看到的西贡是不一样的”，请说说咖啡杯里的西贡是怎样的。

参考答案：

1. 坐在船舷——走在街上——站在露台。

2. 咖啡杯里的西贡是往昔的西贡，是华丽、凄凉，让人感动的。

云冈石窟

丹纳在《艺术哲学》中说道：“要了解一件艺术品，一个艺术家，一群艺术家，必须正确地设想他们所属时代的精神和风俗概况。这是艺术品最后的解释，也是决定一切的基本原因。”带着疑惑与思考，我来到了位于大同的云冈石窟。

武州山，一座低低的、静静的、秃秃的小山，与周围别的小山没什么两样，但浩大的云冈石窟就开凿在武州山。站在附近的山岗上，我远远地望着石窟，废墟残迹映照着金灿灿的阳光。它的基础、侧影，还有整个的轮廓，全都清清楚楚地凸显在明净的蓝天下。

云冈石窟基本是北魏时代的作品，大大小小的洞窟，各式各样的佛像，或坐或立，端庄和平的佛殿放出静穆的光辉。我怔怔地站着，听不见天地间的一点声息，只有光的流溢。它是遥远的。虽然风化的痕迹触目惊心，但这里的雕像都有血脉和呼吸。颔首视下的坐佛，高大伟岸的立佛，还有装饰精美的二佛并坐龛，他们持着千年的庄重和吟笑，显得智慧而宽容。他们了解人类的痛苦和愿望吗？仰望，凝视。神态迥异、栩栩如生的佛、菩萨、罗汉、护法、飞天；风格古朴、形制多样的仿木构建筑；主题鲜明、连贯有序的佛传故事；构图繁复、细腻精致的装饰纹样；排列整齐、生动逼真的世俗人物；还有彩带飘飞、身体纤柔的乐舞伎，分别演奏着坦鼓、箜篌、筚篥、琵琶、横笛和排箫等乐器，让我目不暇接。没有重复，也没有呆板。当我稍做思忖时，拥挤的人流，喧哗的噪声，无数的闪光，很快淹没了我。我多么想告诉人们米开朗基罗在那个睡着的雕像的座子上写着的话：只要世上还有苦难和羞辱，睡眠是甜蜜的，要能成为顽石，那就更好。一无所见，一无所感，便是我的福气；因此别惊醒我。啊！说话轻些吧！

自然是不能投机取巧的。云冈石窟自然的真正的艺术创造性不能简单地用寒碜或豪奢这两个词语来形容。我热爱艺术，去过希腊，在著名的帕特农神庙，面对匀称、健美、飘逸的维纳斯、雅典娜和胜利女神像，我唏嘘不已。但它们毕竟都是单个的、孤立的，不似云冈石窟是一群有着层层累积的生命，它的力量是那么的雄健奔放，它的气势是那么的宏伟威严，它的造型又是那么的拙朴浑厚。一个又一个的艺术家踏着尘土前呼后拥地向我走来，有炽热，有狂放，也有沉着。伟大的精神导致伟大的劳动，强有力的劳作培养强有力的精神。艺术家们一边对自然做着微妙之至的表现，一边又不忘把握艺术的整体处理。热烈、纯净、奔放，激荡着他们多姿多彩的想象，又控制着弩张而不发的意识，这意识为每天来此瞻仰的人们留下了思想的余地。

从洞外吹来的风不时轻拂着我的脸庞。不经意间，我发现露齿含笑供养菩萨在对我微笑。这会心的微笑，发自肺腑，使我产生一种在黑暗中突然被照亮的惊讶与喜悦。这时，一只鸽子，一只真的鸽子在飞天、乐伎、繁花裹卷的穹顶上飞翔，转眼落在了交脚菩萨的腿上。它的出现立刻引起了人群的惊呼与骚动：这是生命，活生生的！由此，我确定：艺术家由生命的气息中创造出的思想的表情以及这表情的力度和丰富性，已尽善尽美地表现在云冈石窟这个艺术的自由的天国中了。不信，你看——庄严的佛、慈祥的佛、深沉的佛、静思的佛、清秀的佛、冷峻的佛、甜美的佛……同时体会着佛的欢悦、佛的沉重、佛的沧桑。如果再多给我一点时间，我会愈加理解艺术家的匠心。

现在，云冈石窟出奇地静，旷世的大静。一切生灵都缄默不语。伫立在无涯的寂静里，屏神静气，我们不难从这大静大美之中，感悟到神的伟大。走出石窟，我感到从北魏延伸至今的一种浓烈的激情分明还在大地上飘荡着，在天边，在耳边，落不下来，无法埋葬。

一抬头，一行大雁在蓝天下匆匆飞行，掠过武州山。从北魏初期，孝武帝下令“灭法”，佛寺经像被毁，到孝文帝恢复崇倡。这不过是宗教信仰的铺垫。我耿耿于怀的，乃是当时在武州山开凿云冈石窟的初衷。即个体的启蒙与觉悟。我想，第一个在云冈石窟造像的昙曜和尚，想必是芸芸众生里的智者吧。而那些平凡寂寞的艺术家呢，或许，只是想通过矢志不渝的劳动，让人们看到他心中的另一种光明。于是，有了沙砾的飞溅，冷静的推敲；有了华丽喷射的色彩，舒展流利的线条；有了寻找自己的灵魂与时代的精神真正契合的决心。就这样，在云冈石窟，他们用双手把佛教艺术的内涵，刻画得如此激动人心。

纵观云冈石窟，这座象征着北魏拓跋皇权的艺术宫殿，共有 51 000 余尊石雕造像，连绵不断，美轮美奂。在它的怀抱里神人交融、时空飞腾、万物苏醒。它不仅是一种思想的睿智，一片胸襟的开阔，更是一个时代精神风貌的缩影。从这个意义上来说，云冈石窟是具体的、真实的、深刻的。至此，我对丹纳的一番话才有了初步的认识，那也是对云冈石窟这件古代艺术瑰宝最后最好的解释吧。

1. 文章第4自然段提到“希腊的帕特农神庙”有什么作用？

2. 结合全文，说说作者反复提到丹纳的话的用意。

参考答案：

1. 用帕特农神庙中个体的神像和云冈石窟里的群体佛像进行比较，突出强调了云冈石窟里的佛像不仅有单个神像的特征，还有着对艺术的整体把握，是一群有着层层累积的生命群体。

2. 反复提到丹纳的话，首尾呼应。作者从欣赏佛像中感受到了生命，体会到了艺术家的独特匠心；且从中感悟到一种思想的睿智，胸襟的开阔和时代精神风貌的缩影。

虞山听琴

马一超弹琴时，琴川的水是清的。我在聆听古琴曲《良宵引》时，依稀看到了琴川摇曳的月光，带着一股芬芳之气。

雨丝漫天飘洒，洗濯我一路走来惹上的尘埃。常熟为倚山之城，燕园地处深僻小巷，历史上为园主与文人雅集之地。园景中以“燕谷”黄石假山为最，故而燕园又称“燕谷园”。

春天的燕园莺飞草长，韵味十足。亭台水榭间点缀着婆娑的白皮松，粗壮的黄杨，还有灼红的茶花，疏密有致。我与朋友坐在茶室里喝茶等候。马一超携琴走来，他三十多岁，戴着眼镜，清秀、儒雅，与我印象中的琴家气质吻合。这印象主要来自虞山派的严天池、徐上瀛和吴景略。

茶室里摆放着仿制的明式家具，闪着老成深厚的光辉。马一超把琴放在桌上，窗外暗淡的日光渗入，颇有几分神色。他拨响琴弦，我屏声静气。《良宵引》出自严天池编著的《松弦馆琴谱》，是虞山派的代表琴著。虞山派在明朝影响巨大。马一超弹奏的《良宵引》，风格还是“清微淡远”，但并不纤弱、空洞、乏味和做作。我觉得严天池好像就在园子里，正小憩花荫下。中国艺术有一种“夕”的调子，马一超的琴声里隐约有这种黄昏的色彩。他奋力一拨，泛黄的宣纸，墨迹洇化，枝头一只欲飞的翠鸟，几片哑默而坚挺的叶片，抖抖索索。

窗外的惺忪细雨，带着丝丝寒意，随风吹来。不同于《良宵引》，《梅花三弄》是广陵派的代表作。马一超的弹奏是得心应手的，这取决于他对古琴曲所具有的、表现这种内容的指法中高难度技巧的掌握。他的《梅花三弄》里，有粼粼的波光，梅枝晃动，轻拂水面。那一刻，我的心仿佛被琴声掏空了，留在里面的，是清风、鸟语、花蕊和云影，飘飘欲仙。

我们夸赞马一超的《梅花三弄》弹得好，他舒展了眉头，微微一笑，只说道，他在虞山琴社工作，喜欢书画。我想象他平日在琴社里持笔作画。从来不见梅花谱，信手拈来自有神。他画梅枝，墨汁浓浓淡淡，交织，晕染，疏影横斜。梅花在风雪中吐蕊绽放，心驰神往的清寒冷艳。推门而出，倚坐石桥，沟壑跌宕，逶迤不尽的燕谷，让我想到恽寿平的一首诗：“雪后轻桡入翠微，花溪寒气上春衣。过桥南岸寻春去，踏遍梅花带月归。”马一超的确弹出了梅花的高洁之美。

马一超的琴。桐木新制，朱红之色染以墨云髹漆，当然不会有蛇腹断纹，龙池凤沼均为圆形。他说起，几年前曾偶遇一架宋琴，犹豫再三，最终与之擦肩而过，很是遗憾。

之前，我是听过古琴的，喜欢管平湖的弹奏，以致一发不可收。古琴琴派众多，有时我实在欣赏不了其微妙之处。听了马一超的古琴遗韵，却有共鸣。他的琴声清婉绵延，不急不躁，即便弹奏浙派的代表作《胡笳十八拍》，也是刚健凝重，像清澈的琴川水，徐徐地流淌，照样撼人心弦。清微淡远的弹奏基调中，透出一股苍凉古朴之气。

在我看来，马一超首先是个琴家。他用清亮恬静的旋律营造崇山峻岭、漫漫黄沙，刚柔相济，充满了对蔡文姬坎坷身世以及跌宕命运的怜悯与同情，感情真挚细腻。抬头，我发现茶室的墙上一片空白，本以为会挂上一幅王石谷的山水画（仿作），这样配着听琴似乎更适宜。转而一想，也许空白更有力度。听马一超弹琴后，我领略了他的空白之美。

燕园周围被一幢幢高楼挤压着，但它是繁华喧闹都市中深藏的一片幽谷。往远望，可以看到虞山，苍翠的山坡，繁茂的树木，山脚下，一条清清的河流，缓缓流淌……

常熟别称“琴川”，因古城格局的水系由七条河组成。七条清而婀娜的河流，七根细而缠绵的琴弦。一轮圆月，静静地挂在夜空，满河碎银。我坐在河畔的一块青石上侧耳倾听，那琴声，深邃、厚实，却不沉闷，有着隐隐的穿透力量。

1. 为什么“我在聆听古琴曲《良宵引》时，依稀看到了琴川摇曳的月光，带着一股芬芳之气”？

2. 看了《虞山听琴》，请说说你认为听琴的最佳环境。

参考答案：

1. 马一超所奏《良宵引》风格“清微淡远”，不纤弱、空洞、乏味和做作；琴艺高超；且对琴音本身有自己的深刻理解和认识，与琴音融为一体。

2. 深僻小巷中的园子；院内假山亭台，古朴、有韵味；自然环境清幽；茶室内摆放着仿制的明式家具，闪着老城深厚的光辉；文人雅集之地。

红　颜

认识邵虹似乎很久了，不只因为凌君武一次次地提起她。

看见邵虹的画时，我不禁想起与邵虹初识的那个夜晚。桌子上的瓷瓶里插着红色的玫瑰和康乃馨，花躲在暗弱的光线里，显出柔美的温情来；窗外的樱花树开着繁密细碎的花。风吹过，粉色的花瓣纷纷飘落。

邵虹的画色彩绚丽缤纷，连同情绪都是浓的。不同于艾琪芙的，往往只用少数纯色来描绘的沙漠、花卉或牛骨，她居然大胆地运用了那么多鲜艳夺目的色彩，以此来提醒人们要热爱生活。

画中的女子，显然是同一个人。婀娜、敏感、纤细，甚至脆弱。屋里的空气好像被滤过，散发着山野的清新，还有花朵绽放的甜味。年轻美艳的女子，或坐或躺，或沉思，或遐想，仿佛刚刚从梦中醒来，脸上带着回忆或憧憬的表情，猫蜷缩在她身旁，慵懒、妩媚。她的梦很甜蜜。外面的夜高大，星星闪烁，绵绵不断的夜像猫一样趴在花朵下打盹，但我分明感到风摇撼橡树的激情，其中夹杂着女子的芳香、柔和与清凉。

邵虹的画充满了现实的欲望与想象，有着丝般的缱绻缠绵，如烟如云的思绪，表达的都是女性之爱，多少是一种时代生活的写照。这么想着，风吹走了一片又一片樱花瓣，像女子逝水的年华。

那些画，馥郁、惬意，似乎是画家不经意时的即兴涂抹，悠闲自在，像宣纸上泼洒的墨迹。更有些不起眼的细节因为作画者的神来之笔而显得灵动，意趣盎然。沉溺在画里，我一幅一幅地琢磨。它们是有味道的，独属于邵虹的味道。

邵虹坐在我的对面，她歪着脑袋谈画的时候，我突然感到，她不是作为一个画家，只是一个喜欢做梦的寻常女子坐在那里。

先前，有关画，我写过一本薄书，也因此看过很多名家的画。但我照样喜欢邵虹的画，乍看之下，甚是新鲜，且别有风情。那是一幅幅融入身心的画，想来它们不会像稍纵即逝的红颜。

看邵虹的画，每每让我“从梦中往外跳伞”。我欣赏特朗斯特罗姆的一首诗《昼变》。初识邵虹时，她留着齐肩长发，转眼变成了短发，极短的那种，让我惊艳，这使我从中看出了昼变的端倪。

1. 邵虹的画作有什么特点？

2. 初识邵虹时，作者描写了桌上瓷瓶里的红色玫瑰和康乃馨，请说说这样写的用意。

参考答案：

1．色彩绚丽缤纷，鲜艳夺目；画中多为女子，充满女子的芳香、柔和与清凉；画作充满了现实的欲望与想象，表达的是女性之爱。邵虹的画作是真实生活的写照，表达了对生活的热爱。

2．用红色康乃馨和玫瑰的美来衬托邵虹的魅力。

阅美文

听鹂深处

范婉 著

范婉

西苑出版社

图书在版编目（CIP）数据

听鹂深处 / 范婉著 .—北京：西苑出版社，
2018.12
ISBN 978-7-5151-0676-2

Ⅰ.①听… Ⅱ.①范… Ⅲ.①散文集—中国—当代
Ⅳ.① I267

中国版本图书馆 CIP 数据核字（2018）第 280774 号

听鹂深处
TING LI SHEN CHU

出 品 人　赵　晖
责任编辑　汪　莉
特约策划　凌　翔
责任印刷　陈爱华　严令升
责任校对　刘娟娟
封面设计　戴　敏
出版发行　西苑出版社 XIYUAN PUBLISHING HOUSE
通讯地址　北京市朝阳区和平街 11 区 37 号楼　邮政编码：100013
电　　话　010-88636419　传真：010-84281520
　　　　　E-mail：xiyuanpub@163.com
印　　刷　三河市金元印装有限公司
经　　销　全国新华书店
开　　本　710mm × 1000mm　1/16
字　　数　160 千字
印　　张　13
版　　次　2019 年 1 月第 1 版
印　　次　2019 年 1 月第 1 次印刷
书　　号　ISBN 978-7-5151-0676-2
定　　价　49.80 元

目 录

第一辑

埃伊纳岛的访问 002
希腊宝藏 010
穿行于时间之幽暗的宫殿 015
造一座天堂的房子 020
莎士比亚的摇篮 029
康桥泛舟 036

第二辑

朱丽叶的阳台 042
巨 人 046
皇村雕像 052
西贡往事 056
和你在一起 060
北海道的雪 069

第三辑

云冈石窟 078
龙门石窟的夜色 081
飘浮在敦煌的云朵 091

芳心似火　120
过香积寺　124
黄昏的西安　126

第四辑

箫　声　138
云水谣　141
古都的秋　144
虞山听琴　150
红　颜　153
诗情画意：
浅谈苏州文化山水的微妙意境　155

第五辑

从文公山到白鹿洞书院　172
温州的踪迹　176
玉　品　186
荷木居　190
秋天，在拉市海看鸟　193
听鹂深处　196

后　记　202

第一辑

埃伊纳岛的访问

（一）给安娜多丽雅

有许多朋友问我："如果你去欧洲旅游，第一个想去的是哪里？"我毫不犹豫地回答："希腊！"

今年八月，我来到希腊，登上了雅典卫城。兴奋，激动。我马上用手机短信告诉朋友：我看见帕特农神庙、伊瑞克提翁神庙和酒神剧场了！尽管是断壁残垣，但它们气势磅礴，彰显出古希腊历史文化的悠久、质朴与华贵。

第二天，怀着急盼的心情，我又乘船来到爱琴海的萨罗尼科斯湾游览。位于海湾的波洛斯岛、伊德拉岛、埃伊纳岛都是著名的度假胜地，蓝天碧海，风光旖旎。其中，我对埃伊纳岛情有独钟。

站在港口遥望，湛蓝的海水，红顶的房子，白色的教堂，与葱郁的开心果树林交相辉映。还有海边那独特的希腊小餐厅和旅游品商店，鳞次栉比。港口中满是涂着鲜艳油漆的游艇，挂着高高的桅杆，水清澈到令人忍不住又不忍心用手撩拨。埃伊纳岛送走了希腊风光不再的鼎盛，却留下了苏格拉底般的澄明和睿智。这一点，在我走下甲板，踏上小岛的土地就立刻感受到了。

我们的随行导游叫王军，一个机敏的上海小伙子，来希腊五年了。在三岛游览中，我向他提出想去埃伊纳岛上拜访两个人：一个是雕塑家卡普拉洛斯，另一个是作家卡赞扎基斯。他善解人意地点头同意了。

我们驱车沿着埃伊纳岛西北岸的海滨小道，往卡普拉洛斯的故居疾驰，远远就望见了伫立在海边的青铜雕像——《我的母亲》。

可惜，当我们下车穿过庭院赶到故居时，却是大门紧闭。我失望地站在门外，沉默。不一会儿，王军带着一位希腊老妇人来到我跟前，对我说，她是故居的管理员，听说我们从中国来，特意来此看望卡普拉洛斯时，她答应重新为我们打开门。喜出望外。我立刻大声地呼喊落后同伴的名字，老妇人转过身用手指按住嘴唇，对我做了一个禁止的动作，我不好意思地急忙降低了声音。是啊，庭院里到处安置着卡普拉洛斯的雕塑作品，我仿佛听到了他轻微的呼吸声。如此静谧的午后，莽撞的我无意中惊扰了他。

卡普拉洛斯的故居现被辟为他的作品展览室，强烈的阳光斜射进来，我端详着这位银发老妇人，她看上去有七十多岁了，安静地坐在屋内。慈爱，安详。但她在为我讲述卡普拉洛斯的创作生活时，情绪明显有些激动，尽管语调缓慢，王军在一边尽心地为我翻译。她告诉我：1951 年卡普拉洛斯第一次来到埃伊纳岛，从此每逢夏天都在岛上居住与工作，直到 1993 年去世。

窗外海浪阵阵，伴随着古希腊女诗人萨福的诗撞击我的心坎："我觉得同天上的神仙可以相比 / 能够和你面对面地坐在一起 / 听你讲话是这样的令人心喜 / 是这样的甜蜜……"是那首《给安娜多丽雅》吧？

我一件件地欣赏着卡普拉洛斯的作品，当目光不经意与老妇人相遇时，我发现她的眼睛是闪亮的，笑容是甜蜜的。我想，她是爱慕他的吧，每天站在这些雕塑中间，觉得他就在身边，从没离开过。

卡普拉洛斯以真诚、灵动、现代的艺术手法来表现这些大理石，多孔石与桉木质的作品。奇异的质地，叙说的节奏，非凡的才情，闪烁着古典的光泽。尤其，他在生命的最后几年创作的桉木质雕刻作品，给了我太多的惊喜。

他是可信的、严谨的雕刻家，即便到了《品都斯战争纪念》这样的巨作，仍然保持着严肃的态度；即便是创作《母与子》这样的短章，也仍然充满了绝妙的思维。

在浮雕《品都斯战争纪念》这部长40米、高1.1米的作品中，他将希腊传统信仰、基督教的影响以及对和平的热望完美地相结合。我猜测，他创作这部作品时，一定是从宙斯神庙的高大三角楣上那无与伦比的精美大理石雕塑中获得灵感的，那或许是古希腊雕塑家菲狄亚斯的杰作吧。

干净整洁的屋子散发着草木特有的芳香，时间仿佛已从这里淡出。你是否听到一种铿锵有力的凿石声响？当然，你不会听到任何声音。那涌动的海浪，炙热的阳光，还有洁白的沙滩，为什么全是悄无声息？

那时候的卡普拉洛斯，还没有体会到漂泊的孤寂，他几乎是无意识地喜欢生机勃勃的美。浩瀚的爱琴海上的日出，强烈地吸引着他。他常常踩踏着朝露去看日出，眼中放射出奇妙无比的光芒。然后，他发疯似的把身上的衣物除去，将自己完全融入海水中，不停地欢呼。

他也有着程度不同的苦恼——如果能够更多地倾听到古希腊雕塑大师们的回声，那将会使他感到特别幸福。《我的母亲》正好满足了他的愿望。我仰望着这尊高大的雕像，母亲直立着，右手抓着裙子，左脸贴着左手，眼睑低垂，陷入冥想。她的神情是哀愁的。我不禁想起在雅典卫城时，观赏过的伊瑞克提翁神庙的少女立柱，断翅的胜利女神像，还有雅典娜像。风化的面庞，端庄的神态。繁复的光影映照出衣褶如水的轻纱，还有轻纱中那若隐若现的丰盈身体。流畅的线条，生动的刻画。我想此刻我能理解它们之间的紧密联系了，那是在不断体味沧桑的民族哀愁中，对古希腊雕刻艺术的传承与发扬。由此，我深刻感受到了雕塑家对希腊这片土地的敬重和母亲般的情怀。

八月的埃伊纳岛忽然让我明白了生命的意味是什么？是哀愁！

我的心头怦然一震。这一震，便使眼前的景色定格，成为希腊夏天独有的一幅图画，我走了进去。

庭院当中，长着几棵稀疏的橄榄树和葡萄树，耀眼的阳光铺满整个院子，幽雅恬静。树下面，两丛紫红色的鲜花开得含蓄典雅。老去的情怀在追忆着曾经的诗意与浪漫。

老妇人用了毕生的心血去追随雕塑家，从岛上的初次相逢，到给他当助手，为他放弃工作，为他外出准备行装，最后为他料理后事……

哀愁是什么？是花瓣上一颗欲坠的露珠，是爱琴海上一片湿润而艳红的夕照，是情到深处的一声叹息。

他是那么热爱雕塑，对生命有着那么多的憧憬。他常跟她讲一些有趣的雕塑知识，提到岛上的阿菲亚神庙，古希腊的哲学家亚里士多德，还有戏剧家欧里庇德斯，他的剧作对女性心理刻画最为成功。

青年时代的记忆已经忘却，那轻轻抚摸过的纤手，纯净的灰蓝色双眸，精心梳理的发辫，一起涌上心头。阵阵海风把白色的窗帘吹起，撩动我的思绪。

我注视着这些作品，这些大理石，多孔石和桉木质的作品，还有绘画、陶瓦和瓷器。我静静地站着，用相机把它们一一拍摄下来。

我将永远铭记：一个诗意而炙热的夏天，不再年轻的我，与那个站在海滨小道对面的老妇人挥手告别。这是怎样的一种对于生命挥之不去的影响呢？

海港成了卡普拉洛斯生活的某种象征，在出发与抵达之间，在雅典与埃伊纳岛之间，在生与死之间。看大海多么辽阔，起航上路吧。

但我要怎样感谢希腊呢？是它让我爱上了神话传奇、英雄故事；爱上了这片古老丰腴的土地；爱上了人类的生活和艺术。

坐在船上，翻开在故居中购买的画册，里面有一张卡普拉洛斯的相片。他满头白发，穿着亚麻衬衣，手里拿着烟斗，坐在椅子里，目光柔和，深沉，还有些许哀愁……

我在造访过卡普拉洛斯的故居后，回头再看他的相片，他的创作，似有一种心照不宣的熟稔与亲切。

爱琴海灿烂的阳光成就了卡普拉洛斯的艺术，人们总是以尊重的口吻来谈论他与他的艺术，而对于陪伴他工作生活四十年的老妇人，往往忽略，我也未能免俗。为此，离开希腊时，为了弥补缺憾，我特意留了邮箱地址给王军，希望他抽空替我问一问老妇人的名字。当然，我更愿意她叫安娜多丽雅。

（二）致卡赞扎基斯

尼科斯·卡赞扎基斯是希腊著名作家，但我习惯称他为诗人。在我以为，诗人或许比作家多一份灵性、细腻与敏感吧。

对于仰慕的古希腊盲诗人荷马，我知之甚少，但这并不妨碍我喜欢他创作的《荷马史诗》。《荷马史诗》包括《伊利亚特》和《奥德赛》两部分，其中《奥德赛》叙述了伊大卡国王、特洛伊英雄奥德赛在攻克特洛伊后归国途中十年漂流的故事。

1938 年，尼科斯·卡赞扎基斯发表了经过 13 年不断修改的史诗《奥德赛》：一个现代的结局，接着叙述了荷马史诗中结尾以后的故事。

我步行来到埃伊纳岛上的卡赞扎基斯故居，从木栅栏门外向里望去。

一栋白色二层楼房，蓝色的百叶窗，还有一个宽阔幽深的花园，长着碧绿色的橄榄树，茂盛的仙人掌和芦荟，诗人就长眠在这里。

卡赞扎基斯于1957年去世，后来，房子不知怎么落在了一个法国人手里，他把所有来此拜访的人都挡在了门外，其中也包括我。顶着火辣的太阳，我无奈地站在门外。这时，恰巧有两个留着络腮胡，年纪五十岁上下的渔夫路过，他们热情地走上前来，用希腊语对我说了一段话。王军马上翻译给我听，他们说诗人喜欢站在窗边眺望大海，沉思。我感谢他们对诗人的崇敬与关心，他们的话多少也验证了我对诗人写作生活的遐想。

卡赞扎基斯写作的桌子靠着一扇窗户，他抬起头就能看见窗外湛蓝的爱琴海，还有浅蓝的天空。我想，他的眼睛，也像天空那样蓝吧。

夜晚，他清晰地听着大海的涛声安然入眠。清晨，噙着晨露的鸟鸣，将他从驰骋飞翔的梦境里带回。这种融入大海，勤奋写作的生活，难道不是一种最自由、最宁静的生活?

我站在海边眺望，海浪滚滚。那是一种看得见、摸得着的水晶蓝，优雅，美丽，浸润着橄榄叶的绿色，向我缓缓涌来。一个历经磨难的灵魂涂抹上爱琴海阳光的色彩，散发着光芒……

奥德赛的船队航行在海上，空中飘来了轻柔的歌声:“来吧，奥德赛，停下来吧……”这是半人半鸟的塞壬女妖用美妙的歌声来引诱航海的人。谁都无法抵挡这充满诱惑的歌声，除了真正的英雄。

《奥德赛》篇幅浩繁，结构复杂，情节离奇，语言凝练。它就像埃伊纳岛上矗立着的阿菲亚神庙，24根白色多立克式石柱保存完好，缔造出巍峨而华美的景象。

虽然，这种全方位驾驭文字的能力，早在1000多年前的荷马、埃斯库罗斯、阿里斯托芬他们已经做到了，但我还是无比欣赏卡赞扎基斯这种对情节性诗歌的完美抒写。

八月的埃伊纳岛，阳光灼热。他住在屋子里，睡前故意不关窗子，好闻到外面大海的腥味，这样一整夜就像睡在大海里。第二天醒来，屋内大亮，凉爽的海风已经轻轻为他打开了窗户。

那片湛蓝的大海在他的心中成了希腊的象征。这个敏感的诗人从小崇拜希腊英雄，喜爱诵读《奥德赛》，成年后仍然对古希腊文明无限眷恋。然而，在心浮气躁的文化环境中，诗人是孤独的。有时候，半夜醒来，睡不着，他会拿出柏拉图的哲学著作重新阅读。

他的代表作《希腊人左巴》的背景就是纳粹德国入侵希腊时的景象，他这样写道："这个时刻，当我的脚踩踏在这片土地上时，我就不再是我自己，而成了另外一个人，令人愉快的，欢欣的海洋，孤独，在我的印象中，再也没有如此美妙的感觉了。"

有时，他会起个早，去海边散一会儿步。然后，沿着小路去往岛上的圣纳克塔里奥斯教堂，在一片圣洁的气氛中静静祈祷。当然，接近中午，他通常会走到热闹的鱼市，吃一份 Mousaka，与那些戴着圆扁帽的渔夫们喝上几杯传统的希腊酒 Muscat，酒兴酣时，便手舞足蹈地一起跳起舞来。

晚年，卡赞扎基斯的《基督最后的诱惑》在第一次出版时引起了争论，罗马天主教教廷表现了强烈的愤慨，并取缔了该书，希腊东正教则将其逐出教会。

我没有读过《基督最后的诱惑》，但我相信它具有一种非常特殊的风格——宽广、明朗、强烈，像八月的爱琴海一样，有着一股让所有人与之直面相向时，都会屏住呼吸、抬头仰视的力量。

我凝视着卡赞扎基斯那张正在写作的相片，他是魁梧、挺拔的，更兼重振声名，兴奋异常，但想来在言笑停顿的一瞬，眉目严峻，哀愁一如心情的底色，不自知，抹不去。这是所有英雄的共相吧，忍辱积郁，不为命运所屈服。1956 年 6 月 28 日，尼科斯·卡赞扎基斯在维也纳获得了国际和平奖。

我想，如果卡赞扎基斯没有续写《奥德赛》，人们在墓地回顾他的一生时大概非常平淡。在他的诗中，他把心灵之门打开，用他独特的抒写方式把这平淡的一生写得曲折而奇妙。

卡赞扎基斯，这个古希腊精神的漫游者，这个神性的诗人，静卧在希腊埃伊纳岛的土地上，默默地眺望着大海。他的墓志铭上写着："我不希望什么，我也不害怕什么，我是自由的。"

希腊宝藏

站在桥上，俯视科林斯运河，有一艘船正缓慢地通过狭长的河道。这条世界上最深的人工运河，连接着伯罗奔尼撒半岛和希腊大陆。我知道这里距迈锡尼不远，因为到希腊来我随身带着一本书——美国作家欧文·斯通所著的《希腊宝藏》，我对导游王军说："带我们去迈锡尼吧！我要去寻找希腊宝藏。"他笑了笑，欣然同意。

1876 年，德国人施里曼发掘出迈锡尼遗址，轰动了考古界和历史学界，同当年发掘特洛伊一样，他把此前关于迈锡尼的传说变成了历史，而不再是神话。

一路上，王军介绍：如今的迈锡尼是一个以柑橘种植和旅游业为支柱的小村子，古城遗址位于它东北一公里的地方。途中，我们经过一幢房屋，施里曼曾在此居住，现在叫作"施里曼之屋"。我围着屋子转了一圈，暗自感叹：这个人的运气真好啊！据我了解，在施里曼之前，狮子门早已发掘出来了，但他完全根据直觉和对《荷马史诗》的准确理解，成功地找到了宝藏，证实了史诗中对"迈锡尼富藏黄金"的记述。

《伊利亚特》描写了迈锡尼强盛时期国王阿伽门农远征特洛伊，10年后，希腊联军以木马计取胜。他携带特洛伊公主卡桑德拉胜利归来，竟被妻子克吕泰涅斯特拉和奸夫杀害在自己王宫里的故事。通奸、谋杀和复仇的千古悲剧发生的地点就是迈锡尼的城堡。它是迈锡尼建筑最突出的成就之一，建于群山环绕的高岗上。沿着满布岩石和干灌木丛的崎岖斜坡走了一会儿，我们便看到了狮子门，上面刻着一对雄狮护柱的浮雕。进门后，王军指着右侧的圆形墓地说，当年施里曼正是在这儿发现了“阿伽门农黄金面具”，前面是阿伽门农的宫殿。看着堆满乱石块的墓地，我心生疑惑。但向前走了没几步，果然就到了山顶的宫殿遗址。岁月的尘土掩埋着断壁颓垣，好像在掩埋一个永远无法愈合的伤口。四周寂静。我站在阳光下，向北望去，群山葱翠，轮廓分明。浅蓝的天空，偶尔飘过几朵云彩，它们缓缓行走，在大地山川上投下了巨大的阴影。我想，在那已然消逝的遥远时光中，作为这片广阔而美丽的迈锡尼文明世界的统治者，集威严、权力于一身的国王阿伽门农，一定站在这里，骄傲地俯瞰过整个迈锡尼古城吧。

在古城遗址附近的阿特柔斯宝库，我们逗留的时间最长，我被这精巧的像蜂窝般的建筑迷住了。宽敞的入口通向高大的洞穴，顶上是两块切割得整整齐齐、打磨得晶光锃亮的巨大石板。唯一的光亮从露天门道透进来。仰望穹顶，它是用坚硬的角砾岩块精心构建的，石块有规则地层层相叠，接合得分毫不差，且没有任何黏合材料。我猜想，施里曼肯定认为这样的建筑作为坟墓是大材小用了，所以才误把它当作宝库了吧。轻轻地，我的耳边传来一阵声音，侧耳细听——那是施里曼在发掘空隙朗读《荷马史诗》:“就像灿烂的阳光和皎洁的月光，慷慨的阿尔喀诺俄斯的巍峨宫殿崭新炫目；铜墙从大门门槛一直延伸到建筑的最里头；柱的顶部由青灰色的铁铸成。”

当我置身于迈锡尼博物馆时，感觉一下子回到了千百年前，停在路边上的汽车好像根本不属于这个世界。我们一步一步地接近阿伽门农的迈锡尼，这些墓中发掘出来的光彩夺目的珍宝是施里曼的成就，也是他和他的希腊妻子索菲亚的成就。通过他们，世界才第一次知道迈锡尼人的生死，甚至还有一些他们最深处的秘密。我想：在那些发掘的日子里，荷马一定就坐在他们的身旁吧。我又想，索菲亚，也许是神特意安排到施里曼身边的。他的童年时代对《荷马史诗》的酷爱，可以对他的许多命运之谜做个回答。在艰苦的发掘过程中，索菲亚渐渐理解了施里曼。他是一个怀着浪漫和理论的兴趣、胆怯地翻动书本的每一页的文人，他更是一个在田野里挖掘、夹杂不安和失望、需要有胆量的决断、带着发现的狂喜的考古工作者。她常常惊叹他的直觉——指引他找到特洛伊普里阿摩斯的宫殿、宝藏、斯凯安门、向外通向特洛亚德的石面铺路的魔杖。在迈锡尼，施里曼的名字再一次与阿特柔斯、阿伽门农、克吕泰涅斯特拉并驾齐驱。

> 时光之长长的、不可测量的脉搏推动一切。
> 隐匿的东西都能使之重现，
> 了解的东西都会变成不了解的。
>
> ——索福克勒斯《埃阿斯》

烈日当空。尘土，烂泥，刺眼的阳光，寸草不生。施里曼夫妇组织几十个工人一层一层地挖掘：首先出土的是饰有几何形的彩绘古陶、粗糙的女性和母牛形的赤陶赫拉偶；其次是包有厚厚金箔的木纽扣，上面刻着一个圆、一只三角和三把匕首；更多的雕饰石碑，其中最有趣的是表现一个站在战车上的裸体男孩；接着是刀、轮、矛、双刃短柄小斧、冻石、玛瑙和玛瑙宝石，饰有动物凹雕；还有金纽扣、金十字架、金王冠、黑曜岩战刀和青铜战刀、银杯、赤陶鼎；耀眼的金梳子、金珠和琥珀珠、金胸针、鱼纹饰金高脚杯、银瓶；直至闪烁着光芒的饰有两只金鸽的“涅斯托耳高脚杯”，引起了人们的惊呼。高潮当然是著名的“阿伽门农黄金面具”。再熟悉不过的面具！它的五官是希腊式的：有力的鼻、整齐的上髭、狭窄的脸和山羊胡子。看着这些不计其数的文物，我感觉周围的人、空气、景物都在慢慢失去控制，古希腊的时代风貌在一点一点地重现。

再读一遍《伊利亚特》和《奥德赛》，荷马的蓝本是稳定而具体的自然界，在他的诗歌中，我们觉得处处脚踏实地，站在现实之上。

带着与发掘者同样惊喜的情绪，我开始对古希腊历史一层一层地挖掘。首先是，一切社会基础、制度、风俗、观念、种族和宗教。希腊人在民主自由和激烈竞争的环境中不仅发现、孕育和创造了美，而且也创造了神，在希腊人的心目中最完美的人就是神，因此希腊人把人提高到神的高度加以肯定。其次是，哲学、戏剧、诗歌、体育、科学、建筑。希腊人把强健的身体看成一切善与美的本原，把希腊神话视为艺术的精神本源。至于哲学，那是在练身场上，在廊道下，在枫杨树间产生的，哲学家们一边散步一边谈话，众人跟在后面。最后是雕塑，它有着无所不包的和谐与规律性，还有庄严与静穆。希腊的神庙建筑舒展、伸张、挺立，嵌在三角楣上的浮雕，还有供在圣堂中的神像，用云石、象牙、黄金雕成，代表英雄与神明的身体。雕塑成为希腊的中心艺术，一切别的艺术都以雕塑为主。我认为，没有一种艺术可以把民族生活表现得这样充分，也没有一种艺术可以受到这样的培养，流传这样普遍。

凉爽的海风徐徐吹来，霎时驱走了暑热。在静谧迷人的纳夫普里昂，在这个以海神波塞冬儿子的名字命名的城市里，我的眼前呈现出一幅令人难以想象的诗意景象：

一群曼妙多姿的女神站在湛蓝的海边，她们的头上戴着碧绿色的橄榄枝叶编成的花冠。风把她们的长发、轻纱和衣裙吹向斜后方，波浪似地飘动着，远看就像一组雕塑。这些为人们带来春天的女神们啊！她们是多么美丽、圣洁、神圣。

呼吸着希腊稀薄、透明、光亮的空气，我想，希腊人和中国人一样，是一个有着灿烂文明的古老民族，都有伟大的祖先，我们以此为荣。这样的崇拜，应该算是人类之爱，智慧之爱吧。

一直以来，对我最有影响力的人不是巴尔扎克、莎士比亚，而是荷马。这位古希腊的盲诗人在诗中描述了：世界文明、战争、友谊、情爱、追求荣耀、欲望、发明以及生活的兴致等。我对希腊的喜爱，除了对这些心存信念，还有一种就是朴实的怀旧之情！

碧蓝的爱琴海，星罗棋布的小岛，岛上长着疏落的树林，有月桂树，橄榄树和葡萄树。希罗多德说希腊“一出世就与贫穷为伍”。确实，伯罗奔尼撒半岛上山峦连绵起伏，土壤贫瘠单薄，但到处都建有神庙。走入神庙，在一座巍然的雕像前站定，我仰起头来，目光扫过赫耳墨斯和小酒神。伸手抚摸，石头的冷意浸透我的心。我想，再没有一种艺术比希腊的雕塑艺术更需要单纯的气质了，希腊人独有的气质——刚强的力、勇敢的精神、朴素高尚的气息，还有开朗乐观的心境。我坚信这才是真正的希腊宝藏。因为“这种气质使人把人生看作行乐。最严肃的思想与制度，在希腊人手中也变成愉快的东西；他的神明是‘快乐而长生的神明’”。

离开希腊的时候，我忍不住对王军提起：在迈锡尼博物馆参观时，见到他与一位年轻女子在谈笑。他大方地说道，“那个女子他颇为熟识，她是当地迈锡尼博物馆馆长的女儿，知识丰富，尤其对希腊历史感兴趣。真巧！她的名字也叫索菲亚”。王军的语气里流露出对索菲亚的仰慕和欣赏。虽然，对索菲亚我只是惊鸿一瞥，但印象深刻。她是端庄典雅的。一位拥有典型希腊人气质的希腊女子。一位秀美飘逸的女神！她应该属于希腊宝藏的一部分吧。

穿行于时间之幽暗的宫殿

看到阿尔罕布拉宫的一刹那，我的思维有些停滞。远处的内华达山白雪皑皑，阴云密布下的古老宫殿，没有想象中的雄伟、恢宏，但闪闪发光如星辰。这是统治过西班牙的摩尔人留下的神圣宝物。

我往山上走去，一路都是水。水在沟渠里流动，水在雕饰的水盆中盈盈地满出来。所有的水都是从山上潺潺流下的泉水，经过精心设计，通过水管、喷头和水渠的分流走向，千回百转，成为长满睡莲的池水，晶莹四射的喷泉，咕咕冒着水泡的水钵，还有路边流淌的溪流。

那些富丽堂皇的厅堂，仿佛被人遗忘了，只有涓涓流动的水一遍遍地提醒我，其实它们就隐藏在深远的寂静的幽暗的角落，缓慢呼吸着。在一片柔情和泪水中，我亲切地回想它的过去，到处充满了绿树泉水，玫瑰环绕，夜莺啼唱……月光清寒，日渐衰落、颓败的宫殿，住着作家华盛顿·欧文。半夜，他被叮咚的水声吵醒，举着摇曳的烛火，拂去蛛网和灰尘，独自沿着长长的回廊去寻找传说中哭泣的鬼魂。

天色慢慢地亮起来，隐隐雷声像神灵的预示。淡灰色的光线折射厅堂、拱门，勾勒出柱廊的浓重阴影。梅苏亚尔宫布满色彩绚丽的石膏几何纹饰和阿拉伯文字的图案，墙上有华丽多彩的壁画，中间的四根圆柱是把珍珠、大理石等磨成粉末，再混入泥土，用人工堆砌雕琢而成的。

待嗅闻到花草散发的潮湿的香气时，我知道前面便是桃金娘院了。长方形水池纵贯全院，明澄如镜的池水两边种着葱翠的桃金娘，倒映着纤秀的券廊和宏伟的科玛莱斯塔。我触碰、抚摸开着格子窗、用植物纹饰的拱门，那么素雅、质朴，甚至黯淡，一点不起眼，但我确信，阳光照耀的时候，它们一定是绚烂夺目的。科玛莱斯宫的大使厅人群涌动，仰望，我对星状彩色屋顶的木工雕刻赞赏不已。然而，黑暗触摸的一切，混乱的一切，高悬着、流动着、延缓着，打破安宁。坐在御座上的那个人默默凝视着纳斯里王朝的国徽，上面清晰地写着“只有真主才是胜者”，发出一声声的叹息，脆弱得如同勇士手中的玻璃宝剑，在空中无力自卫。有着钟乳石状中楣和精彩花纹的窗户在风中吱吱作响，壁龛里微弱、飘忽的火焰映照出泪水滚落的面庞。为什么那个尊贵的人他没有怀抱什么渺茫的希望去祈求神的庇护，而甘愿接受被征服的命运？难道仅仅是为了保全这座美轮美奂的宫殿？

典雅对称的狮子院，它是阿尔罕布拉宫的精华。12 只强劲有力的白色大理石狮子托起一个大喷泉，喷泉向四周各引出一道小渠，名为水河、乳河、酒河、蜜河。《古兰经》应许给敬慎者永远居住的“天园”里，最诱人的就是这四条河，它们是生于沙漠的阿拉伯人想象中的生命之源。水从喷泉流到狮子嘴里，从狮子嘴里又分流到十字形的水渠里。泉水涓涓流经厅堂，厅堂里居然也有喷泉。清澈的水如洁白的乳汁仿佛要从裂开的缝隙迸出，激情之流冲却黑暗，渴望那死亡永不再复归。喷泉与券廊窈窕相连，124 根细弱的柱子上架着漂亮的马蹄券，壁上有玲珑剔透的石膏花饰，用金线勾勒，彩色描绘。蹲下身，我惊喜地发现一颗水珠挂在一片碧绿枝叶上，坠落，轻柔温馨的气息一下子发散开来。

阿尔罕布拉宫的每个部分几乎都能撩拨人的心弦。狮子院周围的四个厅各具特色：穆克纳斯厅有三个钟乳石拱门；阿本塞拉赫厅是方形的，每边有个卧房；国王厅有三个券廊被双钟乳石拱门分开；姐妹厅较为明亮，窗外绿树葱茏，中间有个滴滴答答的喷泉。所有的厅堂里都没有家具，我不由想象其中的陈设：窗前挂着二重或三重丝绒窗帘，墙上满覆壁纸或花绸，地上铺着丝织地毯，角落里有床，中间有几张椅子，桌上摆着无数精致的小古董、两三个绘有图案的水瓶……这是一个轻松惬意的栖身之处，何况精巧幽深的花园里，还种着珍稀的花草和树木，欢声笑语此起彼落。“蕴藏在这座东方的伟大建筑里的，该有多少逸事和传说，真实的和荒唐无稽的，多少阿拉伯的、西班牙的关于爱情、战争和骑士精神的诗歌和民谣。过去，这是摩尔族诸王的宫殿，他们在这里过着豪华、优雅的亚洲式奢侈生活，统治着他们夸耀为人间乐园的疆土，保卫着伊斯兰帝国在西班牙的最后据点。”沉睡的摩尔人的紧闭的宫殿，穿过重重宫墙往里望去。精雕细镂的厅堂，莺歌燕舞的酒宴，蒸汽弥漫的浴室，优游度日的格拉那达小王国被浓缩在一个装饰精妙的生命的丝网里，那生命一度是实在的，安逸的，如今仅遗下庭院里一棵高高棕榈树的微微晃动，传递出一种历史宿命的怅然感觉。

天色又亮了几分，清凉的风夹带低沉委婉的吉他曲吹来，萦绕不去，我在特雷加弹奏的回忆之梦中层层沦陷。也许我的心不够敏感，不够真诚，对渺小之物更不够热爱，但对宫殿的建造者来说，想必是至关重要的。爱首先可以教会人沉入内心，然后谦虚地去热爱去探究微小之物的奥妙，最后才像蜜蜂酿蜜一般，从一个一个的细节开始，在大自然采撷最精美的原始材料，抵达广大。这就是里尔克说的“寂静而广大”。能工巧匠们用繁复的图案、缤纷的颜色以及本民族特有的识不透的字符把心中五彩的梦刻下来，在轻盈灵巧的券廊上，在饱满细腻的拱门上，在金银丝镶嵌的圆形屋顶上……这些名字和这些技艺连同这座宫殿因无情的战火几近湮灭。

站在庭院里，我默诵希梅内斯的名字以及《古老的花园》的句子，这座废弃宫殿从前的美妙生活随之展开，诗句也在身边翩翩飞舞……

……枝叶不停地摇撼，
我不知什么神秘的力量在作乱：
从背阴的密林间，
好似飘来一团香云，
蓦地伸出一枝神奇的玫瑰花，
她那极其柔软的身段，
久久地、孤零零地袒露在
轻薄飘洒的面纱后边。

风声、水声和树叶的簌簌声，这万籁之声透过沉沉黑夜传入我耳中，如珍贵的生命旋律，丰富、生动、明朗。壮丽的宫殿、斑驳的浮雕、巨型的银制吊灯、细致多变的线条、缠绕的藤蔓及精致的花纹……再次触抚这些痕迹，好似穿行于幽暗的时间隧道，遥远一线光芒引导着我。金碧辉煌的宫殿，大抵是两个主题的交杂：一个是纵情的、欢洽享乐的生活，动听的吟唱，对自然、生命的歌颂，胜似天堂的繁华人间；另一个是哀怨的、缠绵悱恻的爱情，短暂的奢华，化作思念转而凄凉，直至忧郁、孤寂的死亡。古老颓废的皇宫，荒草中绽放的鲜红花朵。涓涓的流水突破幽暗继续往前，晶莹、迷离、纤细，水声有时是清亮的、高亢的；有时是喑哑的、低回的。我一步一步沿着琶乐踏（梯田式公园）往上走，问自己这里究竟是不是真的存在？我注视着那些端庄肃穆的碉楼、庭院、券廊和高塔；徘徊在那个栽着绿色侧柏和橘子树，夹竹桃花夹道，有着长长水池，两排细小的喷泉在空中参差交错，水花四溅，好像水精灵舞蹈的赫内拉斯菲花园中；伫立于那座体量庞大、外方内圆、与整体建筑风格相悖的卡洛斯五世宫殿前。有过疑惑，也有过踌躇，终究认识到了阿尔罕布拉宫在体现伊斯兰建筑艺术风格上无与伦比的地位。面对这座豪华宫殿，任何人都是孱弱的。它把我紧紧抓住，使我难以脱身，似乎探入时间的幽暗最深处，在隐蔽的笼罩着阴影的地方，轻轻的脚步声，让我顿生恐惧，而后心情渐渐放松。我倾听着欢快的流水涓涓流动，把那淤泥中生长的荒草、漂浮的腐叶一路带走，沿途亲吻着树木和石头，在无梦无光的黑夜的终点，准确无误地把这座气势磅礴的宫殿奉献给人类大地。

峡谷清幽，宛如幻境。阿尔罕布拉宫红石砌成的围墙，依山就势起伏蜿蜒，沿墙有高高低低的碉楼，有坚不可摧的城堡，还有断壁残垣的兵营。登上高处眺望，一片葱绿。绿的玉香草，绿的龙舌兰，绿的橄榄树。空气如此清新，我深深地呼吸。前方就是诗人洛尔迦热爱的故乡格拉那达，石榴花般的美丽宁静。在那个时代，格拉那达周边的平原，全都依靠复杂的沟渠灌溉。每天夜里，以阿尔罕布拉宫的钟声为信号，沟渠闸门开关闭合，让清水分流，灌溉平原上的庄稼。富庶的格拉纳达，“就像一具银瓶，里面插满了翡翠和宝石的花朵”。

黄昏，厚重的乌云散去。夕阳斜照下的阿尔罕布拉宫，呈现出别样的妖娆风韵。转眼，天空中出现了大片大片艳红的晚霞，如血如泣，将这座有着神话般色彩的宫殿衬托得更加流光溢彩。回望绿树掩映中的阿尔罕布拉宫，仿佛是从天上掉落下来的，我为这摩尔人的瑰宝流连忘返。

造一座天堂的房子

黄昏，天空蓝得纯净，飘着云。地中海的海水湛蓝，微微发灰。浮着薄雾的海面，仿佛还没有从梦中醒来，连流动也看不出，凝成一片，毯子似的。大海或许永远是平静的，就算有风来，它也不会暴怒。

我从远处眺望巴塞罗那，天际线上屹立着一座骄傲的建筑——神圣家族大教堂。五座塔吊仍在不停地建造这个持续了一百多年的未完工程。西班牙的艺术家，怀着对宗教和艺术的双重热忱，投入设计制作。把人生最后的岁月完全交给它的高迪，使这座大教堂获得了灵魂。

在图册上我早已看过高迪的建筑，他是一位坚毅的自然主义艺术家，勇敢、锐利。高迪喜爱大自然，尤其对动、植物及山脉的造型，观察入微。海浪的弧度、海螺的纹路、蜂巢的格致，都是他酷爱的表达思路，“直线属于人类，曲线属于上帝”。他乐于用柔和的曲线和五彩的颜色表达一切，甚至每个烟囱的形状、每块瓷砖的摆法，都让他饶有兴趣玩味半天。那些风格迥异的建筑物，像蚁穴，像断崖，像椰树，像贝壳，像水滴……你尽可以天马行空地去想象，感受它的奇妙！

他的天性，使自然主义东奔西跑的思绪，成为逆风而飞的一根羽毛。我第一次用羽毛赞美人，因为他是高迪。如果用一种色彩描述高迪，他是蓝色的，地中海的湛蓝。天主教堂，多么接近鸟笼的意象，灵感迸发的时候，羽毛才能飞起。自由就是对拘禁的抗衡。执着，这消逝的品质——在高迪之后就消逝了。一个天才会带走一种品质。

他有点像东方画家，只以神遇而不以目视。最初的、模仿的阿拉伯摩尔式、新哥特式作品，无疑是精致耐看的。当他稍稍偏离了这种理念时，只有依靠想象力的推动惯性了——罗斯金自然主义学说和新艺术风格的影响，浓烈的加泰罗尼亚民族意识，来自蒙特瑟瑞圣石山的创作源泉，使他敢于去描绘世界上不存在的东西。他的后期作品风格独特，实在太好了，简直如有神助。听说，格尔公园是他在建造圣家堂之余接的，连设计图纸都没有，随想随建。

春光明媚，大街上的树纷纷伸出油绿的手掌，淡淡的粉色小花，芳香浓郁。空气中洋溢着一种轻飘飘的快乐，使我心旷神怡，步履更加轻捷。高迪有着地地道道西班牙人的超常热情，竟能把公寓这样令建筑师沮丧的枯燥题材，处理得如此神采飞扬。

米拉之家的屋顶高低错落，墙面凹凸不平，仿佛是一块被海水长期浸蚀又经风化布满孔洞的岩体，阳台栏杆由扭曲环绕的铁花构成，如同长在岩体上的一簇簇杂乱的海草。我从外面看里面，从下面看上面，甚至一直钻出顶层，看到屋顶。屋顶上，烟囱和通风口被做成一列整齐排立的海螺精灵雕像，粗犷又精致。

巴特略公寓采用小块彩色陶瓷及玻璃，引用加泰隆尼亚传说“乔治屠龙救公主”的故事为创作蓝图。屋顶十字似是一把剑，铺满鳞瓦的弯曲的屋檐像是龙的脊背。走近看，我喜欢那片华丽迷人的彩点墙面，分明就是一幅印象派点彩画，突出的阳台就像一个个张牙舞爪的鲨鱼头，张开大嘴；还有精美的窗户、立柱，以及装饰小角楼……

格尔公园是用马赛克拼贴的童话世界。登上公园的大平台，游动的蜿蜒曲折的龙形座椅上，情侣三三两两；下面是百柱厅，有着四个月亮环绕太阳的马赛克天花板，还有依山而建的海浪般的高架走廊。望着远处守卫室上顶着拉丁十字架的尖塔，我感到高迪的巨手，在那里恰到好处地捏塑着墙面。然后，在几乎是带着指纹痕迹的曲线里，高迪顽童般的凭他对色彩的特殊感觉，往柔软的泥里，一小块一小块，看似随意地搭配着摁进那些闪闪发亮、五彩缤纷的马赛克。

有关这座城市的一切传说，引起我许多的遐想。模糊的创世纪神话中，人类窥见古代水、火、土的斗争，有了温暖的火种；土地从水中浮起，有了生殖的力量，长满有益的植物和养育人的谷类树木；然而，洪水时而泛滥，猛兽毒虫肆虐，黑暗妄图吞噬一切……苦难深重使得人类不免有“幻想的倾向，经常的绝望，对温情的饥渴，自然而然使人相信一种以世界为苦海，以醉心上帝为无上幸福，以皈依上帝为首要义务的宗教”。于是，以教堂为代表的哥特式建筑出现了。线条轻盈的尖拱券，脆弱通透的飞扶壁，修长的立柱或簇柱，还有挺秀高耸的小钟塔，插入云霄。西班牙人生下来就是天主教徒，高迪也是如此。里尔克说：“艺术家的工作才是唯一令人满意的宗教活动形式。”在我眼里，高迪是最热衷体现圣徒精神的建筑师，同时又能深刻理解和同情人性的弱点。高迪投入圣家堂的建造后，每天从格尔公园的理想屋走到工地，来回十几公里，从不间断，直至年老体衰不得不住进教堂的地下室。在那里他每天工作、祈祷、做弥撒，日复一日，偶尔出门是为了募捐圣家堂的建筑工程款项。在他所有的建筑设计中，最重要的就是这座大教堂。

圣家堂清清楚楚地凸显在湛蓝的天空，诞生门由 4 座高耸的柏树型钟塔构成，每个塔顶有一个小尖顶帽，色彩斑斓，可爱如花，像极了主教戴的帽子。它们是诞生门唯一用钢筋水泥加彩绘玻璃制成的。这座大教堂是雍容华贵的，有着深厚的宗教根基；又是现代前卫的，有着奇异的结构造型。它的基础，侧影，整个的形体和所有的比例，一下子都显露出来了。没有希腊、印度、柬埔寨那样庞大繁杂的庙宇，重檐叠阁的宫殿，迷宫式的长廊、围墙、厅堂，它只是一座能容纳巴塞罗那居民的天主教堂。

仅从巴塞罗那皇家广场上那 6 只手臂造型的街灯，就不难看出高迪是怎样一位才华横溢的工作狂。大胆奇特的设计，一丝不苟的测算，绝对不是一位普通的建筑师可以做到的，这需要耗费大量的时间与精力。他更像一位诗人，只是为爱情谱写的恋歌全都献给了挚爱的建筑，以致终生未婚。他每天跟着建筑物成长，仔细看着每块砖慢慢地砌起来，并耐心地与工人讨论，关注每步可能失败或成功的工程进度。

现实与梦想总是交缠在一起，有一层梦想，就有一层现实的阻碍。每个人都可以选择去跨越阻碍，或是转身离开。卡尔维诺在《未来千年文学备忘录》中提倡的第五种文学价值观是繁复，圣家堂是繁复的。作为建筑师，高迪有技术、有修养，还有超凡的想象力，但像普鲁斯特无法结束《追忆逝水年华》一样，也没有完成圣家堂的建造。教堂的设想框架、内外结构，还有总体轮廓，时刻浮现在他的脑海中。这座巍峨宏伟的建筑没有直线和平面，以螺旋、锥形、双曲线、抛物拱变化组合而成，千姿百态；由众多的人物、故事、场景依次占据，生动丰富。时空维度无限繁复，不断地扩充，以致无法把握。但它已完成的部分无论从哪个角度来看，都是精美绝伦、超凡脱俗的。

可以说，圣家堂是一部用石头雕刻出来的《圣经》。教堂的三个立面，分别描绘耶稣的诞生、受难和荣耀，代表着耶稣神性的三个方面，满覆圣经场景的浮雕。按照高迪的设计，教堂一共有 18 座钟塔，分别代表耶稣、圣母玛利亚、12 位圣徒和 4 位福音使者。诞生门 4 座圣徒塔下各有三大堂门，正中央堂门上方两旁有许多天使，天使们使用各种乐器庆祝耶稣诞生，左下方有东方三博士跪着向耶稣祈福。左堂门左边讲述希律王屠杀婴儿的故事，右边有一位军人正执剑屠杀婴儿，下侧是其父跪地求饶的惨景；另一边则是圣母抱着圣婴，在圣父的陪同下，逃往埃及。右堂门叙述耶稣青少年受教育的情形，右边圣父正在教耶稣做木工，中间是耶稣在耶路撒冷教堂与希伯来国王的博士们会谈的情节。三堂门的上方有一棵绿树，青葱丰茂的生命之树。夕阳斜照，大教堂的色彩不断变幻，我的目光在一个又一个雕像间漫游，想得太多太多：关于漫漫时光，关于生命奥妙。

人在最初凭着直觉，把生命的体验、人生的感悟、原始的冲动，以艺术的形式释放出来。开始，手是笨拙的，或许想要刻画精致，可是做不到。渐渐地，手灵活了，技艺提高，作品变得日益精巧。在沾沾自喜中，丝毫没有察觉自己丢失了艺术的灵魂。然而，这座建筑物是健全的、完美的，每个部分都有一种持久的平衡与和谐，难能可贵的是在雄壮的气概之外，还有潇洒的风度。它是神的居室，供奉耶稣的圣地，只安放一个十字架。离开主祭台不远就能望到教堂的主要线条如何配合，向什么方向发展，一目了然。没有复杂、古怪的元素，只有简单、平常的几何形式，由对称的布局用重复或对立的方式表现。柱子并不笨重，相反，很轻巧。高迪手中拿着开启大自然秘密的钥匙，以表达严肃的感情和幽微的梦境为主题，把不同的平面、角度、线条，加以交叉、变化、屈曲，使建筑物的形体像生命一样妩媚，多样，飘逸有致。两个似乎不能并存的优点被他结合起来：极其朴素，又极其华丽。站在圣家堂，我像普通观众聆听一位天赋独厚、技巧娴熟的音乐家的演奏，他有着精纯的音色，丰满的和弦，微妙的用意。但是，普通观众对那些妙处只能断断续续地稍加领略，根本达不到至臻境界。

来到利比里亚半岛，几乎凭着嗅觉，就了解西班牙是一块浸透了宗教文化的土壤，他们的宗教感情不是走向抑郁的成熟，而是怀着献身的强烈向往。他们认同天空下的创造物而凝聚在一起，并且深深热爱这片土地。这就是从高迪开始的圣家堂能够让西班牙人有耐心一直造到今天的原因吧。诸多敏感的人，如塞万提斯、戈雅、委拉斯凯兹、高迪，他们在躲避，在叹息，在挣扎；他们在纸上激扬文字，在画布上涂抹颜料，在工地上做着石膏模型。正是这些人，成就了西班牙，使得它作为一个民族，能融合外来文化，不会永久在战场上沉沦。

圣家堂是令人惊异的。高迪在保留建筑奇崛静美气势的同时，把手艺的柔性力量发挥到了淋漓尽致的地步。整座教堂，里里外外都是三维的扭动延伸，灵魂的张力仿佛随时要破壁而出。传统的大教堂，有着宝塔形的烦琐雄伟的结构，沉重庄严的气氛，阴暗刻板的湿壁画；与之相比，圣家堂自然、明朗、典雅，有着充满古风的静穆和抚慰心灵的甜美，让人倍感温馨安宁。围廊架空，穹顶高耸，螺旋形的楼梯，宛如从墙上生长出来的栩栩如生的圣母雕像，黄红蓝相间的玫瑰花窗嵌着弯曲而交错的窗格，唱诗班的席位雕成镂空的花边一般，钟楼、墓室、祭坛，还有一根根棕树叶形的大柱子，开满向日葵的穹顶，繁星满天……抬起头，有一束光从高远的天顶直射下来，照在主祭台上。很快，光线变作血红色，变作草绿色，变作紫英、黄玉与翡翠、水晶交织的一道华彩，神秘、瑰丽、梦幻。仁慈的上帝伸出手来，天堂的光明穿过黑暗。——贫穷，愁苦，冷瑟凝滞的灰白的雾气，瞬间被富庶、欢欣、温暖柔和的金黄的阳光替代。

在荫翳茂密的森林里，阳光刺破重重交叠的叶脉、枝杈，丝丝缠绕的藤蔓，忽略眼睛闪着绿光的毒虫，避开蛰伏晦暗洞穴中的动物，在潮湿厚重的苔藓上投下灵动的斑斑点点。光踮起细小的足尖，在树木枝杈石头溪流间跳跃、舞蹈、游走。光长着薄薄的透明翅膀，无色无味却又明亮的眼睛，会区分白与黑、昼与夜、生与死，还有喜悦与不幸。光是缪斯女神手指中流泻的悠扬琴音，能开启所有人的心智。于是万物苏醒，鸟声啼啭，召唤着春天的到来。被光照耀的一切闪闪发亮，解冻后的大地广袤又明朗，散发着一股气息，清新、充沛、芬芳，这是生命本身的气息。泥土松软而营养，纤细嫩绿的枝条在风中摇曳舒展……无数的希望与憧憬。人们心目中祈祷企盼的天堂，就是阳光普照下的大森林，最美的生活就是与神最接近的生活。

弥撒、唱诗，都是敬神仪式的一部分。西班牙人浪漫、热情、奔放，从来不想为了敬神而苦修，守斋，战战兢兢地祷告，或是伏在地上忏悔罪过；他们为了神而装饰教堂，用音乐、诗歌和雕塑创造辉煌的作品。作为圣徒，高迪认为这股热情就是虔诚。当圣家堂响起浑厚深远的晚祷钟声，相信你一定可以在中心堂第一排的凳子前，发现跪在上帝面前的高迪。没有人知道他那颗跳动的心在感受什么。仰望穹顶，你听到了什么？这宇宙天体，如此浩瀚，如此宁静，如此清明。它一定有一种美妙奇异、胜过一切人间音乐的天籁。你怎样才能听到它，你乞求于谁？你仰着头，屏住气，依然什么也没听到。在这浩无际涯、通体透彻的空间里，任何一朵云彩似乎都离你很近，而它们距离宇宙的深处却极远极远。噢，你听到了！闪电刺入乌云的腹内，你终于听到一声震撼人心的惊雷。

教堂里奏起了音乐：一个儿童吹小风笛，三个儿童唱一首歌，大风琴轮流奏响，小号、双簧管，五个儿童唱圣诗，长笛合奏，由六弦琴伴奏的合唱，小鼓合奏。细密的小雨为了让你听到它的声音，每一滴雨都把一片叶子作为碧绿的小鼓，你是否神会到雨声是一种天意！风吹过，叶片晃动发出沙沙声响，像喃喃低诉的缠绵的情话。那枝条与枝条的摩擦，那叶片与叶片的抚摸，体现着树与树之间的柔情蜜意！它们像一对对彼此依偎爱恋的情侣，那么爱悦对方的每根新枝，那么喜欢对方的每片新叶，就像男人爱悦女人润白的肌肤，婀娜的腰肢；女人喜欢男人英俊的容貌，健壮的身体。树用每一片叶子承接雨水，水从叶子流向细枝和树干。雨大了，它们便伸出所有的手臂趁机彼此拥抱，并发出陶醉的呻吟……“林中蚂蚁静静地看守，盯视虚无，但听见的是黑暗树叶滴落的水珠，夏日深谷，夜晚的喧嚣，松树像表盘上的指针站着，浑身是刺。蚂蚁在山影中灼烧，鸟在叫！终了。云的货车慢慢地启动。”的确，生命就像诗中所描述的那样将随着时光而消逝，虚无。但是，这座城市横亘着圣家堂，一座臆造的建筑，难道不是人类的奇迹吗？天使啊，瞧那边！在你的凝视中高迪终于站着被拯救了。哦，赞叹吧！因为是高迪，是他建造了一座天堂的房子。但你能肯定，他从来都没有感到孤独、寂寞、忧郁吗？在林荫道上徘徊，体味落叶纷飞时灵魂不安的苦涩？他跪在上帝面前祷告，显然是在拒斥什么，以此来救护什么？“在各阶级中必然有一些人，既然对物质上的解放感到绝望，就去追求精神上的解放来代替，就去追求思想上的安慰。”这是黑格尔说的。是啊，在高迪的眼前，有一片湛蓝广阔的大海，他的肉身与心魄只能任由其包裹与浮沉。

如果你是一位天才，那么你将成为幸福之人。因为凭着敏锐的观察力和超凡的想象力，对一切事物你都能运筹帷幄。只要你愿意，你尽可从你所热爱的工作中受益。在你的生命时钟中，一小时等同于数十年之长，因为它蕴含着丰富经验和真知灼见，这一小时犹如秋天的果实，成熟且灌满浆汁，包含着属于营养、欲望和成功的物质。天堂的光亮在你身上闪耀，仁慈之主凝视着你，目光里映现出他的形象，并将它印刻在你的额头上，成为一种思想；印刻在你的眼睛中，成为一种符号；印刻在你的声音里，成为一种魔力。于是在他人眼里仅仅是角度、线条、结构的冰冷的词汇，通过你双手的触摸，变成一团灼人的烈焰，它燃烧着，时而让你充满激情，时而让你陷入迷惘，无休无止。你要成为伟大者，让伟大的爱选择你。要不，属于你的只是随着尘土飘浮并陷入泥泞的爱，再也不能升华至神奇奥秘的高塔。一座天堂的房子，是天才因为上帝的眷顾绘就幻想的蓝图建造的。

高迪死后埋在了圣家堂，安眠于上帝温暖的怀抱。一个坚毅、不羁、永生的灵魂。他的一生，主要是内容而非形式。他的想象是从那只著名的彩色大蜥蜴开始的，被千万人仰慕。在我看来，最能代表他特异思维的，倒不一定是米拉之家和巴特略公寓，抑或格尔公园，比如学生时代初露锋芒的设计草稿，就重要得多。人人都触摸得到的建筑主题在他那里变得实在又新鲜，它在一开始是非常具体的，这种具体性带来了单纯的美，并使他坚持到底。几乎所有的艺术大师都有隔膜的痛苦、寂寞的孤单，以及由于历史背景和文化根底造成的担心，有着不同的苦恼与烦闷——如果能够更多地倾听上一个时代大师的回声，那将会使他们感到格外幸福。圣家堂正好满足了他们的期望。

月亮离开大海，清光浸透大地。一座大教堂屹立在星光与月光下，闪着碧青神秘的光亮。当我们与它相对时，百十年的时光静静地流过了，高迪想要告诉我们的那个世界却鲜活如初。在它崛起前，哥特式教堂表现并且证实了极大的精神苦闷，海一般波澜壮阔的苦闷，整个中世纪的人都受到它的蛊惑和困扰。圣家堂其实是现实生活真实与梦幻的表现，包括一切悲哀、贫贱和平凡的细节，一切喜悦、富裕和崇高的本能，一切人性的特征；雕刻时而具体，时而抽象，诗意浓郁达到渲染抒情的境地，丝毫不受规则约束，有时甚至是夸张的，但是有着一种无比宽广深邃的力量，足以把建筑师火热激昂的想象力灌注到人的心里。许多年后，也许我们不再从远处眺望它，但仍然可以在内心用圆柱、雕像和高塔把它建造得更加宏伟壮观！

莎士比亚的摇篮

我知道一处茴香盛开的水滩
长满着樱草和盈盈的紫罗丝
馥郁的金银花，芗泽的野蔷薇
漫天张起了一幅芬芳的锦帷。

到了斯特拉特福（Stratford），我便看见了莎士比亚所说的景象。埃文河（Avon）水欢快地从青翠的田野里奔来，潺潺流淌着。葱郁茂密的绿树花丛，掩映着一座座别致舒适的别墅或旅馆，英国十六七世纪乡村特有的风格。一幅恬淡、宁静的图画。到处是山丘、溪谷、草原、森林，童年的莎士比亚在这里采野果、捉小鸟、逮野兔、捕鱼、打猎，每一个自然美景都逃不过他的眼睛，并且成为他后来的作品中不可缺少的部分。到了斯特拉特福，也才真的知道，水，对莎士比亚的影响，清澈的河水滋润着他的笔。“水，若是不受阻碍地让它顺流而去，它会在光润的石子上弹奏柔和的音乐，轻轻地吻着每一根在它巡礼途中的芦苇，加以阻拦，将会促使它变成狂怒的急湍，咆哮奔腾，泛滥开来淹没一切。”（《维洛那二绅士》）奥菲利娅在水中死得那么美，美得让人心碎。“在小溪之旁，斜生着一株杨柳，它的毵毵的枝叶倒映在明镜一样的水流之中；她编了几个奇异的花环来到那里，用的是毛茛、荨麻、雏菊和长颈兰……她的衣服四散展开，使她暂时像人鱼一样漂浮水上；她嘴里还断断续续唱着古老的谣曲，好像一点感觉不到她处境的险恶，又好像她本来就是生长在水中一般。”（《哈姆雷特》）水孕育了莎士比亚澄明透彻的智慧，自由达观的心性，还有他笔下的人物、故事。埃文河，他想象的源泉，成长的摇篮。

“埃文河上游的斯特拉特福。”莎士比亚的出生地。我从他的出生地走近戏剧大师。阳光炽烈的夏日午后，我抵达他在 1586 年之前一直生活的房子，二十几年后返回过的家（从伦敦返乡后他又在镇上购置了新宅），亨利街上的老宅。一座二层木架构小楼，整座建筑在 19 世纪时几乎整个重建，但仍保留原先的都铎风格。沿着展览廊往前，幽暗。屋顶的灯光只照射在重要的物品和画面上。墙上挂着莎氏家族的头像照片。橱窗里陈列着莎士比亚的手稿、著作以及一些文物和图片。家道中落后，莎士比亚中断学业，外出谋生。18 岁时与比他大 8 岁的当地姑娘安妮结婚。几年后，莎士比亚来到伦敦，开始了他作为演员、剧作家和诗人的生涯。30 ~ 35 岁是莎士比亚创作的鼎盛期。他在 48 岁搁笔，回到故乡。1616 年 4 月 23 日，莎士比亚戏剧性地在自己 52 岁生日那天去世。7 年后，好友本 · 琼生将他的剧作汇编出版，因其印在对折的纸张上，称为“第一对折本”。这是第一部莎士比亚全集。我对大师的一生实地进行了一次详细的回顾。

屋子如此矮窄，人群如此拥挤，好不容易排队进去了。房间四周悬挂着一排排的手套、钱包、羊皮袄。这些都是莎士比亚的父亲约翰做的。他是做手套的行家和成功的羊毛商人，曾做过斯特拉特福镇的镇长。

四百多年前在这间简陋的房间里，每天有多少形形色色的人到这里来谈生意？莎士比亚躲在屋子的角落里，睁着一双调皮聪慧的眼睛，津津有味地听着大人们的议论，充满好奇。他的思维早已从下雨的屋檐、啁啾的小鸟和挂着鸟巢的树上收了回来。小小的窗户，暗暗的光线，地下都是石块（讲解员说是四百多年前的原物）铺地。我走在莎士比亚走过的路上，心莫名地跳快了。客厅挂着印有古朴图案艳丽色彩的壁毯；红砖石砌成的大壁炉，炭火红红地燃烧着；厨房铺着白布的长条桌上，摆放着主人当年用过的锅碗瓢盆，烛台上点着蜡烛，褐色的哥特式长椅。“屋中消沉的火星 / 微微地尚在闪耀 / 跳跃着每个精灵 / 像花枝上的小鸟 / 随我唱一支曲调 / 一齐轻轻地舞蹈。”（《仲夏夜之梦》）抚摸着椅背，我想童年的莎士比亚可是坐在这儿吃晚餐？

踩着狭窄的楼梯登上二楼。主卧室里，宽大的双人床，挂着高高的帐幕，布帐分两层，外面是绿褐相间的粗布，衬里是轻柔的白色。1564 年 4 月 23 日，莎士比亚的母亲在这张床上生下了举世闻名的戏剧大师。旁边，一只木制的摇篮，是莎士比亚婴儿时期睡过的。我注视着这只摇篮，普通。柔弱的婴儿，躺卧在摇篮里。喜欢听母亲唱那些或伤悲或轻柔的歌。“织网的蜘蛛，不要过来 / 长脚的蛛儿快快走开 / 黑背的蜣螂，不许走近 / 不许莽撞，蜗牛和蚯蚓 / 夜莺，鼓起你的清弦 / 为我们唱一曲催眠 / 睡啦，睡啦，睡睡吧！睡啦，睡啦，睡睡吧！”（《仲夏夜之梦》）在甜软的歌声里，他安心地睡着了。睡在了由那些温软的音调编成的水波上，露出了天使般的笑容。文学家的梦，在摇篮里生长精神。从窗户向外望去，一棵有着伞状巨冠的大松树巍然挺拔。据说是莎士比亚童年亲手栽种。他的生命以植物的形态延续，他的艺术成就高不可攀。在本·琼生为莎士比亚戏剧集所写的序言中，有这么两句诗：“他不是一个时代，而是所有岁月！”这个没念过大学的天才诗人生前从未想到会有这么多人来朝拜自己的诞生地。热爱莎士比亚的人们已不满足于在远方倾诉他们的心语，而要亲近莎翁生活过的土地。从18世纪开始，斯特拉特福成为文学圣地。在展览馆中间的桌子上放着厚大的留言簿，翻开，上面记载了无数人的名字，不乏有司各特、济慈、狄更斯、华兹华斯……

莎士比亚是与众不同的，他的内心世界更是丰富多彩。四百余年来，莎士比亚成为英国一道醒目厚重的文化现象。人们对他的解读会一直持续。

同时代，英国戏剧的表现领域和表现手段渐趋完善，产生了一批优秀的剧作家。本·琼生是其中一位。他立足真实写了不少切实的好作品，但是莎士比亚却要在真实的大地上升腾，要在更宽广的天空翱翔。涓涓的埃文河水滋养着一颗敏感的心。他对外界的反应显然有很大的特殊性，情绪亢奋而复杂，悲沉而绵长，怪异而自持。他的剧作色彩强烈，意象跳跃。确实，他捕捉感觉、撰写史实，尤其是富于想象的能力无人能及。

我记得莎士比亚在《亨利五世》中以“致辞者”的名义说过一段话，极其贴切地阐明了想象在戏剧艺术中的特殊作用。“……请原谅吧！可不是，一个小小的圆圈儿，凑在数字的末尾，就可以变成个一百万；那么，让我们就凭这点渺小的作用，来激发你们庞大的想象力吧。”这是现存莎士比亚有关戏剧的论述中最重要的一段，因为它从最严格的意义上说明了戏剧在表现形式上的艺术特征。这就是我们通常所说的，以戏剧家的想象去激发观众的想象，使有限的舞台，容纳无限的空间，使有限的演出时间，吞吐许多年代，使有限的演员和表演手段，穷尽大千世界。

英国作家安东尼·伯吉斯在《莎士比亚传》中说：“莎士比亚是从乡间集镇的街谈巷议中汲取营养的。”那么，是什么原因促使莎士比亚离开斯特拉特福的？众说纷纭。我听说且愿意相信的版本是他偷猎州长养在官邸花园里的家鹿，受到控告和追捕，不得已而逃离故乡。据传以后出现在《温莎的风流娘儿们》里那个自夸门第、口口声声要把福斯塔夫告到御前法庭去的“夏禄大人”，就是以那个州长为原型创作的。关于莎士比亚有许多离奇的传说，但我在故居并不想寻找任何证据和痕迹。徒劳。连张贴在二楼墙上，莎士比亚本人那张头发半秃、面目清癯的经典画像，都是他的学生在他去世后根据回忆而作的。这里就是他度过童年少年生活的所在。莎士比亚每天行走在伦敦的大街深巷，乐此不疲。他走在自己飘浮的灵魂中，走在身体的感受中，还走在戏剧蕴含的能量中。“越过了溪谷和山陵 / 穿过了荆棘和丛薮 / 越过了围场和园庭 / 穿过了激流和爝火 / 我在各地漂游流浪 / 轻快得像是月亮光 / 我给仙后奔走服务 / 草环上缀满轻轻露……”（《仲夏夜之梦》）从一个城镇到另一个城镇，日行几十里。有时他在街道打转，从日出转到日落。舞台像一座巨大的精神迷宫，山峦、河流、大桥、船只、市场、坟墓、教堂、奔窜的野兽，惊飞的怪鸟。夕阳射向大地的支支金箭，山风卷起茅屋的阵阵暴雨……

漫漫冬夜，阴冷、孤寂。深夜一盏灯，诗人深沉的影子投在墙壁上。故居的展览厅里有一座蜡像，清晰地摄入了莎士比亚的写作情形。他身着白色的睡衣睡裤和红色的外套，正对着盖着雕花台布的小桌沉思。不大的桌面有几张纸、一本书、一瓶花，环绕着桌子的是固定在墙上的二层原木书架和放着水杯的小凳子。我仿佛听见他在我耳畔轻轻地说了一句台词：“最好的戏剧也不过是人生的缩影，最坏的只要用想象补足一下，也就不会坏到什么地方去。”

在轻松愉快中我读完了《莎士比亚传》，虽然莎士比亚 22 岁才加入剧团，但他的戏剧之路走得顺畅。上演的第一部剧本《亨利六世》使他一举成名，接着《维纳斯与阿多尼斯》长诗赢得了赞美与尊重，然后歌唱青春、友谊和爱情的十四行诗攀上了诗坛之巅，特别是他创作的 37 部戏剧。这时的他会一遍遍地回望丛林拥翠、碧波荡影的埃文河以及河上黄昏的夕照。心里暖暖的。

八月的英国是莎士比亚热爱的仲夏，宽阔明亮的故居后花园，阳光灿烂，红的、黄的、白的、紫的花儿被神奇的汁液推动，成片地绽放。有风铃草、紫罗兰、迷迭香、雏菊，有黄水仙、金盏花、薄荷，还有月桂、胡桃。我在园子里徘徊，惊喜地发现了几朵盛开的红玫瑰。忍不住弯下腰来，嗅闻玫瑰的芳香。突然地传来一声呼喊——在荒野中，李尔近乎疯狂，面对着疾风暴雨发出绝望的呼喊："尽管轰吧！尽管吐你的火舌，尽管喷你的雨水吧！……所以，随你们的高兴，降下你们可怕的威力来吧，我站在这里，只是你们的奴隶，一个可怜的、衰弱的、无力的、遭人贱视的老头子。"在李尔的眼中，大地已是一片黑暗，就连天上的风雨雷电都成为邪恶的帮凶。一个国王装束的男子在园中朗诵《李尔王》独白。声情并茂。讲解员介绍，他是皇家莎士比亚剧院的演员。作为戏剧家，斯坦尼拉夫斯基要求演员不是好像存在于舞台上，而是真正存在于舞台上；不是在表演，而是在生活。演员应当永远是舞台上活生生的人，要遵守生活的逻辑和有机性的规律，在规定情景中真诚地去感觉，去想，去动作。斯特拉特福就是这生活的"规定情景"。镇上的皇家莎士比亚剧院，为皇家莎士比亚剧团所有，因设在莎士比亚故居而享有盛名。剧团自 1961 年成立以来，便将莎士比亚所有的剧本都搬上了舞台，每台莎士比亚的剧目都是在此地首演后才在伦敦演出。

我在莎士比亚故居的纪念品商店买了两张明信片，一张是实地拍摄照片，另一张是铜版画印刷品。我钟爱铜版画的那张。一位画家根据 1769 年时莎士比亚故居的样貌创作。朴素的黑白色，二层的木楼房。四周空旷。一缕白烟袅袅地从烟囱冒出。我觉得，莎士比亚还在楼上，酣睡在船形的摇篮里。

莎士比亚著名的四大悲剧——《哈姆雷特》《奥赛罗》《李尔王》《麦克白》奠定了他在戏剧史上的巅峰地位。不过，我没感觉他的性格有多么悲哀、忧愁，相反，却是开朗、风趣的。他常常与朋友一边喝酒，一边说着俏皮话。"让我扮演一个小丑吧。让我在嘻嘻哈哈的欢笑声里不知不觉地老去：宁可用酒温暖我的肠胃，不要用折磨自己的呻吟冰冷我的心。”（《威尼斯商人》）也许，在街头遇到某个伪善的贵族，他还会极尽讽刺挖苦之能，撕破他的假面具。然后，哈哈大笑着转身离去。我没有去镇上的圣三一教堂，莎士比亚死后就安葬在那里。因为他说过：“不让一朵花，一朵香花 / 撒到我黑色的棺材上 / 不让朋友们来吊我可怜的尸身 / 埋葬我骨骼的时候也别来哀悼 / 把我埋到痴情人找不到的地方 / 省却千千万万次的叹息和悲伤。”（《第十二夜》）走在斯特拉特福，街市寻常，人来人往。我知道，棺材上堆满了泥土，棺材里躺着的是泥土，剧本的书页也成了尘土，但是，在夏日的花园里，五彩缤纷的花朵开放。对莎士比亚的回忆依然活着，他那双充满想象的智慧的眼睛还是那么晶亮。眼睛是永远不会死的。我们的眼睛将再次看到摇篮里纯洁的婴儿，红扑扑的小脸可爱得就像他第一次亲吻的花园里鲜艳的红玫瑰。

站在埃文河边，河水静静流淌。犹太男孩摩西出生后，为了躲避法老的屠杀，母亲把装着婴儿的摇篮放在河里，随波逐流。摇篮被来洗澡的埃及公主发现，抱回了皇宫。摩西长大后，受到神的感召，带领族人走出埃及，返回故乡。莎士比亚的摇篮，母亲吟唱的催眠曲，将戏剧大师唤回了无限眷恋的“埃文河上游的斯特拉特福”。对于我们的到访，他笑嘻嘻地说：“时间正像一个趋炎附势的主人，对于一个临去的客人不过和他略微握握手，对于一个新来的客人，却伸开了两臂，飞也似的过去抱住他；欢迎是永远含笑的，告别总是带着叹息。”（《特洛伊罗斯与克瑞西达》）

康桥泛舟

康桥（Cambridge，即剑桥）泛舟，感觉如在梦中；停泊在画里，无声无息。

我认识你似乎很久了。因为诗人徐志摩一次次的激情吟咏。你妩媚的脸庞蒙着薄纱，盈盈的眼眸流转旖旎。看到你夏日浅绿色的草地，草地上的天空，还有云在草地上投下的暗绿影子，我会想到诗人谈起你时温暖的语气，别样的情怀。哦，康桥！你的柔美，你的风韵，需要用心灵去感应。

八月的早晨，太阳将它的恩赐金雨一般倾泻，透明。河岸边那一棵棵粗壮的金柳，在你的一泓碧水上婀娜飘荡。两边草地沿着康河漫漫延伸，近岸一丛丛黄色的雏菊，闪闪的过去，静美。尤其是隔了河，对岸一大片白色夹竹桃，像六月雪下在草坡上。怪不得，徐志摩说："我的眼是康桥教我睁的，我的求知欲是康桥给拨动的，我的自我的意识是康桥给我胚胎的。"

我感受你温柔的波澜，使小船轻轻摇荡，几只鸭子在水中游弋嬉戏。

康河上的每一座桥，都那么精巧古朴。国王学院、皇后学院、三一学院、圣约翰学院、圣玛丽教堂……那一座座高耸精美的学府和庄严肃穆的教堂，枝繁叶茂的大树，还有爬满青藤的红砖房，多么令人心醉。慢慢前行，我微微地吸气，将那些嫩的草色，那些静的水面，那些墨色的倒影，那些细细的水草，全都收集于心。

躺卧在你的怀抱里，诗人梦想着草地、溪流、云彩、少女、天堂以及所有遥远的事物。他的性情、想象、为人，有着水的涤荡，宽阔。每一个接近他的人，每一个诵读过他的诗篇的人，都能从中嗅出康桥青草、鲜花的芳香。泥土的光明，河水的温情化作他生命的本质，化作他热烈、真挚、轻柔的诗歌。沉默的康桥赋予了诗人一副歌唱的嗓子。“但我不能放歌，悄悄是别离的笙箫；夏虫也为我沉默，沉默是今晚的康桥！”我在心里默诵着徐志摩的诗，想着他的爱、思虑与沉痛。我想从他的诗歌里理解他，贴近他。

河水清碧安宁地流淌，康桥的三拱与倒影合成满圆。撑船人轻点竹篙，明黄色的小船无声地穿过桥拱。坐在船上，听船舷边哗哗的水声。身后的康桥，走过去推自行车的人了，走过去白发的老夫妇了，走过去背相机的人了，他对着我们拍照，将我们当作画中人。空间的变化印证着时间的推移。

哦，康桥，我敢肯定四月的你是最美的。河边是一排排苍翠撩云的大树和一树树白色、淡紫色的樱花。在阳光的拂照下，显得生机勃勃。各个学院和住宅门前的草地上，紫红的、粉红的玫瑰，鹅黄色的旱水仙绽放，路灯柱上、阳台上悬挂着缤纷的鲜花，青葱的草地几乎铺满了这座小城除了街道以外的一切空地。

春天的柳树，绿叶伸出小手，徐志摩是其中一片，林徽因是另一片。他感到她的甜蜜，在书页的字里行间，在上扬飞升的音乐中，在雨点落下的瞬间。诗人倚着金柳，读着济慈的诗。他在等待——“那河畔的金柳，是夕阳中的新娘；波光里的艳影，在我的心头荡漾”。他把手抚住自己的心，埋首静听。她渐渐走近，她的气息混有淡淡的紫丁香花香。她走近，如同那光，从窗户射进来，明亮。哦，他愿意康河边柳树的金黄，永远不变。

因为爱，康桥，你的每个角落都充满了灵气，凡是光照耀的地方就会有青草、鸟儿和鲜花。当然，爱者有时也会犹豫、徘徊，愁容满面。“我是天空里的一片云，偶尔投影在你的波心——你不必惊异，更无须欢喜——在转瞬间消灭了踪影。”但哪怕是黑夜里飘浮的一两点萤火虫般黯弱的光，微小的星，抑或一弯朦胧的月，都会指引他、激励他。

黄昏，风带着水的清凉，渗透进每一寸肌肤。徐志摩和林徽因，在交错而过的桥上，在金柳边，在诗歌里，相依相存，他们相互欣赏对方，彼此倾听着，赞美着，体恤着……

我知道，不是每一个人的爱的故事，都如此富有诗意色彩，如此的童话般。而且也无法刻意追求某些情节。但爱本身确实是一个幸福与痛苦的追求过程，必定起伏波折，就像康桥的柔波。

“四月是残忍的季节，记忆中长满了丁香……”普鲁斯特因为一块玛德兰小点心所唤起的味觉，使他回到贡布雷或斯迈家那边。康桥，你依然吸引着重游的徐志摩，他出神地望着你——清澈的河水在桥下流淌，如思念无休无止。起风的时候，柳树垂下的绿丝条欲飞欲舞，柔缓地扫向河面，灰绿色的桥身树影斑驳。黄昏倏然而降，薄暮四起。蛙声与虫响，唤出那半圆月亮。两岸灯光影影绰绰，在水中晃动。不似人间。诗人泪眼迷离：“在康桥边上过一个黄昏是一服灵魂的补剂。啊！我那时甜蜜的单独，那时甜蜜的闲暇。一晚又一晚的，只见我出神似的倚在桥栏上向西天凝望。”

谁在温柔地怜悯着细瘦孤单的诗人？他站在海轮上仰头望天，浩瀚的夜空，无边的大海……“你我相逢在黑夜的海上，你有你的，我有我的，方向；你记得也好，最好你忘掉，在这交会时互放的光亮。”远了，船和岸。别了，康桥。爱者也许会身陷苦痛，但诗人一定能从悲愁中催生出圣洁的精神气质。

康桥泛舟，静谧。船行河中，水面徐徐铺开又无声复合，似乎从来不曾发生过什么。只是“那榆荫下的一潭，不是清泉，是天上虹；揉碎在浮藻间，沉淀着彩虹似的梦”。我迷失在梦的康桥上了。

第二辑

朱丽叶的阳台

在去往威尼斯的途中，经过小城维罗那。

伫立街头，望着花园里点缀的雕塑、喷泉和鲜花，广场上耸立的古老城堡，还有小巷尽头高出云端的教堂，我仿佛回到了中世纪。以维罗那为背景的文学作品很多，最著名的当然是莎士比亚的《罗密欧与朱丽叶》。

市中心卡佩罗路 27 号小院，就是朱丽叶的故居。走进院子，映入眼帘的便是那座著名的朱丽叶的阳台，没想到它距离地面那么高。借着朦胧的月色，罗密欧偷偷躲在阳台下，仰视朱丽叶的窗户。于是，我听到了一段经典的爱情对白。

罗密欧唱道：

> 啊，多么温柔的一道光辉在窗户那边闪现，
> 那是东方，朱丽叶是我的太阳。

不多时，朱丽叶的倩影出现在阳台上，罗密欧接着唱道：

> 这正是我朝思暮想的恋人。

这几句诗就镌刻在阳台下，爬满常春藤的红砖墙壁的一方大理石上。阳台之前的地面上立有一尊朱丽叶的青铜雕像。我默默地看着她，她一手抚着胸脯，一手提着裙裾，含情脉脉地望着远方。

月色溶溶，朱丽叶的伤感和梦幻交织在一起，她独对她的爱人。她的忧伤，化为一股气息，在黑夜里缓缓地飘浮，幽幽地蔓延。

> 啊，罗密欧，你究竟在何方？
> 我已情乱意迷，神魂颠倒，
> 这个不是罗密欧，他已不知去向。

罗密欧属于蒙太古家族，朱丽叶属于凯普莱特家族。前者拥戴教皇，而后者支持皇帝。据说，但丁客居维罗那时曾目睹两个家族之间的仇恨，并记录在《神曲·炼狱》中。在游客的指点下，我看到了朱丽叶故居院子拱门的大理石奠基石上的凯普莱特族徽。

在故居的旅游品商店里，我买了一大一小两张印有朱丽叶阳台的明信片。这样精美的图片，又一次让我遐想无限。

死亡无疑是个体生命与生俱来的漆黑的底色与背景，只不过这种底色为常人所不自觉罢了。死亡把浪漫的爱情，同时也把更加美丽的希望埋葬在这里。在罗密欧与朱丽叶死后，自由的意志获得了胜利，明媚的阳光照射到了阳台上。

站在朱丽叶的阳台上，我可以清晰地眺望维罗那绮丽的风景。白雪皑皑的阿尔卑斯山，澄澈的阿迪格河穿城蜿蜒而去，汇入亚德里亚海，河上横跨着古桥。错落有致的街衢，房屋饰有乳白色、淡黄色的墙壁和褐红色的屋顶。还有那座由粉红色大理石建成的椭圆形建筑阿雷那竞技场，虽然它的最外围两层除了一处残垣之外已完全坍毁。

这座阳台，在莎士比亚的戏剧中显得举足轻重。我想，这么一个普通的大理石阳台，何以能承载如此沉重的一段生死恋情。站在阳台上的朱丽叶尽管已经看到了死亡的阴影，还是义无反顾地投入炽热的爱情中。这样炽热的爱情恐怕只有在朱丽叶的故居，确切地说，只有在朱丽叶的阳台上才能感受到，仿佛一切都刚刚发生。

我没有听过意大利作曲家贝里尼改编自莎翁的歌剧《凯普莱特与蒙太古》，但是，当我徜徉在维罗那的街道时，满耳听到的怎么都是罗密欧与朱丽叶的咏叹调？

莎士比亚的《罗密欧与朱丽叶》为我们创造了神圣而美好的意境。并不是所有的戏剧、所有的艺术，都能够创造这种意境的。因为真正的艺术，是超越现实，给现实一个理想。这座阳台唤起了我们对爱情的向往和想象。是啊，罗密欧与朱丽叶无处不在。可是，只有充满浪漫色彩和艺术气质的意大利，才会产生如此可歌可泣的爱情。也许，这就是莎翁为何把这出著名悲剧发生的地点安排在维罗那的原因吧。哦，这个城市有福了！

莎士比亚创作的喜剧主要不是讽刺社会现实，而是表现人文主义者的理想，歌颂爱情和友谊，宣扬个性解放、婚姻自由和个人争取幸福的权利，批判门阀观念和封建压迫的种种表现。这一类喜剧有《仲夏夜之梦》《威尼斯商人》《温莎的风流娘儿们》《无事生非》等，创作于1595年的《罗密欧与朱丽叶》是这一时期的唯一一部悲剧。我认为，它在思想内涵上和这一时期的喜剧完全一致。

我是多么喜爱并敬佩莎翁呀，他对自己的戏剧一丝不苟，总能保持如水一样纯净、如火一样激情、如诗一样华丽的魅力。莎士比亚戏剧典雅、高贵的意义，就在于此。罗密欧与朱丽叶的故事流传久远，是否真实变得不再重要——爱情成了维罗那的一种宗教。

可能，莎士比亚的戏剧和时代，离我们太遥远了。现代已经没有了那种情感、庄严和信仰。但维罗那之行使我得以回到中世纪古典的场景中，重温一段纯洁而美丽的情感。

时间的冲刷似乎透露出一个秘密，人的终极价值认定是情感，伟大的情感甚至可以超然于生命之外。倘若人生能够得到真正的爱情，还有什么更值得追求呢？

多少梦寐以求的爱情“回到者”真的来过维罗那吗？哪怕只是从人流拥挤的小巷匆匆穿过。既然从没到过维罗那，连起码的印象也不曾有，那么“回到”的欲望从何产生呢？我是多么怀念人们行囊里丢失的自由的爱情啊！那是罗密欧与朱丽叶誓死捍卫的爱情。

看着朱丽叶的故居里一群群朝气蓬勃的青年男女，我觉得不谙世事的他们不可能是爱情“回到者”。我有些武断了。保加利亚学者瓦西利夫在《情爱论》中说过一段话：“从哲学的观点来说，重要的是爱情的秘密不是产生于某种崇高的、天上的东西，而有其平凡的、尘世的根源。爱情被迫变成一种秘密的爱情，结果使爱情不能认识它自身，而给爱情的本质披上一层神秘的罩衣。”我想，这层神秘的罩衣一定像中国的梁祝化为的蝴蝶一样美丽，正是它吸引着世界各地的年轻人来到朱丽叶的阳台下。

巨　人

说到文艺复兴，意大利那座八面圆顶的佛罗伦萨教堂是个标志。我读过《圣经》，曾经在上海看过意大利伊特鲁里亚文物展。但我总是被这样一个念头纠缠着：带领绘画进入新时期、从而极大影响西方绘画发展之路的画家到底是达·芬奇呢，还是米开朗基罗？

傅雷翻译的《米开朗基罗传》，罗曼·罗兰著。他对大师生平翔实的了解与精神世界深刻的领会，令我赞叹。在书中，我看到一个顽强的生命。米开朗基罗是真实的、平易的，又是超凡脱俗的。他那无与伦比的天赋和永不枯竭的创造力全部献给了艺术，他追求艺术真善美之表现力的执着与忠诚更是感人。

米开朗基罗生于意大利的佛罗伦萨，文艺复兴的发源地。他一生创造了许多传世杰作。在那个时代，那个城市里，他是人们狂热崇拜的对象。但是他却认为：只是把上帝赋予自己的创造力发挥出来而已，是他在接近神时的创造。

1496 年，米开朗基罗来到罗马，创作了《酒神巴库斯》和《哀悼基督》。1501 年，他回到佛罗伦萨，用了 4 年时间完成了举世瞩目的雕塑《大卫》。1505 年在罗马，他奉教皇尤利乌斯二世之命负责建造教皇的陵墓，1506 年停工后回到佛罗伦萨。

1508 年，他又奉命回到罗马，用了 4 年多的时间完成了著名的西斯廷教堂天顶画。1513 年，教皇陵墓恢复施工，米开朗基罗创作了雕塑《摩西》《被缚的奴隶》和《垂死的奴隶》。1519—1534 年，他在佛罗伦萨创作美第奇家族陵墓群雕。1536 年，米开朗基罗回到罗马西斯廷教堂，用了近 6 年的时间创作了伟大的教堂壁画《最后的审判》。

看着这些巨作，我肯定：米开朗基罗是一个可悲的人，一个为天才所拘囚的人。他是教皇，是艺术的奴仆，但更是自身性格的奴仆。他一直无法摆脱艺术不用受制于政治，不管是有钱的家族或教皇的政治威胁。在创作的不断冲动中，他夜以继日地工作，什么都不想。他是孤独的，没有享受过爱情。社交活动使他腻烦。他没有朋友，只和几位严肃的人士来往。

我仰望夜空，米开朗基罗的思想如流星在黑暗中剧烈地旋转。他在艺术的创造中，以苦为乐，对艺术虔敬至极端，以至永无安宁。一旦他逐渐醉心于自己的创作计划，就进入疯狂创作的境界。因此，在他笔下，不见重复。尽管在生活的一切方面他是那样的温善、随和，可是在艺术上，他是难以想象的苛求。他亲手制作锯子、雕刀，不论什么细枝末节，都不信托别人。

没有一种艺术是不需要技术的。技术的完美是没有最后尺度的。

米开朗基罗代表了文艺复兴雕塑艺术的最高峰，他创作的人物雕像雄伟健壮，气魄宏大，充满了无穷的力量。当他在一件雕像中发现有错，他就放弃、毁灭整个作品，另雕一块石头。所以他完成的雕像为数不多。因此，我猜想，米开朗基罗没有办法结束他那百科全书式的雕塑，原因就在于，繁复，完美。世界不断扩充，无法把握。

米开朗基罗的雕塑成就是巨大的，但在我眼里，最大限度地展现米开朗基罗宏伟气魄的还是西斯廷教堂天顶画，虽然他的画看上去永远像一组雕像。它让我注意到了在他绘画背后的喘息的神经质的灵魂，持续有力的呼吸，命运的嘲弄。最后，他有始有终完成的事业，竟不是他所企慕的英雄的雕塑艺术，而是他所轻视的绘画。

1508 年，尤利乌斯二世把米开朗基罗从正在为他从事的墓建工程中召回，开始重新装饰西斯廷教堂。一个向天作画的时刻，一种挑战。但不要忘了，他是个诗人、智者，信仰坚定的人。

天顶画呈现的《创世纪》故事绝不简单，一是他本人就是一个十分复杂的人；二是他赋予作品以深奥的神学道理；三是他把圣经的主题和裸体青年的优美融合在一起。故事主要分为“分开光暗”“划分水陆”“创造日月”“创造亚当”“创造夏娃”“逐出伊甸”“诺亚祭献”“洪水汜滥”和“诺亚醉酒”九个部分。绘制的壁柱和饰带把每幅图画分隔开来，借助立面墙体弧线延伸为假想的建筑结构，并在壁柱和饰带分隔的预留空间绘上了基督家人、12 位先知、20 个裸体人物，还有另外 4 幅圣经故事的画面。

天顶画分为两个创作阶段，第一阶段从 1508 年的冬天至 1510 年的夏天，第二阶段从 1511 年的春天到 1512 年的秋天，历时 4 年。一段最黯淡最崇高的岁月！米开朗基罗把自己封闭在教堂内，拒绝外界的探视，从脚手架设计到内容安排、从构图草拟到色彩实施全部由他一人掌握完成。孤独中的奋战。他成年累月地仰着头作画，在 500 多平方米的天顶上画了 343 人。激荡的心情，舒展的灵感。西斯廷教堂天顶和《创世纪》融为一体。一首人类的庄严颂歌。

两个创作阶段的风格有着时限的差别，构图和形式越来越简化。米开朗基罗减少了画面中人物的数量和故事的细节，突出了主体的形象，强调了活动的节奏。对他来说，美是神性的。上帝与人类沟通的一种方式。我仰视着天顶画，它有着背景简约的形式，静动相对的造型，还有灵与肉的视觉照应。美妙绝伦的人与神。我不由自主地赞美它们。

你看，《人体》中体魄丰满的裸体青年，坐在庄严肃穆的壁龛上，姿态优雅。《上帝创造亚当》中的亚当神情泰然，体格成熟，慵懒地向耶和华伸出一只手；耶和华飞来了，他的目光注视着亚当，伸长的手指示亚当以神的智慧。《埃利色雷的女预言家》中庄重的头颅，健美的胳膊，松垂的长袍。她俯身向前，从容翻书。书放在盖着蓝布的读经台上。画面色彩交相辉映。我相信，天顶画最初一定光彩夺目。

天底下，能与教皇分庭抗礼的匠人，大概也仅米开朗基罗一个人吧。他在教皇面前不卑不亢，慷慨陈词。这样的气势，令教皇对他敬畏有加。早年，我看过他的传记电影，叙述的便是他创作西斯廷教堂天顶画的故事。因为时间久远的关系，具体情节我已淡忘。但他与教皇尤利乌斯二世发生激烈冲撞，那种暴怒绝望的表情与言语，如疾风雷雨般，横扫天空诸神，让我永远镌刻于心。

米开朗基罗每画一件作品，必全力以赴，力求臻于精妙。我想，他在西斯廷教堂天顶作画时，内心可能认为不再是为教皇作画，而是为自己的人生作画吧。

他自私吗？对他而言，艺术生命的铸造，就是他活着的最大意义所在。一个性格偏执、历经磨难的艺术巨匠。他怯弱、固执、多疑、易怒、事必躬亲、自我封闭、富有悲悯情怀。他的一生，与命运、环境、自我不断抗争——疲劳、不安、煎熬、狂乱、创造，为内心的自由抒发、艺术的完美表达而苦苦追求。神圣痛苦的一生！

更令人惊讶的是他后来一连串的杰作。一个强大的生命有着怎样的创造力、不倦的热情？尽管他是一个没有多少机会选择的不幸的人。

辽阔浩荡的天体，空空洞洞，哪来的肃穆与博大？想想看，这天体运行中的旋律是何等的壮美和神奇？

我焦渴地仰起头——

不，不是你，是米开朗基罗。他一直张着双耳，倾听来自宇宙天体深处的声音，并把这声音描绘下来。这声音并非天籁，出自他的幻想。从这清明空远的声音里，我悟到了天体之声最迷人的主题：永恒！

他去西斯廷教堂，不过是一次行动的宣言，这宣言不是写在纸上，而是写在壁画上，写在天顶上。一部不朽之作。他把自己的背画驼了。

一生中，即使只有一次感觉到一个真正的画家在舞台上所必须感觉的和必须做的事情——西斯廷教堂天顶画，也是何等的快乐呀！

让我去认识艺术的天堂吧！去到这个天堂内部看一眼，去感受一下这个天堂的幸福吧！

我再一次仰视西斯廷教堂天顶画，这美的感受甚至让我听到了自己血液的流动。与此相比，那些现代主义的画作就显得太空洞、太单薄了。只有它才具有经典作品的庄重感和相应的规模、超人的气质。

米开朗基罗，你是傲慢的、勇敢的、锐利的。你愤世嫉俗，所以你苦恼，世俗已不配理解你。晴明的早晨，你明朗欢快。荆棘丛中跳跃的一小片亮光，闪耀诱人。

西斯廷教堂天顶画，这不仅是一种实验，不，这完全不是实验——他将自己仅有一次的生命如数地押在了这幅巨大的画作上、一场无声无响的劳作上。他没有渴望与这种劳作精神相去甚远的酬谢和犒赏，无论它来自哪里，他全无兴趣。

我慨叹：米开朗基罗的艺术不同于达·芬奇的充满科学的精神和哲理的思考，他只是在作品中倾注了人类包括自己在内的满腔悲剧性的激情，而不是一味地表达宗教中神的神秘与虔敬罢了。

据说，当拉斐尔看到西斯廷教堂天顶画后，说："有幸适逢米开朗基罗时代。"确实，他威临着他的时代。

罗曼·罗兰在《米开朗基罗传》的结尾写道："这座崇高的山峰，矗立在文艺复兴的意大利，从远处我们望见他的峻险的侧影，在无垠的青天中消失。”米开朗基罗真是这样一块宏伟坚韧的巨石吗？我宁愿：他是一位自信从容、有血有肉的巨人。拥有一颗纯洁的灵魂。他在自己的艺术世界中遨游，这差不多就是一个生命的全部意义了。

皇村雕像

一个少女失手打碎了装满水的瓦罐，
她忧伤地坐着，神色紧张地捏着碎片，
奇迹！那水从碎了的瓦罐边不断地流，
少女仍忧伤地坐着，面对这永恒的水泉。

——普希金《皇村雕像》

俄罗斯圣彼得堡郊外，古老的皇村。

晨曦微露的早晨，我坐在大巴上，感觉却像被一辆栗色马套的雪橇拉着，往森林深处疾驰。碧澄如洗的天空，阳光透过青翠繁茂的枝叶，闪烁明灭。淡蓝色的雾霭里，起伏的山岗，疏朗的屋舍，空旷的田野。这时，我看见林中小径上徘徊着一个少年，他在吟咏浪漫的诗篇。草叶上的露珠悄悄地濡湿了他的裤脚……

怀着朝圣者的心情，我走进皇村。一座雕像。诗人普希金披着风衣，一手托腮，坐在长椅上，沉思。他的目光深邃，迷惘……远处，有苍凉的曲调隐约传来，弥漫在四周。他的脸孔背后藏着渴望倾诉的心，美妙的诗篇，翩然而至：假如生活欺骗了你 / 不要心焦，也不要烦恼 / 阴郁的日子里要心平气和 / 相信吧，那快乐的日子就会来到。

我慢慢地走在皇村。那些精美的建筑，奢华的痕迹。庞然巨大的叶卡婕琳娜宫，金碧辉煌的“琥珀厅”。蓝白相间的色调，疏密有致的壁柱，华丽镀金的浮雕。还有鲜花盛开，点缀着亭台廊桥的亚历山大花园。橡树林、白桦林、椴木丛。我追寻着诗人的踪影。静静的山岗，潺潺的溪流，像诗人描述过的一样，田园般的隽永。湖面上一群群白色的凫雁一阵阵飞过，不时惊扰我的思绪。

18 世纪初，著名的皇家贵族学校修建在叶卡婕琳娜宫对面的花园里，普希金成为首批学生之一。在皇村，诗人的指尖拨响了缪斯的竖琴，开始迈上诗坛。皇村的景色与经历，深深镌刻进他的记忆。从中诞生的每一滴芬芳，都渗入他生命的深处，化作诗句的花瓣。

诗人对自由的追求，对爱情的讴歌，对暴政的鞭挞，对祖国的赞颂，无不源于皇村这片土地对心田的滋润。在那条铺满落叶的小路上，大概是《再见了，忠诚的槲树林》撰写的地方；在那个倒映着景物的湖心小岛中，《自由颂》最早被构想；在那座吱呀作响的老亭里，初稿《皇村回忆》被反复吟唱……此刻，皇村是辽阔宁静的，只有撩过诗人额头的风一阵阵地吹来。

在皇村这片土地上，曾生活过一位又一位才华横溢的诗人，莱蒙托夫、涅克索拉夫，还有阿赫玛托娃。但是，真正让皇村名扬天下的，是普希金。

我徜徉在皇村蜿蜒的小径上，忽然看见一朵小花开放在树下。是纪念一次柔情的相逢，还是为了伤心的离别？那个他或她，还活着吗 / 此刻何处是他们的家 / 或者他们早已谢世 / 像这朵无人知晓的小花？

在稠密的树林里，他看到了那位自己爱慕的少女。她有着幽黑色的眼睛，微微泛着琥珀的光泽，闪亮迷人。那种眼神使他迷恋。第一次见到她时，她就是用那种眼神注视着他。她的纯洁摄人心魄，她是这世界所有的美好的化身。他抬头望着她，眼神里充满着温柔和爱怜。忧郁多情的诗人。

她是凯恩：我记得那美妙的瞬间 / 你曾那样出现在我的面前 / 有如一闪即逝的梦幻 / 有如纯洁美丽的精灵。分手时，普希金赠给凯恩《叶甫盖尼·奥涅金》第一章。她即是他心中的达吉亚娜，他心中的奥加寥娃：我在你面前无言地坐着 / 我无望地感受着痛苦 / 我无望地看着你，幻影对我说的，我却不能如实地对你说出。她也是海的女神：我藏在树后，屏住自己的呼吸 / 啊，在明亮的水汽上露出了酥胸 / 青春的酥胸，雪白有如天鹅 / 而浪花的泡沫，正从她长发上流出。

我看着他的背影在那条林间小径上消失。在皇村，在暴风雪飞旋的夜晚，生了火的壁炉，发出噼啪声。诗人躺在地板上。在想象和激情中，他没有忽视和淡忘那些平凡如草的生命，那些卑微和磨难的生命的权利，给予他们同情与希望。

《驿站长》《村姑小姐》《黑桃皇后》《上尉的女儿》这些人物生活在俄罗斯广袤的土地上，生活在挣扎的人群中，生活在沙皇的专制下。他用一支智慧的笔，把这些人物故事写得复杂而精彩，寓意深刻。

清晨，他从梦中醒来，朝窗外瞧了一眼：无垠的白雪，凋败的森林，枞树透出微绿，结了冰的小河闪闪发光，一群马儿憩息在河岸，嗅着泥土的芳香……春天将要来临。

然而，在那场沙皇预谋的决斗中，他死在了丹特士的枪下。不过，我确信他的灵魂留在了皇村，他心灵的故乡。你听！小鸟在枝头啁啾，好像在吟诵着他对大自然赞美与眷恋的诗篇。

在皇村，我没有找到诗人的墓地，不要紧。因为每个来此的人都知道：这里埋葬着普希金；他和年轻的缪斯 / 在爱情和懒散中枉度了一生愉

快的光阴 / 他没有做过什么好事，却有一颗好心 / 谢天谢地，他可算是好人。

在皇村大池塘中的岛上，屹立着高高的切斯马纪念柱，那是为了纪念俄罗斯舰队 1770 年在切斯马会战中打败土耳其舰队而建造的。但是，它还是无法超越普希金。他的正义，他的才情，他的诗篇使他成为俄罗斯文学史上的一座雕像——皇村雕像。

古老的皇村。也许，它的物质是属于沙皇的，但它的精神绝对属于普希金。

同样，普希金可以失去整个故乡，但他不能失去皇村；他可以把一切都抛弃，甚至他所爱恋的少女，但他不能没有皇村。

我坐在一棵白桦树下，安心地等待着那个叫普希金的诗人到来。我相信，相信他一定会来。邂逅的故事无论怎么讲述，都是喜不自禁的，尽管其后的怅然绵绵不绝。

晨曦微露的早晨，我踩着落叶，从古老的皇村走过。凝望着那座皇村雕像，我听见那水从少女失手打碎了的瓦罐边不断地往外流，永恒的水泉。仿佛有一首诗，低回婉转，从我的身体灵魂中穿过……

西贡往事

西贡河（Saigon River），一条平常的河，蜿蜒流过西贡市。

混浊的河水，漂着浮萍。璀璨的广告霓虹灯，倒映在水里，颤动的光影。岸边，酒吧、歌厅、商场，还有富丽堂皇的大酒店，叫 Riverside Hotel。巨型大白鲨游船灯火通明，缓缓地向前驶去。

人声鼎沸，游客们喝着加冰的啤酒，载歌载舞。乐队为他们配上节奏。侍者忙碌地穿行于欧式长条餐桌间，送上一盘盘美味的越南菜。

我坐在船舷边，暖暖的夜风夹着河水的腥味，一阵阵吹来。

昏黄的河水，昏黄的天空，渡轮的笛声由天外传来……

那年她 15 岁半，乘船过湄公河。

一片没有四季的土地，永远处于酷热中。她穿着一条领口开得很低的旧裙，头戴一顶平檐男帽，上面有一条黑色宽带。

她一只脚踏在轮渡的栏杆上，俯瞰壮观、奔腾的河水。从她身后的一辆黑色轿车上下来一个头发油亮的中国男人，她的情人。

“女人的命运就像雨滴 / 有些落在水沟里 / 有些落在有钱人的池

塘……”

湄公河两岸土地肥沃，物产丰富。“有谁知道稻田里有多少根稻 / 一条河有几个弯 / 雨季的云有几层 / 有谁能够扫得森林里的落叶 / 谁能命令风……” 颇具南越风情的美拖。

乘坐独木舟在河上，两边有高大的芭蕉树，累累的龙眼果实垂下来，水下钻出怪异的海底椰。几个小孩在游泳，河边台阶上有人在洗衣服。树林里有空吊床。鸡在啄食。破旧的木屋半边在河上，炉火红红的，飘出熬制椰子糖的香味。

茅草屋里，坐着歇息的游客。杏红的木瓜，姜黄的杧果，灿黄的香蕉，还有带刺的红毛丹，放在白瓷盘上，颜色好看。

悠悠的丝竹钟磬声，夕阳里轻轻摇晃的心事。

晨曦初露，戴着斗笠的采莲女摇着独木舟在幽静、歌声与荷花丛中开始了一天简单的生活。诗人住在荷花池中的寺庙里，他多年来从不出门，人们都没见过他。一天晚上，神秘的他把采莲女叫到寺庙，是她下午唱的那支歌安排了这次命中注定的会面。曾经年轻英俊的诗人失掉十指、麻风病在脸上发作毁了容貌。他承受了孤独寂寞，以及痛苦。采莲女真诚而坚定地说，我借手指给你写。

采莲女向诗人少年时的水上市场划去，把荷花都散在水里，花瓣遮蔽水面形成一条白河，直到那时，诗人又回到故乡……

住在旅馆，房间面对街道。很晚了，一辆辆摩托车穿梭而过。吵得睡不着，就站在露台上。树叶在窗上投下摇曳的碎影，空气中有潮热的湿气。

早餐丰盛得很。咖啡、牛奶，加上各种面包。蛋煎得地道。网上说，在西贡的阮惠街，有一家五星级饭店，是法国殖民时期留下的古建筑，很会做西餐，尤其是烤牛排。正宗的法国口味。

阳光灿烂。

甜湿的空气，绿色的大叶子树、白色的鸡蛋花、红色的凤凰木……

带钟塔的黄色法式房子，精致的咖啡色百叶窗，树木葱茏的院子。外国人在街上闲逛。长发的西贡小姐穿着洁白的Aodai，白莲一般，窈窕婀娜。

走在街上看房子。那些房子，颓败的，有时光划过的痕迹。墙面是黯旧的灰白色。有些却又是那么鲜艳。长长的百叶木格窗，深深的土耳其蓝，被雨水淋得有些发白。露台上垂着细竹帘，隐藏着忍耐、善良、宽容，对生的热爱，还有大簇大簇的艳红石竹花。

我在街上慢慢走着，拍下那些旧房子。统一宫、圣母大教堂、西贡大邮局、歌剧院。庞大的殖民地建筑，繁复华美的白色浮雕。还有战争博物馆和历史博物馆。没有色彩的世界，腐烂的肉，没头的身体。死的恐惧。饱受创伤的华丽西贡。不屈的灵魂。

马路上摩托车、汽车还有三轮车在争先抢后、竞道而行，交通的混乱不可言语。堤岸——西贡的华人聚集地。站在喧嚣的街头，她想起下雨的夜晚，独自坐三轮车来到和情人约会的堤岸小屋。她穿着湿雨衣坐在床边，看着空空的房子。为小树浇水，然后离开。雨中惨淡的路灯，潮湿的街道。

西贡，一部怀旧、温馨、让人感动的旧日殖民地的黑白影像。

然而，西贡的生活这样随和。

黄昏时，在街上溜达。买一个冰冻椰子，插一根吸管，口味清淡。一对穿着时尚的年轻人骑在摩托车上飞驰而过，他们去跳舞。昏黄的灯光下，和着欧美流行的舒缓音乐，翩翩起舞。法国式的生活已经点滴浸入西贡。

七月，酷暑难耐，热汗涔涔。我坐在范五老街的一家咖啡馆里，人很多，墙上的老式风扇“呼呼”地吹着。

昨夜我也是这样坐在Panorama的33层楼上，喝着咖啡，用小匙挖着冰激凌。

我喝越南滴滤式冰咖啡，褐黑色咖啡一滴一滴地通过不锈钢滤网渗在透明的冰上，我喝下的咖啡清苦而冰甜。

阳光照过来，照在杯子上，反光正好映射我的眼睛，我端起杯子——我看到的西贡和咖啡杯里的西贡不大相同。

眼前的感觉，安静、舒适，仿佛光脚走在头顿的沙滩上，细而白的沙粒，柔软，温暖。

古老的百叶窗前，一枝美艳的火百合，带着20世纪的追忆。浮光掠影里的繁华，破碎伤感的爱情故事。

她是一棵燃烧不尽的树，为了真爱，相信真爱而寻找，爱对每个人来说都是妙不可言的。在我睁眼看到百合花盛开的样子，我就明白。也许有许多往事的女人在某种本质上都是相似的。

她听见他说，我宁愿你死了，也比你是白人要好。

爱情本身是依靠幻觉、想象和迷情才存在的。

旧日的西贡，一切这样不可思议的华丽、凄凉和荒芜。

早晨，我站在露台上朝马路望去。一眼望不到头的老梧桐树，浓浓绿绿的叶子，斑斑节节的树干。树下是来来往往的摩托车，载着上班的人群。

和你在一起

《钢琴家肖邦肖像》是热爱音乐的法国画家德拉克洛瓦为你画的肖像画，但是他未完成《作家乔治·桑肖像》。苏联发行过一套一枚的“波兰作曲家肖邦诞生 150 周年”纪念邮票，就选用了德拉克洛瓦的这幅画。

18 岁时，你已表现出断然的个性和独创风格。大多数作品都是精致的小品，这些作品优美、文雅、富有歌唱性。与舒曼的作品不同的是，它们没有标题和情节。其中，玛祖卡和波罗乃兹舞曲——风格化的舞曲——没有运用民间的曲调，却体现了波兰的民族精神。至今，没有一位作曲家能像你那样使钢琴发出如此美妙的音响，你运用优雅的装饰，取得了细腻的踏板效果，你的色彩性的和声处理得多么巧妙。

1832 年，你凭借在华沙创作的作品 9 号和 15 号的 6 首夜曲在巴黎横空出世。作为一个波兰爱国者，你选择了 19 年的自我放逐，从此再也没有回到祖国。少年时期的明媚忧伤和华丽高贵的音乐语言从此深深地笼罩在异国漂泊的孤独冷峻中。在作品 9 号中我仿佛看到清寒的秋夜，微风拂动婆娑的树影，清白的月光透过枝叶洒在水面，闪烁点点碎银。

夜曲是你的自言自语，你习惯将悲愁掩藏在黑夜中。

你的交友那么广泛，有诗人缪塞、巴尔扎克、海涅和亚当·密茨凯维奇，画家德拉克洛瓦，音乐家李斯特、费迪南·希勒，以及女作家乔治·桑。在李斯特家第一次见到身着男装、抽着香烟的乔治·桑，你并不能接受。直到1838年夏天，你和玛丽亚的婚约告吹，和乔治·桑的见面越来越多，彼此都感到，可以向对方倾诉内心深处的情感。你们相爱了。

你的一生作品繁多，全部为钢琴曲，其中的十分之九都是钢琴独奏曲。你擅长在钢琴上即兴创作，即使许多已成之作，每经你演奏一次，就会出现改动。你的作曲是情绪化的。

这里是时间的仓库——在一架钢琴前，时间显示为19世纪的某日下午3点；在另一个转角处，时间又回到20世纪傅聪的独奏肖邦音乐会……发黄的老照片，记录着你坎坷的命运和真实的生活。你看，那串葡萄的果汁快要流出来了，甜蜜浓醇；苹果呢，那么饱满，你想把它拿在手里，使劲地闻闻扑鼻的果香，但你不忍心咬一口。不管怎么样，我进来了。

网络上有普鲁斯特语录，其中一句是："当一个人不能拥有的时候，他唯一能做的就是不要忘记。"

你和乔治·桑的同居生活，我完全能理解你——在一个隔绝的庄园里，像贪得无厌的血蛭一样寻求温存、爱和赞同。

虽然任何关系都有强弱之分，但是更受折磨、更痛苦的却不一定是弱者。弱者示弱，不断暴露和展示自己的弱点，无法遭到指责。弱者姿态低无可低，强者被逼得退无可退。

或许，有才华的人应该跌跌撞撞地独行，与爱人相望，不必同行。遥遥相望，反倒会生出许多带着暖意的回忆来。

这个历时九年的同居故事，有着浓烈的爱意与怀恋，到底没有一个温馨美满的结局。但是，不可否认，这是你一生中最幸福安定的时期，也是你创作上成熟、智慧的全盛时期。

《三首夜曲》(作品 9 号)标作“塞纳河流水潺潺”;《两首夜曲》(作品 27 号)标作“哀怨”;《玛祖卡舞曲》则统称为“波兰回忆”。我的儿子小超对你的夜曲一向有着特殊的感情，如果只允许每个心灵藏匿一套曲子，那就是你的 21 首夜曲了，天籁之音陪伴他度过高考前宁静春天的每个夜晚。

傅雷家书：“我们中国人既没有 20 世纪像欧洲那样的罗曼蒂克狂潮，民族性又颇有 Olympic(希腊艺术的最高理想)精神，同时又有不太过分的罗曼蒂克精神，如汉魏的诗人，如李白，如杜甫(李后主算是最 romantic 的一个，但比起西洋人，还是极含蓄而讲究 taste 的)，所以我们先天的具备表达肖邦相当优越的条件。”当时，没有其他钢琴家能够像傅聪那样诗意地诠释这座肖邦埋藏心灵的美丽坟墓了。

“肖邦很自我，个人的痛苦与喜乐都非常重要，他在音乐中把(这些情感)夸张到最大。”傅聪这样说。不过，“肖邦的灵魂非常热情而且有深沉的哀痛，但是没有一点感伤或是无病呻吟的味道”。这是一位深刻体验了生命，洞察东西方文化的钢琴家，以敏锐纤细的方式所叙述出的音乐!

傅聪的肖邦，清丽潇洒且不流俗套，有股温文尔雅的浪漫诗情。无论是夜曲、玛祖卡、船歌或是波兰幻想曲，聆听时音乐缓缓流淌的真挚情感，仿佛一股电流通过我的心头。

你的夜曲从作品 37 号起，似乎与早期的夜曲拉开了距离，那种缠绵的气息和华美的抒情几乎消失。在作品 37 号的两首夜曲里，我好像看到万籁俱寂的庭园，月亮躲在云层里，飘浮不定；或是晨曦中的夜莺栖息枝头，用歌声摇碎树叶上晶莹的露珠，滚落下一串串清冽的簌簌琶音。肖邦在 1840 年说：“纯朴发挥了它的全部魅力，这是艺术臻于最高境界的标志。”在中后期的夜曲中你确实做到了这一点。作品 48 号、作品 55 号、作品 62 号的 6 支夜曲几乎都是沉重的挽歌，这是人到中年的钢琴诗人对逝去的岁月和在生命中出现又消失的故人深切的怀念，但你的表达又如此地含蓄而质朴，人们或许永远也不会知道这些夜曲背后的伤感故事。于是，每一次的聆听都使我在夜色中看到一位忧郁的诗人，轻轻触动琴键，奏出矛盾复杂的心绪。作品48号之1的c小调夜曲也许是你最庞大最深厚的夜曲了，仿佛下着淅沥细雨的秋夜，钢琴上流淌的喃喃低语，滴落无尽的哀愁与思念……

你是否想起了玛丽亚·沃金斯卡？毕竟你没有忘记这个终生都在怀念你的女子。分手后，你把玛丽亚和她母亲写给你的信一起放在一个大信封里，包括最后一次见面时玛丽亚送给你的枯萎的玫瑰。这个写着“我的悲哀”的信封一直被保存到你生命的最后一刻。我感到，你后期的夜曲越来越接近中国古典婉约诗词的意境，那种深深的无奈就是你自然动人的旋律。特别是作品55号的两首夜曲，简直引用了蒋捷在《虞美人》中对人生的慨叹：“少年听雨歌楼上，红烛昏罗帐；中年听雨客舟中，江阔云低，断燕叫西风；而今听雨僧庐下，鬓已星星矣；悲欢离合总无情，一任阶前，点滴到天明。”

小超对我提起过你的玛祖卡，说技巧上不难，若是要把味道弹出来便有难度了。莫扎特难不难？连孩子们都能完整地弹奏，甚至像模像样的。但是，这里的“完整”，至多是音符的完整，绝不是乐句、乐思、乐意的完整；这里的天真，只是未谙世事的单纯，绝不是历经磨难的执着。所以说，莫扎特又是最难的，是“带泪的微笑”。你的玛祖卡在气质上和莫扎特十分贴近，在50多首玛祖卡中得到了充分的体现。

还有《降b小调奏鸣曲》，那是你所有奏鸣曲中常常被演奏的作品之一。你的音乐之所以能深入人心，其柔美的旋律、发自肺腑的情感与诗一般的意境是极其重要的因素。

“夜曲”是你作品中热衷的主题，也是钢琴家的至爱，无论鲁宾斯坦、瓦萨利，还是傅聪、波利尼都曾留下荡气回肠的录音版本。但我更喜欢由李云迪录制的《肖邦夜曲全集》。你的《夜曲》，好似一组诗，轻重、浓淡、明暗，无不恰到好处。气息、色彩、节奏，如此和谐统一，情绪变化又如此丰富。像你在森林中散步，一步一步，有多少遐思呢?

山中的日子，滴水的声音，鸟儿的鸣叫，花朵从根须往上蔓延，直到抵达枝头的脚步声，果实砸伤松鼠——松鼠在树下的呻吟，风踩着叶子——叶子经络的断裂声。月色柔美。

我们不能入睡，坐在屋外的草地上看月亮。月亮黄黄的，又大又圆。它银色的光，绣花丝线一样从天空垂下来，我甚至能看清每一根丝线上的绒毛。丝线落在山地上，立即变成了泉水，在沟壑漫流。它们弹奏着石头，弹奏着矮小的灌木丛，歌声微弱，却柔情万种；它们抚慰着枯败的花瓣和叶子，舌头上弥漫着淡淡的蜂蜜，把死神迷醉，让爱神来临。这样的夜晚，我和小超谁也没有说话，呆呆地坐着，任凭周身月光流淌。夜更深了，我们互相倚靠着，在月光中沉沉睡去。

李云迪的演奏是温柔细致的，我在现场听过，浪漫主义作品似乎很适合他，特别是肖邦的。演奏肖邦，在李云迪看来，一直有着一种朝圣的感觉，“不能随意作浪漫处理”。

为什么人人都称你为“钢琴诗人”？你的音乐正是接近于诗！所以，演奏肖邦一定要歌唱，在歌唱之前，还要舞蹈。即使是你的叙事曲，里面都浮现玛祖卡和华尔兹的影子。你的协奏曲也是这样，比如说第一协奏曲，很多人都不知道!

你代表着那个时代。在那个时代，男子善于妙手作曲著文绘画，女子也会白描世态炎凉，离家去国，悠悠绵长岁月在壮阔山河里游走。那个时代，原本是繁华的，影影绰绰，看也看不清；而现在，你一出现，所有人都惊艳了。

“夜曲”是由爱尔兰作曲家约翰·菲尔德所创的体裁，如果说菲尔德的夜曲是单一的、用以描绘夜景或抒发感情的器乐小品，你则大大增强了夜曲的戏剧性，同时也让每一首的织体更为壮大。尽管在你早期创作的夜曲中（如作品 9 号的 3 首）仍然有菲尔德的痕迹，但是它们在语言与思想上都已超越了菲尔德。尤其，你成熟时期的夜曲，更接近于叙事曲，虽不乏明朗的诗意和梦幻般的色彩，给人一种恬静的感觉，却表现出你内心孤寂、敏感、忧虑、脆弱的一面。在《升 c 小调夜曲》（作品 27 号之 1）、《c 小调夜曲》（作品 48 号之 1）等作品中，还不时有激昂悲愤骚动不安情绪的流露。

五月舒爽的风。紫藤花开尽了，含笑花伏在叶片中眨着眼睛，散发着浓郁香气。光线暗弱，花树的香气忽隐忽现。我陷在蓝沙发中，读着里尔克。《马尔特手记》中写："为了写出一行诗，一个人必须观察很多城市，很多人和物，他必须了解各种走兽，了解鸟的飞翔，了解小花朵在清晨开放时所呈现的姿态。他必须能在深思默想中回想起异域他乡的条条道路，回想起各式各样不期而遇的相逢，和各式各样长相厮守之后的分离，还有那些迄今依然难以言说的孩提时光；只有当它们转化成我们体内的血液，转化成眼神和姿态，难以名状而又跟我们自身融合为一，难分彼此——只有到了这个时候，只有在这种极其珍贵的时刻，一首诗的第一个句子才会从其中生发出来，成为真正的诗句。"

整个下午，你都在一段旋律中反复摇摆、思考。你的脊背因过多重负微微躬着，时间在头发上撒些白雪，额头有了皱纹；你的眼神，常常带一丝忧郁，却一如年轻时清澈透明，你的双手，交叠在一起，除了书写，是天生用来弹奏钢琴的。

1810 年 3 月 1 日，你诞生在波兰华沙西郊的一个村庄。父亲是法国人，母亲是波兰人。波兰在 19 世纪初被列强瓜分，在动荡不安的年代，你从小就生活在郁积着民族自豪感与政治动乱的氛围中。童年的你体验了波兰民族音乐的传统，沉浸于波兰农民的歌曲与舞蹈的质朴与活力中。你 7 岁时写的第一首作品是《波兰舞曲》，最后写的作品是《玛祖卡舞曲》。

你在短暂的39年中，留下了2部协奏曲、3部奏鸣曲、4首变奏曲、4首诙谐曲、4首即兴曲、4首叙事曲、5首回旋曲、17首波兰舞曲、20首圆舞曲、21首夜曲、26首前奏曲、27首练习曲与58首玛祖卡，以及船歌、摇篮曲、幻想曲、包莱罗、塔兰泰拉舞曲、重奏、歌曲等，大部分与钢琴有关。

确实，在音乐史上，再没有其他作曲家能像你那样集中地、几乎是专一地为钢琴作曲了。你的钢琴作品被演奏的频率，当然也就远远多于其他作曲家所创作的钢琴作品。

那几天，从散步到回家的途中，沉潜的夏末之美印刻在天空。夏天虽略做挣扎，仍静悄悄地消逝。白日留下的暖空气顽强地聚集着，隐匿在每一座树林、每一丛灌木及每一条山谷道路中，我徘徊在湿地、湖滨或树林中，由于树木的种类或疏密不同，明显感受到空气的变化。同样，当生命之夏流逝时，人们也抗拒着渐渐逼近的生命冷流，抗拒着生命冷流侵入身体和血液。从注视自己的死亡中获取勇气与慰藉，同时学会面对死亡的艺术。这正是幸福与痛苦的不同。

安德烈·莫洛亚说："幸福在于爱，在于自我遗忘，在于让自己所爱的人能够幸福一点，幸福一点，再幸福一点，而无所求无所欲！"这是乔治·桑把田园小说《魔沼》题献给你的初衷吧。它确实是篇朴素美好的作品，短小、甜美又温暖。我想问，你的曲子题献给很多人，为什么独独没有她？

秋天的街道安静，桂花的甜香更浓了。一场大雨，刚刚开的，就散落地上的点点。教人好不心疼。密密的金黄，我和小超在树下走，慢慢走，来回走……他在聆听MP3里的肖邦夜曲，桂花的香魂游荡着，从我们身边，一闪而过……

散碎光线。掉落深潭的珍珠。寒枝上飘动的羽毛。冷风中挺立的小草。薄薄的暖，小小的美，藏在紧闭的窗框门扉内……你不知道自己还要走多远、多久，也不知道还有多少痛苦和绝望在前面等着你。此刻，我多么想和你在一起啊。

美是均衡。均衡的旋律如同绘画精准结构、代数圆满等式、教堂穹顶弧线，如同星体无声运行、潮汐忽涨忽落，如同翔鸟迁徙、群鱼涌动。郎朗是一个才华横溢激情奔放的钢琴演奏家，但我以为他的演奏风格不太适合演绎肖邦，何况阴霾的夜空，雾气重重，欲语还休。

走在城郊小路上，阳光照耀，积雪融化，冬天快要过去了，蜡梅绽放，鸟儿欢叫，我的脑中转着一个问题：你为什么要创作这些夜曲，在这些夜曲的背后你要表达的是什么？

傅聪说：演绎肖邦我说不上权威，我不过是他一个忠诚的追随者。肖邦的音乐最主要的就是“故国之情”，再深一些的，是一种无限的惋惜，一种无可奈何的悲哀，一种无穷尽的怀念！这种无穷尽的怀念不光是对故土的怀念，那种感情深入在音乐里，到处都是一个“情”字啊！傅聪的演奏避免了演技完美而情感冷漠，他的主要特点，就是艺术的真诚。

旧年的最后一天。我和小超裹着大衣紧紧挨坐在大剧院。颤抖的琴弦，跳荡的键盘，手指翻飞舞蹈。我们一起听李云迪的独奏：舒曼、门德尔松，还有就是肖邦的《升 c 小调夜曲》。你的名字带来的感动。还有爱、云朵、花儿……

真是难得！我们未听过这样的触键，使钢琴显出微妙的音质层次。李云迪的演奏，触键细密且纯粹动听，运指与呼吸极重视线条流动之美，与西方钢琴家的表现方式不同。

其实，刻意学习某种风格，并不容易超越；而努力去贴近大师和经典，即使不能达到最好，也能得到好的提升。

“再没有比李云迪弹得更合适、恰当了。”小超说。

诗三百，思无邪。无邪的前提是合适、恰当。那么，演奏肖邦如何才能做到让气息力量恰到好处？如何既纯正无邪，又有蕴含丰厚、潮水翻涌的思绪呢？

李云迪的演奏是平静的。这种平静的景象里有一种不易察觉的病态的美感，病态的美感往往富有动人心魄的力量。

多年来，我数次在现场欣赏了肖邦的夜曲，尽管演奏者之间的差别很大，但是每一次都有不小的收获。这就是现场聆听你的钢琴作品的快乐所在——真正地和你在一起。

北海道的雪

一

> 在这北国，每到落叶飘零、寒风萧瑟的时节，天空老是冷飕飕，阴沉沉的。那就是快要下雪了。远近的高山都变成一片茫茫的白色，这叫做“云雾环岳”。另外，近海处可以听见海在呼啸，深山中可以听到山在呜咽，这自然的交响犹如远处传来的闷雷，这叫做“海吼山鸣”。看到“云雾环岳”，听见“海吼山鸣”，就知道快要下雪了。
>
> ——川端康成《雪国》

第一次去北海道一定要选在冬天。因为在北海道最漫长的季节就是冬季，凝缩了北海道最富诗意的景致：满天飘舞的白雪、变幻莫测的流冰、自由鸢飞的海鸥、憨态可掬的棕熊，还有热气腾腾的温泉。

坐在车上，看着札幌明净的街景，我竟有些担心：怎么不下雪呢。

转眼，天黑了。一下车，鹅毛大雪扑面而来。大朵大朵的雪花在空中舞动，那么密，那么稠。我想，这就是当地人传说中的吹雪吧。

以后每天的情形类同。午前，细雪纷纷霏霏；午后，大雪飘飘扬扬。

傍晚，我拉开格子门，纷乱的玉屑随风斜飞进来。山峦笼罩在茫茫雪雾中，模糊。站在庭院里，绵绵的白雪踩在脚下。一会儿，雪霁，日出，淡淡的。冷气逼人。高大的树木叶子尽脱，树杪高渺，光秃的枝条簇簇直指天空，天空却像结了冰一般。积雪沉沉，压弯了树枝。

大雪纷飞中，我坐缆车夜登藻岩山。凭栏远眺，千万盏灯齐射光辉，像颗颗碎钻铺满大地。飞舞的雪花，飘落在参差不齐的屋瓦上，飘落在街道两旁的树木上，飘落在行走的路人身上。我用合拢的双手捧着一朵朵的雪花，我想飞。风雪中的札幌是旅者的乐园，是文学家的故乡。虽然，我在札幌没有发现石川啄木散步的背影，没有走进村上春树的森林，也没有参观渡边淳一文学馆。但是，走在札幌的街道上，我依然能感受到来自日本本土那股鲜活的浓浓的文学气息，包括文学的脉搏与经络。对我来说，日本与中国有着相似的文化概念。撇开战争的阴影，日本现当代文学的发展从风雪中一路走来，到底呈现出一幅别样清丽的图景，它对我的吸引丝毫不亚于眼前我所看到的清新纯洁的札幌。在餐厅、咖啡馆，有时在汽车、商店里，我的想象与思索是随意的、尽兴的，遇到太阳出来，还会在铺满积雪的林荫道上率性而为。譬如，抓一把雪，狠狠地向前扔去。然后，哈哈大笑。

徜徉街头，空气清冽。我看到了枯枝掩映中的时计台，一座欧式的白色钟楼，现存的日本最古老的钟楼，它是1878年为北海道大学的前身——旧札幌农校演武场的建筑物而建的。还有旧道厅，即旧北海道政府大厅，一座红砖建造的建筑，庄重雄大。在里面的道立文书馆里，我慢慢翻阅着丰富繁多的文件、资料和图片，这一切都告诉我：札幌是一座中西文化融合的城市。

在市中心的大通公园内小憩。这里正举行札幌最盛大的活动——札幌冰雪节，灯火璀璨。三三两两的情侣牵手相拥，我在壮观的雪塑和优美的冰雕间流连。满天飞雪中，我寂然伫立树下，望着远处的电视放射塔，在内心把自己塑造成一棵树，到了人生的冬天，落叶渐渐飘零，只留下苍凉的蓝天。其实，所有的写作到后来，内心都是敞开的，力求以最简单的语言准确到达。由此，我想到了川端康成。他掌握了一门真正的艺术——那种不去刻意追求、顺其自然的文学艺术。他把自己像树一样深扎在土地里，不断汲取以往沐浴在大自然中的丰富生活的感受，重新汇合成创作激情，飞向蓝天。

二

岩井俊二的电影《情书》把北海道的小樽推向了世界，冬日的小樽运河迎接着每一个来此寻找藤井树的人。看着窗外湛蓝浩瀚的大海，海边三三两两的人，我想，人们都是来寻找初恋浪漫感觉的吧。

来小樽之前，我想象金色的阳光照耀着一条清澈潺动的河流，天鹅和野鸭在水中嬉戏游动。之后，我看到的只是夜色中一条结着薄冰的小樽运河，普通。现实与想象的差别，但它凝固了一段纯情的初恋。

下午四点半，小樽的天已全黑了。在积雪的运河边停留，灰暗的影子浮在岸上。漫天飞雪中，河边的旧仓库、欧式的石砌洋楼，无不诉说着昔日的繁华。幽黄的路灯星星点点，使整个运河透出一片温暖而迷离的怀旧气氛。这幅图画，占据了小樽旅游资料的所有封面。

夜色中的小樽港，寒冷，景色绝美。其实不用寻找，街角山坡上到处都是《情书》的影子。高低错落的房屋，灯火闪亮。八音盒博物馆，北一哨子馆，还有银钟咖啡馆，每个窗户里都传出悦耳动听的乐音。拂开窗玻璃上的冰霜，我仿佛看见了少女藤井树青春飞扬的脸庞。

厚厚的积雪没过鞋，街上行人稀少，雪地上只留下我一串清晰的脚印。信步走进街头别具风情的礼品店，屋里的每个角落都细心地摆放着布艺、陶瓷、薰衣草、彩色玻璃等工艺品，琳琅满目。帘幕背后走出的老板娘，气质优雅，热情温馨。

回味着“白色恋人”巧克力的香醇，我踱步回到小樽运河。抚摸着冰冷坚硬的铁栏杆，小樽运河让我想起遥远的故乡。江南水乡，或许也在下雪。晶莹剔透的雪花，六角菱形的，飘飘扬扬。只是阳光出来，雪便融化了。水乡没有鲑鱼，没有棕熊，但河流纵横交错，橹声荡漾。我想把小樽挪到故乡，这样，我就可以每天坐在河边，读着一封封情书，像渡边博子一样静静地守护着一个像雪一样洁白的初恋故事，慢慢老去。

直到现在，我都认为，小樽最美的时刻在于飘扬的白雪，在于结冰的运河，更在于浪漫的初恋。

三

汝齐戒，疏沦而心，澡雪而精神。

——《庄子·知北游》

到了定山溪后，我感觉越来越接触到北海道的本质了。冰雪、野鸭、枯苇、温泉、乌鸦，构成了浓厚的童话色彩。

我的目光所到之处，山野、田地，一片枯寂。走过红色拱桥的时候，阴沉沉的天空，细雪如粉，纷纷而降，河面上结着一层薄冰。

入夜，在雪树银花下泡温泉。这里，女汤挂红色布帘，上书“姬”的大字；男汤挂深蓝色布帘，写有“殿”的大字。男汤和女汤在特定时间段互换，据说是为了男女阴阳平衡。穿过热气蒸腾的室内浴场，我迫不及待地走到露天风吕。骤冷，不禁打了个寒战。乳白色的池水微微发绿，木质扶手和台阶一直延伸到汤池里，石壁上特意安装着竹制水管，温泉水不停地泄入池中，精致。

泡在温泉里好好享受只属于我的北海道吧。零下10摄氏度的气温，肩膀以下泡在40多摄氏度的温泉里，伸手可及石岩上的积雪。鹅毛般的大雪，纷纷飘落在我的头上、眉毛上。汤池畔，篝火熊熊燃烧，发出“噼噼啪啪”的响声。仰望，旁边有一株高大的栗树。一束稻草裹住树干，光秃秃的树枝轻轻摩挲着夜空，微微颤动，黝黑的疏枝间挂着鸟巢。相对于春天樱花盛开不断飘落花瓣雨的箱根温泉，定山溪的温泉显得粗犷、肆意、天然。我的下半身在热水里，上半身在冰雪里。冷热交融。外界环境的变化带来了心境的变化，我不由自主地想到了庄子的澡雪精神，中国古代知识分子修身养性的一种说法。我渴望把身上、头脑中的世俗、肮脏像用雪洗澡一样洗去。雪对思想、心灵的洗礼。

泡在露天风吕中，舒适。我看着茫茫雪原，看着黛黑的山峰，看着雪的反光，感受热蒸汽的熏染。大雪纷纷何所有，明月与我何相见。我长长地哈了一口气，完全进入了童话世界。

夜深，人语轻微。我提着一盏灯笼走在廊下，向外面一看，屋檐下挂着粗粗的冰凌，飞雪依然纷纷而降。拥被酣然入睡。

夜深知雪骤，时闻折竹声。

四

早晨，刚刚醒来，就听见外面鸟叫。叫什么呢，我看看窗外的山坡，山坡还是白茫茫的一片，与昨晚没什么两样。但天已渐明，夜色逐渐衰淡。树林、溪流、村庄、山峦，都从黑暗中显现出来。

我坐在落地长窗前吃早餐，面对洞爷湖。惬意。

铺天盖地，一片银白。独有洞爷湖，淡蓝色的湖水，泛着白光，源源不断地从山间潺潺流淌出来。近处的树，低垂的枝条上沾满雪，像一丛珊瑚。松尾芭蕉说，寒鸦宿枯枝，秋深日暮时。果然，有一只两只羽毛发亮的乌鸦飞来，栖息在树枝上，一会儿又飞走了。紧接着，一只海鸥张开翅膀，快速地俯冲下来，掠过雪地。

走出屋子，踏着厚厚的积雪，我走近湖边。抬起头，看到了金蓝色的晴空。呀，我从来没有看到过这样的蓝天。那金灿灿的阳光，涂在蓝色的天上，像天堂一样美。羊毛絮般的云朵在空中浮动。山、水、雪，时而暴露在阳光下，时而进入云影里。或欢笑，或沉郁，极尽变化之妙。突然，从灌木丛中飞出几只山雀，啼唱几声，叫声在蓝天和阳光里回荡，一直绵延到天际的山峦，像图画一样嵌立在湖的开阔处。我特别想念碧绿的草，想念七星瓢虫和蟋蟀，想念一切鲜活的生命。甚至有种冲动：蹲下来，在雪地里扒开一根荒草，顺着它的根儿，找到那个鲜灵碧绿的魂儿，一定就藏在这下面。它在等待春天呢。

我望着洞爷湖，那些个白昼和黑夜、清晨和傍晚、晌午和黄昏，在这儿重新组合成伟大庄严的时间。只需把耳朵贴近地面匍匐在雪地上，或探身栏杆外俯视湖水，要不就抬头仰望晴空，就会听到大地那颗搏动的安详的心，慈母般的大地把我紧紧地搂在怀里。一日之计在于晨。此时，我感受到的不是结束，而是孕育，是新生。旧的、枯萎了的一切已萧萧凋落，新的、充满活力的一切将开始呼吸。何时，我再来到洞爷湖边，一遍又一遍地潜心倾听那淙淙流水和鸟的絮语。

我坐在窗前，入梦。梦中雪地变成了绿田，一只野兔惊慌地穿过长满花草的田野。它胆小怕事，不像我懂得停留。

五

他想把胸中的感念告诉对方：我们的心不是石头。石头也迟早会粉身碎骨，面目全非。但心不会崩毁。对于那种无形的东西——无论善还是恶——我们完全可以互相传达。

——《神的孩子全跳舞》村上春树

说到生命态度，日本人常用樱花比喻。追求“生如夏花之绚烂，死如秋叶之静美”的境界。大和民族生活在火山、地震与台风的频发带，早已学会了对大自然的顺从与适应，泰然处之。严酷的生存环境历练出坚韧、容忍的性格。白雪皑皑的富士山不就是一座活火山吗?

羊蹄山，有北海道的“富士山”之称。山下的名水公园，以水出名，因雨水或者雪水渗进地底下而形成地下水，经过积淀后，涌出，富含多种矿物质。极目远眺，羊蹄山上罩着清凛的雪，秀艳。从山顶到山腰，银白的雪包裹着青碧的山体，不露一丝缝隙。雪色明净，纤尘不染，与日光交相辉映。雪光的映射使羊蹄山愈见神韵风流。

走在山间路上，满山都是枯萎的芒草和灌木。当我心清如水的时候，不知从何处传来清越的响声，萧萧而起，飒飒满山。这大概是远处礁冰河的流水穿过谷底的声音吧。

站在索桥上，往下望去。蜿蜒清澈的溪流畔，一片带有银光闪闪芦花的枯苇，随风摇曳，仿佛可以听到芦苇在风中摩擦的沙沙声。远处，松林无风而自响，宛如海上的涛声。冬天的山坡，简约疏淡。几株枯干的树，静静地立着。枝头跳着两只“叽叽喳喳”的山雀。我生出这样的疑虑：它们上哪儿去找吃的呢?

看着雪落在宽阔的原野上，落在茂密的森林上，落在起伏的山峦上，落在平顶的亭子上。但我没有听见风，本来也没有风。风都落下来，躺在雪地里睡着了。风梦见了尘土，还有尘土中的画家。

东山魁夷，日本著名的风景画画家与散文家。我看着他的风景画，倾听着海的波涛声、河的流水声、溪的潺潺声，我听到了大自然的乐音，从而获得一种静谧而舒畅的慰藉。望着那一排排挺立在广袤雪原斜坡上的白桦树和松树，我确信自己走进了东山魁夷的画作里。

老年的东山魁夷，两腿行动不便，为了不脱离大自然，特地请园丁把北海道森林中的白桦树移植到自己家的庭园里。我完全可以想象他画室外的庭园，一片白桦林，郁郁葱葱，时有小鸟在林中啼唱。

漫步羊蹄山，我想把心中的感念传达出来。东山魁夷的风景画，不仅描绘了大自然的四季，更多的是唤醒了人们对生命与自然的态度。他不是自然之外的旁观者，而是把自己融入了自然，使其成为自然的一部分。在创作的过程中，东山魁夷实现了心灵与自然的沟通。

行走在北海道的雪中，我是快乐的。可爱的熊牧场，肉质鲜嫩的鲱鱼刺身，登别特别的地狱谷，使人发梢结霜的温泉，惊险刺激的滑雪……这一切都让我欣喜不已。遗憾的是：我没有听到襟裳岬的狂风，没有在摩周湖给狐狸喂食，没有与阿依努族人一起跳舞，也没有看到长满薰衣草的富良野……这不正好成为我明年春天再次来到北海道的理由吗？

第三辑

云冈石窟

丹纳在《艺术哲学》中说道："要了解一件艺术品，一个艺术家，一群艺术家，必须正确地设想他们所属的时代精神和风俗概况。这是艺术品最后的解释，也是决定一切的基本原因。"带着疑惑与思考，我来到了位于大同的云冈石窟。

武州山，一座低低的、静静的、秃秃的小山，与周围别的小山没什么两样，但浩大的云冈石窟就开凿在武州山。站在附近的山岗上，我远远地望着石窟，废墟残迹映照着金灿灿的阳光。它的基础、侧影，还有整个的轮廓，全都清清楚楚地凸显在明净的蓝天下。

云冈石窟基本是北魏时代的作品，大大小小的洞窟，各式各样的佛像，或坐或立，端庄和平的佛殿放出静穆的光辉。我怔怔地站着，听不见天地间的一点声息，只有光的流溢。它是遥远的。虽然风化的痕迹触目惊心，但这里的雕像都有血脉和呼吸。颔首视下的坐佛，高大伟岸的立佛，还有装饰精美的二佛并坐龛，它们持着千年的庄重和吟笑，显得智慧而宽容。它们了解人类的痛苦和愿望吗？仰望，凝视。神态迥异、栩栩如生的佛、菩萨、罗汉、护法、飞天；风格古朴、形制多样的仿木构建筑；主题鲜明、连贯有序的佛传故事；构图繁复、细腻精致的装饰纹样；排列整齐、生动逼真的世俗人物；还有彩带飘飞、身体纤柔的乐舞伎，分别演奏着坦鼓、箜篌、筚篥、琵琶、横笛和排箫等乐器，让我目不暇接。没有重复，也没有呆板。当我稍作思忖时，拥挤的人流，喧哗的噪声，无数的闪光，很快淹没了我。我多么想告诉人们米开朗基罗在那个睡着的雕像的座子上写着的话：只要世上还有苦难和羞辱，睡眠是甜蜜的，要能成为顽石，那就更好。一无所见，一无所感，便是我的福气；因此别惊醒我。啊！说话轻些吧！

自然是不能投机取巧的。云冈石窟自然的真正的艺术创造性不能简单地用寒碜或豪奢这两个词语来形容。我热爱艺术，去过希腊，在著名的帕台农神庙，面对匀称、健美、飘逸的维纳斯、雅典娜和胜利女神像，我唏嘘不已。但它们毕竟都是单个的、孤立的，不似云冈石窟是一群有着层层累积的生命，它的力量是那么的雄健奔放，它的气势是那么的宏伟威严，它的造型又是那么的拙朴浑厚。一个又一个的艺术家踏着尘土前呼后拥地向我走来，有炽热，有狂放，也有沉着。伟大的精神导致伟大的劳动，强有力的劳作培养强有力的精神。艺术家们一边对自然做着微妙之至的表现，一边又不忘把握艺术的整体处理。热烈、纯净、奔放，激荡着他们多姿多彩的想象，又控制着弩张而不发的意识，这意识为每天来此瞻仰的人们留下了思想的余地。

从洞外吹来的风不时轻拂着我的脸庞。不经意间，我发现露齿含笑供养菩萨在对我微笑。这会心的微笑，发自肺腑，使我产生一种在黑暗中突然被照亮的惊讶与喜悦。这时，一只鸽子，一只真的鸽子在飞天、乐伎、繁花裹卷的穹顶上飞翔，转眼落在了交脚菩萨的腿上。它的出现立刻引起了人群的惊呼与骚动：这是生命，活生生的！由此，我确定：艺术家由生命的气息中创造出的思想的表情以及这表情的力度和丰富性，已尽善尽美地表现在云冈石窟这个艺术的自由的天国中了。不信，你看——庄严的佛、慈祥的佛、深沉的佛、静思的佛、清秀的佛、冷峻的佛、甜美的佛……同时体会着佛的欢悦、佛的沉重、佛的沧桑。如果再多给我一点时间，我会愈加理解艺术家的匠心。

现在，云冈石窟出奇地静，旷世的大静。一切生灵都缄默不语。伫立在无涯的寂静里，屏神静气，我们不难从这大静大美之中，感悟到神的伟大。走出石窟，我感到从北魏延伸至今的一种浓烈的激情分明还在大地上飘荡着，在天边，在耳边，落不下来，无法埋葬。

一抬头，一行大雁在蓝天下匆匆飞行，掠过武州山。从北魏初期，孝武帝下令“灭法”，佛寺经像被毁，到孝文帝恢复崇倡。这不过是宗教信仰的铺垫。我耿耿于怀的，乃是当时在武州山开凿云冈石窟的初衷。即个体的启蒙与觉悟。我想，第一个在云冈石窟造像的昙曜和尚，想必是芸芸众生里的智者吧。而那些平凡寂寞的艺术家呢，或许，只是想通过矢志不渝的劳动，让人们看到他心中的另一种光明。于是，有了沙砾的飞溅，冷静的推敲；有了华丽喷射的色彩，舒展流利的线条；有了寻找自己的灵魂与时代的精神真正契合的决心。就这样，在云冈石窟，他们用双手把佛教艺术的内涵，刻画得如此激动人心。

纵观云冈石窟，这座象征着北魏拓跋皇权的艺术宫殿，共有 51 000 余尊石雕造像，连绵不断，美轮美奂。在它的怀抱里神人交融、时空飞腾、万物苏醒。它不仅是一种睿智的思想，一片开阔的胸襟，更是一个时代精神风貌的缩影。从这个意义上来说，云冈石窟是具体的、真实的、深刻的。至此，我对丹纳的一番话才有了初步的认识，那也是对云冈石窟这件古代艺术瑰宝最后最好的解释吧。

龙门石窟的夜色

整个艺术发展史不是技术熟练程度的发展史，而是观念和要求的变化史。

——贡布里希

从河南洛阳南行不久，便到了龙门石窟。这里两山夹峙，犹如门阙，伊水长流。一边是唐代大诗人白居易长眠的香山；一边是龙门山，有自北魏至北宋开凿的大大小小的佛窟，南北长达 1 公里。

龙门石窟的开凿始于北魏孝文帝由平城（今山西大同市）迁都洛阳前后。当时孝文帝深感国都偏于北方不利统治，而地处中原的洛阳天然条件优越，于是在公元 493 年迁都洛阳，拉开了营建龙门石窟的序幕。时间断断续续达 400 年，其中北魏洞窟占 30%，唐代占 60%。

龙门石窟是历代皇室贵族发愿造像最集中的地方，是皇家意志和行为的体现。北魏和唐代的造像反映出迥然不同的时代风格。北魏造像在这里失去了云冈石窟造像粗犷、威严、雄健的特征，追求秀骨清姿式的艺术风格。唐代则崇尚以胖为美，所以佛像的脸部浑圆，双肩宽厚，胸部隆起，形成了饱满生动又纯朴自然的写实作风。

在龙门石窟中，古阳洞开凿最早，内容多姿多彩；宾阳洞最是富丽堂皇；奉先寺大像龛规模最大，精湛巧妙；莲花洞有最硕大的莲花、最微小的佛像，精美细致。这些雕刻工匠，承担着为神佛和帝王造像的使命，却又大胆地突破了宗教和礼教的束缚。在雕刻过程中融进了大量的现实生活，生动地表现了各种人物形象。喜悦、慈祥、威武、矜持、苦痛，以及作为至高无上主宰的佛的庄严肃穆，胁侍人和供养人的虔敬宁静。至于构思布局的完整，气势的贯注，性格的多样，面部表情的生动，衣纹线条的流畅，更是在千百年艺术实践传统的基础上，借鉴外来文化，在技法、风格上精心创造、刻意经营的结果。这些富有才华与想象的工匠，面对光秃秃的悬崖峭壁，运用简单的锤凿，就雕出如此巍峨壮观又精湛细腻的佛像，的确有着鬼斧神工的本领。

崖壁上的一个个洞窟，吸纳山中的花香，接纳邻窟的窟顶，也收纳远处的山峰与河流。在龙门，洞窟的正门通向世俗生活，后面的山崖这本应严实得像铁板一样的石层，却被预留下足够大的空间，用以和光线、云朵、飞鸟、水声和山风交流沟通。虽然，它是遁世的。

莲花洞

在唐代段成式的小说《酉阳杂俎》中有这么一则：开元末年，王公贵族都把牡丹视作京城奇赏，常常开诗会吟咏。散文家韩愈有个侄子来到长安，他有一门栽培牡丹的独特手艺。挖土见牡丹根须，用紫矿、轻粉、朱红等颜料，在花根上捣弄，七天后再将花根用土掩埋。次年，牡丹便会开出五颜六色的花朵，花瓣上还有韩愈的诗句……颜料在某种神秘力量的调遣下，通过牡丹，呈现出奇异的气象。单一的花种，开出姹紫嫣红的花，而且花上生着诗句，真是有些不可思议。

像段成式记录的牡丹花上生着诗句一样，龙门石窟的佛像上，也有着异象。夜色中，那些佛像唯一的共同之处就是，佛像的背后都有一轮明月朗照。相同之处又存在着不同：当佛像是白色的，月亮是金黄色的；当佛像是黑色的，月亮是银灰色的；当佛像是金色的，月亮是红色的……站在佛像中间，我甚至能听见它们的呼吸和窃窃私语。

我在龙门石窟走走停停，第一次来到莲花洞，是为了一朵莲花。莲花洞的窟顶雕有一朵美轮美奂的大莲花，莲花是佛教象征的名物，佛教石窟窟顶多用莲花作为装饰。俯开的大莲花，花瓣重叠，呈倒悬空状。我抬头一遍遍地看，从心里发出赞叹，往花瓣上题写着一句句的诗。洞内正壁还有一佛二弟子二菩萨，主像为释迦牟尼立像，着褒衣博带式袈裟，这是释迦牟尼的游说像。二弟子是浅浮雕，左侧弟子迦叶深目高鼻，胸部筋骨突兀，手持锡杖，似一西域苦行僧，可惜其头部早年被盗。再看莲花洞南北两壁，各有似是《法华经》所指十方分身佛的小千佛浮雕，每个高度仅 2 厘米，却栩栩如生。在坚硬的石壁上雕刻这样微小的佛，又刻得这样精工细作，着实让我吃了一惊。

卢舍那大佛

龙门石窟最大的佛像在奉先寺，是依据《华严经》雕凿的敞开式佛龛，主佛卢舍那拥有大唐的气魄：雍容大度、气宇非凡。按佛教说法，佛有三身：法身是佛的本来之身；报身是佛经过长期修行获得的“佛果”之身；应身是佛为“超度众生”的显现之身。卢舍那是报身佛，全像通高 17.14 米，头高 4 米，耳朵长达 1.9 米，身着通肩式袈裟，衣饰简朴无华，一圈圈同心圆式的衣纹，把头像烘托得异常鲜明而圣洁。她面部丰满圆润，头顶为波状发纹，双眉弯如新月，配着一双秀目，加上高直的鼻梁，小小的嘴巴，露出微微的笑意，仿佛正凝视着底下前来朝拜的芸芸众生，让人产生一种被阳光轻轻安抚的感觉。老成持重的大弟子迦叶，温顺聪慧的小弟子阿难，表情矜持、雍容华贵的菩萨，英武雄壮的天王，咄咄逼人的力士与主佛卢舍那构成了一组极富情态质感的石雕群体形象。庄重端庄，俊美大方。为此，皇后武则天捐助脂粉钱两万贯，于上元二年（公元675年）竣工。

如今的石窟，格局依然是旧的，是记忆中的，是温暖的，有着山的体温和植物的气息。龙门山的一边坐西向东，香山的一边坐东向西，彼此眺望，看见的都是密密麻麻的洞窟。尤其站在卢舍那大佛所在的洞窟，可以体察到地气在升腾，感到山体向下运动迸发出的冲击力。

没有危岩上的青松，没有从石壁中吸收水分的翠竹，只有几棵零零落落的柏树。登龙门山，就是登天。凡山，顶上都是有一片天的。

那晚，我独自走到龙门桥上，想起余光中写的诗《卢舍那》，将龙门石窟写成灵肉共度的时光天堑，就从桥的这边走到桥的那边，过了伊水。四周黑漆漆的，没有月亮，也没有星星，觉得无聊，靠在伊水边的一棵树上就睡着了。梦中，隐约听见黑暗深处传来一阵阵的鼓声和凿石的响声。醒来时，阳光灿烂，伊水的河堤上一个人影也没有。

龙门二十品

在高高低低的洞窟，在熙熙攘攘的人群，穿过。半山腰仿佛有一棵粗壮的菩提树，黄红色的花朵落满了古阳洞的窟顶，也落满了石阶。

《龙门二十品》，这些从北魏时期精选出的不同的二十块造像题记，记载了佛龛的雕凿时间、人物和目的。我喜欢它的笔法跳跃，结构天成，血肉丰美，古拙率真。还有字形端正大方、气势刚健质朴，结体、用笔在汉隶和唐楷之间。清代学者康有为曾大力提倡书写要用魏碑体，称赞魏碑有十美。《龙门二十品》的十九品在古阳洞，一品在慈香窟。主要包括《孙秋生、刘起祖二百人等造像记》（公元502年）、《始平公造像记》（公元498年）、《北海王元详造像记》（公元498年）、《北海王国太妃高为亡孙保造像记》（年月不详，或于北魏太和、景明）、《牛橛造像记》（公元495年）、《一弗造像题记》（公元496年）、《司马解伯达造像记》（公元477—499年间）、《杨大眼造像记》（公元506年）、《魏灵藏造像记》（公元506年）、《郑长猷造像记》（公元501年）、《惠感造像记》（公元502年）、《贺兰汗造像记》（公元502年）、《高树造像记》（公元502年）、《比丘法生造像记》（公元503年）、《太妃侯造像记》（公元503年）、《元燮造像记》（公元507年）、《慈香造像记》（公元520年）、《比丘道匠造像记》（年月不详）、《马振拜造像记》（公元503年）、《齐郡王元祐造像记》（公元517年）。不同时期的造像竟然集中在同一洞窟，说明了古阳洞雕凿时间之长，绵延朝代之久。

其中，高树龛位于北壁第三层列龛上部中央、杨大眼大龛的左上方。高树龛佛造像制作年代，处在云冈石窟造像风格向龙门转型之际。佛龛旁刻有题记，可知这是高树等32人组成的民间信佛团体“社邑”，于景明三年五月三十日（公元502年）出资兴建。

其他的碑，上面的字，模模糊糊，看不清楚，只剩一笔一画越发苍凉遒劲，似乎上天被这文字的神力感动，风吹雨刷，雷摹电刻，日日夜夜跟着描画。无数岁月后，写字的人无奈，又把他的字还给了天。

在人们眼里，龙门山其实不是一座实实在在的山，而是“拯救之道”。像西奈山那样，寸草不生，只有石刻、不朽的文字与神迹。

宾阳中洞

进入一座幽静的院落，并排有坐西向东三座石窟，即宾阳三洞（中洞、北洞、南洞的俗称）。宾阳中洞在北魏时称灵岩寺，明清后改称宾阳洞。宾阳三洞开凿于北魏时期，是宣武帝为其父孝文帝做功德而建，但仅完成了宾阳中洞，南洞和北洞在初唐才完成主要造像。

宾阳中洞是一座三世佛窟。北魏由于受《法华经》影响较大，除了信仰释迦佛、多宝佛外，还信仰三世佛，即过去、现在、未来三世佛。洞内正壁是以释迦牟尼佛像为主的五尊雕像，释迦牟尼是佛教的创始人，原是古印度净饭王的儿子。他在 29 岁时出家修行，经过六年，悟道成佛，创立了佛教。主佛面颊清瘦，神采奕奕，体态修长，服饰一改云冈石窟佛像那种偏袒右肩式袈裟，而身着宽袍大袖袈裟。座前有两只昂首挺胸的石狮，胸毛左右分向后披，威风凛凛。

宾阳中洞是皇室经营开凿的大型洞窟，整体窟型和所有的造像画面，都是根据总体设计布局安排的。窟内前壁两侧，自上而下各分四层，平行布列具有绘画效果、有关佛教内容的大型浮雕。壁面最上部第一层，北侧为合掌静听的文殊菩萨，南侧为维摩诘经变；第二层表现的是佛本生故事：南侧为须达那太子本生，北侧为摩诃萨那太子本生；第三层就是著名的《帝后礼佛图》：北侧是《孝文帝礼佛图》，南侧是《文昭皇后礼佛图》；第四层是神王十像，南北各五神王。其中，位于第三层的《帝后礼佛图》，在高度上具有绝佳的视觉体验，成为整体浮雕壁面中最具表现力的主体部分。

但我面对的石壁第三层是空荡荡的，《帝后礼佛图》在哪儿？

帝后礼佛图

没料想，在看到被盗取的《帝后礼佛图》时，这么美，这么痛。

美国纽约大都会博物馆的《孝文帝礼佛图》和堪萨斯市纳尔逊美术馆的《文昭皇后礼佛图》，并称《帝后礼佛图》，出自宾阳中洞。

北魏孝文帝迁都洛阳后，开凿龙门石窟。到了宣武帝，崇佛更甚，继续凿造石窟，宾阳洞的规模仅次于古阳洞。《帝后礼佛图》是宣武帝为了纪念孝文皇帝和文昭皇后，为他们祈求冥福而特意凿造的。

礼佛图也称供养人像，是石窟艺术常见的一种题材。整幅浮雕采取横向构图，分别以孝文帝和文昭皇后为中心，形成前簇后拥、南北两相对应的礼佛行进队列，场面恢宏。既保留了盛典中的帝王生活气派，又营造了飘然若仙的宗教意味和安宁静谧的心境。同时，随从的宫女们含睇宜笑，娇慵前行的姿态，与虔诚肃穆的氛围形成了含蓄的对照，是北魏社会宗教生活的生动再现，更是佛教造像汉化的代表作。

与云冈石窟的浮雕相比，《帝后礼佛图》明显已经摆脱古印度的犍陀罗风格，加强了中原本土的艺术语言色彩。人体的曲折起伏一概都用长线勾勒，特别是衣纹的处理，显得格外舒展流动、疏密有致。

在莫高窟的壁画上，处处可见漫天飞舞的美丽飞天，有的手捧莲蕾直冲云霄，有的从天空俯冲下来状若流星，有的穿过重楼高阁宛若游龙，有的随风悠悠漫卷飞扬。飞天身上彩带飘逸，云鬓高耸，香花点点，彩云飞旋。为莫高窟塑造了一个优美而空灵的佛国世界。

而龙门石窟的意趣在于《帝后礼佛图》，可以让人一下子沉静下来。图中人物密集重叠，顾盼生辉，既浑然一体，又富于变化。不同于当时绘画以形体大小来区分人物等级的手法，尽管图中人物形象并无显著区别，服饰也大致相同，但从人物的位置、相互的关系，特别是风度威仪间的微妙差别，都显示出帝后的高贵与尊严。此外，从图中人物的衣冠发式和伞盖、羽葆等仪仗制度来看，孝文帝推行汉化政策已取得了显著成果。因此，这件作品还具有重要的历史文献价值。

万佛洞

离开宾阳三洞拾级而上，便可看到万佛洞。万佛洞的顶上雕有莲花藻井，莲花藻井周围刊刻楷书大字："大唐永隆元年（公元680年）十一月三十日成，大监姚神表，内道场运禅师，一万五千尊佛龛。”洞口过道北侧上有“沙门智运，奉天皇天后太子诸王敬造一万五千尊像一龛”的题记。两个题记互为补充，说明发愿造像的原因。永隆是唐高宗李治的年号。大监为宫中的女官，沙门智运和内道场运禅师，指比丘尼智运的号。因此，洞是智运奉旨修造，所以又叫“智运洞”。

天皇指唐高宗，天后指武则天，因洞内刻有15 000尊佛像，又叫“万佛洞”。该洞主尊是阿弥陀佛，有圆光和背光，结跏趺坐在莲花束腰须弥座上，一手贴身斜举胸前，一手抚膝。这种手势说明阿弥陀佛是在向弟子信徒说法，称“说法印”。束腰莲花座中间雕刻着四个赤膊袒胸、筋肌突起、体力勇猛的力士承托室座。主佛背后还有五十二朵莲花，每朵莲花上端坐一个供养菩萨，她们或坐或侧，或手持莲花，千姿百态。五十二朵莲花代表菩萨从开始修行到最后成佛的阶位。

整个洞窟金碧辉煌，展现了西方极乐世界的理想国土，烘托出一种热烈欢快、万众成佛的气氛，深深感染了进洞的每一个人。

看经寺

看经寺是香山最大的一个石窟，窟内正壁没有主像，而是在洞窟地面中央建坛，上面置放佛像供人拜佛。据考证，该窟是为禅宗开凿。

窟内在北、东、南三壁下部雕有唐代最精细的一组二十九尊浮雕罗汉像。释迦牟尼去世后，将传法的任务交给了迦叶，迦叶寂灭后交给了阿难，之后传莫田地，传商那阿修，最后至二十九祖菩提达摩。

看经寺这二十九尊传法罗汉，与《历代法宝记》记载西土二十九祖先相吻合。经查，《历代法宝记》在敦煌遗书中有首尾完备的写本。

二十九尊罗汉像保存完好，每尊罗汉像与真人等高，神态逼真，性格刻画入微，有饱经风霜而睿智的、执着而聪慧的、慈祥善良的、宽容大度的、凶狠严厉的、诙谐幽默的、严肃认真的，无不惟妙惟肖，是龙门石窟中现存最完整的一组罗汉群像雕刻。这也是看经寺的精华所在。

香山寺

香山因盛产香葛而得名，始建于北魏熙平元年（公元 516 年），唐垂拱三年（公元 687 年），印度来华高僧日照法师葬于此。天授元年（公元 690 年），武则天在洛阳称帝，建立武周王朝，梁王武三思奏请，敕名“香山寺”，并重修寺院。当时的香山寺，想必叠阁重楼，飞角凌云，巍巍壮观。难怪，大诗人白居易慕恋香山寺的清幽安静，自号“香山居士”。香山寺北侧的白园就是他的墓园。

香山居士的墓地依山傍水，年复一年，元稹题写的碑石字迹清晰，内部也许在悄悄脆裂……墓后曾经引来泉水的竹管残迹寂寞地横搁在杂草中，泉眼四面围栏的石板早已塌坏，水流四溢，荒草丛生。

游玩伊水的文人墨客，大多有着白居易般敏感细腻的心灵，常常因了伊水的天光云影而惊羡感动，写下了无数关于龙门石窟的诗词文章。有时候，那些文人墨客仅仅为了一些绮丽的梦想；有时候，又为了那么一点欢乐那么一点忧愁，反正，他们就这样把情感投向了龙门石窟，于是龙门石窟变得风姿楚楚、风情万种，成了文人墨客的风景。

想起那个在洛阳的雷雨夜，闪电似乎将天空一次次撕裂，轰轰烈烈的惊雷劈开无穷无尽的黑暗，高高的城墙内外，一切都被噬尽。

但我的目光仍有选择的余地。此时，洛水与城墙仍在视线范围之内，也许再走没多远，就能看到龙门石窟了。久远的气息在蓝色山谷里缓缓地向我吹送而来，我的心跳竟与之相呼应。我期待着那儿的河流及山峦，我仿佛听见了那渴慕已久且带着朝圣意味的古老故事。

黄昏时，走进香山寺。一棵棵葱郁大树遮天蔽日。有风，是清风。

有殿宇，躲在林荫里。坐在寺里的长廊上，我感到身在世外了，又心生惆怅。稍晚，山间腾起的烟霭轻轻向我拢来，朋友走来邀我去白园拜谒诗人。我坐在那里，想了想，终于没去。深夜，在寺里与老和尚喝茶聊天，回去时，枝叶之间，看见亮的星斗，又大又低，伸手可摘。

过去的岁月走远了，开凿龙门石窟的工匠也走远了，我只能从石窟的精雕细刻中去体会北魏造像的精妙绝伦，体会工匠的雕刻人生。

以奉先寺为中心，看伊水的风景。好像是为了故事开凿的，先是有了故事的起承转合，然后围绕着这个故事，再造出来一段风景。

在伊水、龙门山、香山和众多的洞窟眼皮底下，它们身边上演的跌宕起伏的戏剧故事，其实是无关痛痒的过眼云烟。与时间同在的，才是永恒者。青山依旧，帝王将相换了一代又一代，真理也如伊水底下的鹅卵石，从前的那些，冲圆了，冲没了，现在的这些，岿然不动。

老了的故事细细诉说着人世间的沧桑，而风景，便是这人世间沧桑的留影与痕迹。

艺术的终极使命，是一种灵魂的救赎。我庆幸自己在伊水读到了一本流动的史书，这本书让我相信有一种柔软的力量，可以摧山拆地。

绵延起伏的山峦，别具一格的石质，沿河两岸，就是龙门石窟。锤子和凿子仍然在洞窟前的石阶上放着，敲打的声音忽远忽近地响着，平常和重复就在潜移默化中，化为了神奇。

或坚毅，或高洁，或灵动，或清秀，或古雅，或雄浑，或绚烂，或平实，这就是龙门石窟的魅力，也是人们欣赏钟情它的根据和原因。

夜凉如水，月光如银。这样的夜色里，不如让那一个一个的洞窟串连成一条珠链，让珠链在天空洒落的月光下闪耀熠熠的光芒。

飘浮在敦煌的云朵

一

我是飘浮的云朵，我的魂一直在敦煌。云朵在天上，下面是广袤的山野与河流。这一次，我横渡大漠，只为了采摘一束杏花，云朵就歇在杏树的树梢。我知道，在鸣沙山，一棵杏树可以开掘一个洞窟，它树身与枝条的神殿，它细碎的花朵的神祇，它繁茂的叶片的秩序，它肃穆的壁立的气氛，它用阳光和月色酿制的恩膏，一切真实而虚幻。

鸣沙山多么安静，几只大雁在风中，铺开的翅膀上，没有雨水和风沙。谁见过大雁眼中的柔情？谁见过雁颈上弥漫的抚摸的愿望？与它们相距不足两丈，而不是隔着一片天空，我看见它们像终于回到故土的游魂，曾经的金戈铁马、烽火硝烟统统消失了，高山大川再不是超越的对象，天空也非宿命的渊薮，眼前的万物流溢的全部是记忆、擦痕和爱。一棵杏树、一片云朵、一汪闪光的月牙泉、千米蜂巢一样排列的洞窟和寂静，都能填补它们灵肉的空缺和缝隙。其实，它们与我一样，并没有离开过鸣沙山。那棵杏树，看它现在多么婆娑，可它那朝北的枝条，曾弄掉了自己最俏丽的一朵花儿；那正在穿越大漠的风暴，你看它现在多么迷人，铺天盖地，轰轰烈烈，可它曾让自己胸膛发冷、晕头转向；还有那堵陡峭的崖壁，你看它现在多么令人心醉，出尘、干净、伟岸，用它造一座天堂，胜过世间万座寺庙，可它的确曾让自己左右为难，用翅膀去丈量它，它在那儿一动不动，仿佛脑子里装的全是神的意志；至于树梢上飘游的云朵，你看它多像一卷天神的绸被，但那些年，跟着它在鸣沙山的天上飞，怎么也追不上它……

千年的时间，在莫高窟，一眨眼就轮回，尘世间却是熙来攘往，纷纷扰扰，单是壁画，就有几轮山重水复。我不画画，也不懂画，感兴趣的只是人。人和人的不同是多么奇妙，有的人，将实有完全投入虚无，信他所要信的，做也做所信的，从这点说，对王道士的责备又渐渐褪去，风轻云淡。我闯进某个洞窟，东看看，西看看，冷不防拔腿逃出，不敢回头。这一淘气，发现许多盛唐壁画被覆盖在宋画底下。

第 220 窟是莫高窟最重要的初唐洞窟之一，为覆斗顶形窟，正壁（西壁）开一龛，左壁（南壁）画阿弥陀变，右壁（北壁）画东方药师变，前壁（东壁）画维摩诘经变。维摩诘经变是根据《维摩诘所说经》绘成，这一重要经典通过叙述“辩才无碍”的维摩诘居士，病中与前来问疾的文殊菩萨展开一场辩论，来阐发佛教大乘理论。右侧是维摩诘示疾、左侧是文殊问疾及门上的三佛说法。维摩诘手握麈尾，在帐内抚膝而坐，身体前倾，略现病容，但目光炯炯，咄咄逼人，慷慨激昂。帐下前来听法的各国王子，面貌、肌肤和服饰各不相同，风度翩翩。图中的文殊菩萨从容就座，举止庄重，神态自如。下部那些随同文殊菩萨前来听法的帝王群臣，与传世初唐画家阎立本的名作《历代帝王图卷》相比，毫不逊色；就赋彩的丰富来说，尚有过之。

薄薄的轻纱随身垂落。塑匠们究竟用什么方法，使你既感到袈裟的薄软，同时又感到他衣内体魄的健硕。特别是这长衣从莲台垂落下来时，在每一个莲花瓣上都随形起伏，把莲台优美的形态显现了出来。

咦，为什么这尊坐佛如此传神，要表达什么？北魏时期，北重禅定，坐禅是北方僧人主要的修行方式，这身禅定佛正是坐禅者的一个典范。众所周知，坐禅时经常要不吃不喝不动很长时间，主要以打坐为主，摒除思想中的一切杂念。对一般人来说，这种方式是比较痛苦的。但一个真正的禅修者，当他坐禅达到一定境界时，会自然而然由内心生出一种喜悦的感受，这种感受被称为“禅悦”。这尊坐佛像正是在表达进入禅悦的状态，佛的嘴角微微上翘，浮现出一种含蓄的满足的微笑，如纯真少女的莞尔一笑，难怪被誉为“东方的蒙娜丽莎”。

其实，神佛们本来没有具体的模样，全是画工们身在枯索的茫茫大漠里，一任情怀和天真烂漫的痴想。

那些闻所未闻的绝妙形象，那些变化无常的行为举止，那些异想天开的本领，那些光怪陆离的幻梦般的情景，在画工们的脑海里形成，然后通过他们的生花妙笔，栩栩如生地跑到墙壁上去，逼真，自然。

在这里，只有相同的题材与格式，没有相同的情绪与景象。没有人仔细算过壁画中有多少人物，也没有人找到过神气完全相同的两张脸。任何有生命的事物都是有个性的，彼此间不会相同。

各种各样的神佛形象：

释迦牟尼佛、三世佛、七世佛、弥勒佛、阿弥陀佛、观音、大势至、文殊、普贤、地藏、天龙八部、罗汉、比丘、天女、羽人、雷公、伏羲、女娲。

各种各样的佛传故事画：

乘象入胎、树下诞生、太子读书、太子迎亲、出城游观、夜半逾城、树下苦修。

各种各样的佛本生故事画：

萨缍太子舍身饲虎、尸毗王割肉贸鸽、九色鹿本生、须摩堤本生、善友太子入海、五百强盗成佛。

各种各样的经变画：

西方净土变、法华经变、文殊变、普贤变、观无量寿佛经变、报父母恩重经变、金光明经变、贤愚经变、药师经变、维摩诘经变、毗沙门天王赴哪吒会、劳度叉斗圣经变、佛顶尊胜陀罗经变、金刚经变。

各种各样的瑞像：

慈祥的、镇定的、清瘦的、丰满的、坚忍的、庄重的、沉静的……

各种各样的飞天：

持花飞天、托花飞天、散花飞天、舞蹈飞天、弹琵琶飞天……腰系长裙，肩绕彩带，有时成双飞翔，有时单个翱翔，绰约多姿。

各种各样的窟顶和窟顶中心的藻井：

轻盈的飞天在那里游弋翩舞，活泼的兔子在那里相互追逐，威武的金龙在那里狂动飞旋，还有五颜六色的奇花异卉在那里灿然绽放。

知道吗？开凿洞窟首先要构思出洞窟在崖面上的位置和样式，继而开凿甬道，甬道挖出后，继续朝着崖壁上方及四周扩展，石沙随之从甬道排出。待窟顶成型后，再往下挖掘，直到整个洞窟的样子被凿出，最后才根据需要进入装饰工序。这样，一个洞窟才算完成。

幽闭漆黑的洞窟中，画工们一手举着小油灯，一手执笔。在被灯光照得忽明忽暗、淡淡发亮的墙壁上，画出令世人匪夷所思的壁画来。

我们对这些画工塑匠的才华钦佩至极，虽然明知得不到回答，心中还是忍不住发问：到底这作者叫什么名字？为什么在藏经洞的敦煌卷子上也找不到他们的名字？曾经，藏经洞内的文献是包罗万象的。

如果不发生藏经洞被偶然发现的事件，就什么预兆也没有，可是现在，布满了预兆。在巴黎的旧货摊上，常书鸿发现了《敦煌石窟图录》，震撼不已，以致他下决心要离开巴黎，使他离开巴黎的是蕴藏着千百年的敦煌宝库。这对敦煌是幸运，对画家本人是苦难。明明知道不可躲避终结，日渐衰落的敦煌还是在等待着一个守护人，日子一天天逼近。谁又想阻滞而不前进？没希望不行，有希望又能怎样？生存本就是一桩难事，且不说干涸的河床、枯木、茫茫的大漠，就是眼前的现实，民国张大千、常书鸿那一代人身陷的种种分裂和变局，已足够让人不知所措。常书鸿选择去敦煌，是为了从现实中抽离，岂不知抽离出具体的处境，却置身在一个守护敦煌石窟全局性意义的茫然中，只是他没有把敦煌的艰苦看得太重。等他到了安西，骑着骆驼一路西行，一步步好像离开人世一般越走越荒凉。当他来到敦煌，透过杏树的树梢，无数开凿在峭壁上的石窟，像蜂巢一样密密麻麻。灿烂的阳光照耀在壁画和彩塑上，金碧辉煌，闪烁夺目，他完全惊呆了。

在夕阳迷离而绚烂的光芒中，莫高窟宛如天国降世一般。

当佛的经义把现实作为载体时，绝没有料到，五光十色的生活会反过来，把佛国作为再现自己的舞台。如今，在哪里还能找到这样庞大的、辽阔的、绵长的佛教图像，这样依然活着，并永久活着的真实的生命，这样重现的荣耀历史，重现的多姿生活和重现的时光画面。

一条长长的路从天边出现了，无限延伸。海市蜃楼？不然，在这人迹罕至的戈壁滩上，哪来的这条路。久已废弃不用的古道，就是贯通东西方的——丝绸之路。驼铃、胡商、各国的使者、用头巾罩面的僧侣、驼背上的石榴、葡萄、瓷器、琵琶、丝绸与佛像……川流不息。

风沙就是大漠的黄土，它将历史所遗弃的事物轻轻掩埋起来，一层又一层。黄沙掩盖的丝路上的古城，楼兰、尼雅、且末、若羌、高昌。倾圮的土屋，晒成白色的干枯的胡杨，全都半埋在沙砾中。空气干燥，大风袭来，流沙在莫高窟洞窟前一点点堆积。

此时，有什么比守护敦煌更重要，这里面一定有着严肃深重的痛苦与教训，只是我不知道，知道的也只是光辉奇幻的表面——太阳照样每天从东边升起，从西边落下；云朵从南边飘浮到北边，久久徘徊。洞窟中流沙堆积，脱落的壁画夹杂在断壁残垣中随处都是，遭受着大自然和人为毁损的厄运……竖起“拉沙排”防风沙，踩着“蜈蚣梯”看洞窟。寒夜如冰，那碗咸水煮的面片，拌盐的韭菜，还有红柳枝的筷子。在莫高窟，常书鸿一行回到了原始，“奢侈”地回到原始！

在攀爬杏树时，我真的看见了大雁，不再是臆想中的大雁。它们之所以愿意把天空尽可能地让给云朵，我想，这应该就是敦煌的秘密。

二

爬上一棵杏树，最初的愿望是采摘杏花，可上了这棵树，我并没有放弃凡尘的想念，以神的名义，重新进入云朵的身体。一切正好相反，我还是摘了一束杏花，只因它粉白而细碎的美。从树上下来，大雁在天上，下面的尘埃，以山冈的模样，以洞窟的形式，走得好快！

没有人的时候，山冈的颜色非常单调。洁白的雪、褐色的石头，再加上黄色的沙土。树很少，绿色十分有限。它们同属于山冈，因此，它们还是单调的，有一份寂寥始终串联着它们。一阵阵空阔凛冽的风从山冈上滚落下来，坐在山脚下，我感到冬天的雪团在纷纷下落。

第 112 窟 白云缥缈，山水秀丽，琼楼玉宇似隐似现，银色的月光映照舞蹈的霓裳仙子。在优美而略带忧伤的西凉乐曲的旋律里，羽人霓裳，旋转悠扬，纱巾帛带，轻巧飘荡。然而，瞬息间似有微风吹来，云飞人去……每到音乐起处，仙子应弦舞动，婉约超然。这难道就是唐玄宗杨贵妃参与编演的著名盛唐乐舞《霓裳羽衣舞》?

那时代，音乐是靠着一场一场的实地演奏来传播的。随胡乐而来，便是西域乐器的传入。大唐十部乐都以琵琶为主，琵琶就是来于胡，还有竖箜篌、横笛、筚篥、五弦、排箫、都昙鼓、羯鼓、毛员鼓、铜钹、贝等。飞旋转动的裙子，昂扬跳跃的舞步，肆意扭摆的双胯，胡乐胡调，清劲婉转，阵阵花雨，落英缤纷。狂旋的胡姬与奇妙的胡乐竟成了佛国盛会最精彩的节目。开始，或许稍显生疏，吹奏者显得迟钝，舞者旋转也极轻缓。不久，乐队的吹奏变得融和整齐，充溢着生气；舞者们的转速也加快了，飘带与发辫随同飞扬，体内也好似蓄足了一触即发的力量……她们简直要像龙卷风一样飞腾起来了。

反弹琵琶是敦煌舞伎最优美的舞姿。

舞伎随着乐声彩带飘飘，那些裙袂好似回风流雪，宛转缠绕。反弹琵琶，是把高超的弹奏技艺与绝妙的舞蹈身手，优雅又迅疾地集中在这个舞伎身上。

我宁愿相信，真的是有一个善乐善舞、才华非凡的胡姬，作为模特。因为敦煌文化的性格是，始终对外来文化保持一种好奇与兴奋。用外来的文化元素与激情，不断创造自己，使自己永远充满诱惑。

在洞窟里工作，夏天光亮炽热，冬天阴暗寒冷。有光的地方，就有艰辛的、无休止的劳作，就有风、雨、霜、雪，就有摆脱不掉的、鬼魅般附体的阴影；而暗处，更多的是家人熟悉的面庞，温情的目光，不一定丰盛但能充饥的饭菜，世界被一堵堵不透风的石墙挡在外面。

在三危山，收工后的某个黄昏你在刻着“即心是佛”的石头下痛饮，喝到月亮升起，携着酒壶摇摇晃晃下山，走到山下顿觉胸中都是山香云气，酒气不知散去何方，只待飘飘然回到洞窟蜷起身体睡觉。

第二天，你宣布你找到了天堂。从洞窟里远眺敦煌——实际上古城里尘土飞扬，街上影影绰绰的人群都来自各个民族和地区。你特别喜欢小巷里通宵营业的酒肆，里面可不全是落魄的流浪汉和伤心人。

那个妖里妖气的美艳胡女一看到你，就亲热地冲上来，头上那些叮叮当当的钗环一阵乱响，脚脖上的金铃更是沙沙有声。

起风了。邻桌的是几个波斯商人，此时掏出一枚铁笛，呜呜咽咽地吹奏起来，曲调古怪有趣，倒是有一种说不出的风韵。

胡女听着这笛声，干脆放下酒坛，跳上桌子，赤足舞起来。她的身段纤细柔软，配上那乐曲更是浑若无骨，妩媚至极。手中金铃、足上金铃沙沙如急雨，和着铁笛乐声，如金蛇狂舞。那些波斯商人不禁击掌叫起好来，胡女轻轻一跃，却落在了你的桌前，围着你，翩翩起舞。

自从离了故乡，你还没有这样肆意的大笑过。

随着乐声节拍越来越畅，胡女也越舞越快，似一只金色的蛾子，绕的你眼花缭乱。

那乐声更加苍凉劲越，如一只苍鹰盘旋直上天际，俯瞰着大漠中的千军万马，越飞越高，大风卷起的尘沙滚滚而来……

实际上，敦煌的仲夏夜，美丽而明亮。这些日子，我每天都为夏天即将结束而忐忑不安。天气这样闷热干燥，我盼望着一场大雷雨的来临。雨后的某个早晨或午后，厚积的云层散去，澄净的天空映衬着一棵杏树。周遭风景褪去了些许色彩，阴影逐渐浓烈、深沉、扩大。

一走入洞窟，膨胀的暖流迎面扑来，仿佛热气从暖炉中流泻而出。湿湿的凉意让人感觉河道的存在，虽然它们早已干涸，但泥土中仍残存着些许湿气。在这样的夏末夜晚，在奇特的空气变化中漫步，感官所经历的体验，同样也影响着人的生命力与情感。

云朵飘浮在大泉河畔的杏树梢头，我被漫天的繁星震撼，头顶、肩膀、指尖、睫毛上，无处不闪烁着星星，银河大概就是这般模样吧。

第 220 窟 阿弥陀经变

阿弥陀佛结跏趺坐在中央的莲台上，双手做出正在说法的手势；观音和势至两位尊贵的菩萨胁侍左右。背后是经幢凌云，梵宫耸峙，花树成荫，祥云四起。神佛诸众，水榭回廊，讲坛精舍，珍禽异鸟。所有地面都铺着黄金、白银、琉璃、琥珀、珊瑚、珍珠、玛瑙七种宝物；整个天空一碧如洗。众天神驾彩云而至，漫天撒下鲜花以示供养。各种乐器，高悬空中，无人弹奏，凭空自鸣。宝池前雕栏玉砌围绕的水榭歌台上，乐队起劲地吹奏着妙曲，一对舞伎挥动长巾跳得正欢。

在这极乐世界，不仅仅是优美与快乐，而是人们所能想象到的一切美好事物，这里全部齐备——众生都具有非凡的智慧与姣好的容貌；没有四季更替，温度永远适宜；所穿鲜衣华服，所吃美味佳肴，一概应念而生；最主要的是“无病无灾，无有烦恼，无有刀兵，无有奴婢，无有欺屈，无有王宫，无有饥馑，更无别役”。

葡萄叶开始变黄，叶下垂吊紫色果实。傍晚的三危山闪烁着紫色的光芒，天空带着翠绿色，渐渐步入秋天。之后呢？不能再去酒肆，不能前往月牙泉，也不能在杏树下小坐了。梦碎的人，天气一变冷就躲到床上，因为逃避而踏上放逐之路，成为敦煌的异乡客。无论多么努力与辛苦，横祸还是在不知不觉中降临，破坏所有的信仰与努力。

一股风从窗子进来，陶碟口似有呜呜响声，像吹口哨。风过碟口微有响动，但陶碟的声音幽细低弱。陶碟是哪个画工曾经用过，又弃埋在了洞窟里，我不知道，它贯穿了阳间和阴间，肯定有着许多故事。

每个人出生的时候自己在哭，死亡的时候又是别人在哭。每个人一生都是在爱、煎熬与恨的纠缠中度过。陶碟从谁的家里来到莫高窟的洞窟？陶碟还在呜呜呜地响，像吹口哨，洞窟里无数的人，我看见无数的人在风中走着走着就化了。人是从泥土里来的，终究又变为泥土，这陶碟是一种什么形状呢？只有这风，风是泥土捏的器物的灵魂。

这是经历过生死的洞窟，有人躺着被抬出去，也有人在里面变老。门不重，徐徐打开，仿佛有一处大厅。并不大，只是一些相连的小房间。脚步在这些房间里慢下来了，这里有无边无际的细节，仿佛海水退去，散落着各种物件的沙滩。你必须慢慢地走，才能避免碰到什么。各种各样的家具，桌子、椅子、床、柜、屏风、长案、高几、矮几、镜台、盆架、巾架、衣架、箱子、方凳、条凳、榻，还有瓷器、青铜器、镶着镀金框子的镜子……地毯上、书架上，到处堆着书——都是旧书，好像已经陪伴了主人多年，里面夹着小纸条。还有一沓丝带束着的旧宣纸，那是李白的诗稿。你从床上起来，不明白为什么墙壁总是有那么多线条，而且每一根线条的长短都各不相同。后来你发现佛像、乐伎也是如此，它们似乎总是在按照自己的意志转换组合，自由变化。仿佛是说，我已经厌烦了。于是，你想画只苍鹰，不再画飞天了。

有时，你也会遇到类似的情况。比如油灯在你的头脑深处、眼睛与嘴之间的某个地方亮起来，菩萨的面孔就会透出光，分明带着微笑，多么奇妙，而你也同样可以拥有类似的幻想。在夜晚，歇工后……

但是你从来不愿承认这样的事情。

我也是，所以我没有告诉任何人。

这些洞窟的门，任何时候都是半开半掩的，它们赋予人们希望。

第 45 窟 这一铺七身的彩塑群是盛唐的精品之一，呈对称排列。释迦居中，以显主尊之崇高，然后是迦叶阿难，老少相应；菩萨天王，刚柔相济。菩萨完全变成了女性，体态丰盈健美，肌肤莹润细腻，面孔丰腴圆润，云髻高耸，长眉入鬓，眉目间似笑非笑，神情恬静安详。胸佩黄金璎珞，腰系锦绣罗裙，衣纹轻柔。通过“S”形的体态，表现女性的妩媚妖娆、美丽善良，塑造出理想中慈悲为怀、垂怜众生的菩萨形象。阿难变成了英俊潇洒的青年，迦叶成了稳重深沉的老者。

对于来自神灵或上天的力量，一个凡人往往只能用忍受来担待。所以，当外界的人看到一个无所欲求的画工而赞叹、自怜的时候，那是因为他对生活年深日久的失望。不指望是因为从来都指望不上。

有一天晚上，他拖着疲惫的病躯回到了自己的家，点燃了土屋，一个人，拿着画笔，爬到屋顶上，坐下来，对着春天的夜空，唱起了故乡代代相传的情歌。附近村庄，许多被惊醒的人，围着着火的土屋手足无措，眼睁睁看着他在火焰中停止了歌唱，最终消失在火焰中。

在风的裂口上，我能清楚地看见遭人弃用的水渠，弯弯曲曲的堤坝，没有水。在风声滚过的地方，长着许许多多的杏树，开着星星点点的小花，在正午的阳光下，像蜜蜂小小的脸，像它明明灭灭的念头。

可是，风声总要过去，水渠是真实的，却没有水，山冈上被埋葬的一切，它们来不到我的身边，我歇在杏树梢头，身边堆满了枯黄的叶片和黄色的杏子，它们来自枝条和肩膀，枝条断了，肩膀折了。

鸣沙山立在敦煌古城之南，像所有的山一样，它有峰峦、崖壁、沙丘和土，但它又与别的山不一样，它穿着一件神赐的衣衫，浑身上下，每一寸都嵌着珍珠宝石，我们所熟知的、陌生的和知之而又未见的那些洞窟，亲密无间，勾肩搭背，彼此深入对方的骨血，谁也不争先，谁也不恐后，都是大地的杰作，无所谓珍稀与滥贱。每天早上，太阳出来，照耀敦煌，也照耀鸣沙山。黄金之粉一点点涂抹，一个个洞窟是足金，褐色被压住，斜坡与沟壑，金粉被吞掉一半，于是就有了层次。有时，白雾从山脚往上疾走，一心想跟上云朵的脚步，闪闪发亮的雾气，将金色的阳光浸得湿漉漉的。白雾一般都不是整体，鸣沙山有多少开掘的洞窟，它就有多少细腻的丝缕，琴弦似的，平列于山腰。如果谁能弹奏此琴，当能发出这座山的所有美妙之声。

日落或阴天，鸣沙山会暗下来。悬浮其上的暗色，如罩住敦煌的千年光阴，让人的目光难以穿透。被我们看见的，只是一座山的轮廓。

三

那是你生平第一次进入莫高窟，用木制栈道和阶梯连接的数百个洞窟像蜂巢般挤满了黄色的壁岩，脚下的大漠，装满了山的影子。莫高窟在外观上，最为显眼的是位于石窟群中段的标志性建筑第 96 窟，又叫九层楼。红色楼阁依山而建，气势雄伟。站在九层楼下，仰望天空与山冈。鸣沙山以其长度，足以居住山川的神灵；以其肉眼无法概括的深度与宽度，足以收留更多的村庄和羊群，在你的四周形成旋涡。你不得不紧紧抓住骆驼的缰绳，双眼紧闭，听旁边的老塑匠说：瞧，就是这座山，上面开掘的洞窟就是莫高窟。于是，你睁开眼——

第130窟南大像

塑匠们的伟大，是把生命的强大感觉直接注入佛的躯体。

为此，你从高二十六米的南大像，感受到的不仅是庞大无比的身躯；更是它博大丰沛的生命力。

塑匠们有意把这巨佛安排在一个狭长的空间里，将佛头塑成七米之大。这样，站在底层仰面而视，可以清晰看到佛的面部；站在顶层，又能看到一个无与伦比的佛头。你不会感到它不成比例。反而，那脸颊丰厚，五官凝重，使你从这百倍夸张的生命体积中受到强烈的震撼。

站在古老洞窟的遗土之上，身后是经过不断改造的敦煌古城，面对着的，是沉默而又辉煌的莫高窟，远处的月牙泉，被鸣沙山环抱，像一面清澈无尘的镜子，映照着悠然飘浮的云朵。

在敦煌，我度过了一段寂寞而幸福的岁月：单纯地为一束杏花而奔波，偏执地跟着一朵云走到天黑，认真地与八月的星空交谈，一次次沿着山脊从山上滑到山下，或者通过月牙泉，那天地间不朽的一汪碧水——见识了一系列小的跌宕和死亡、大的粉碎和新生……

班超老了，恳求天子，“臣不敢望到酒泉郡，但愿生入玉门关”，言辞深切哀婉。到了玉门关，我才知道他不是矫情——酒泉与敦煌，好歹有树，有云，有水。出了玉门关，戈壁大漠，一无所有。

“大漠孤烟直，长河落日圆。”天地茫茫，随便一片垂天长云，看得都让人气短。阳关附近，晴天时太阳像个白炽灯泡，风沙漫天。

再往前，到雅丹，天空便蓝了。因为雅丹地貌多碎石与冻土，几乎无黄沙。奇岩怪石，天空湛蓝，没有植被。阳光强烈，灼人双目。

我所选的那条通向莫高窟的路，树影浮动，太阳的光，一块一块的，好像天上人间的旅程中，有无数的神灵在不停地搬运黄金。与我想象中的莫高窟存在巨大的差异，我以为莫高窟，毕竟有一定的维护和修缮，还不至于破败不堪，事实是，在这个佛教艺术宝窟里，碑体模糊倾斜，欲倒非倒；洞窟明显地惨遭过人工的践踏，一棵开着粉白小花的杏树掩没了被打掉下来的石狮子的头，唯一忠心的是一群蝴蝶，绕着洞窟，上下翻飞。若人魂真能化蝶，想必它们中的一只，就是某个塑匠那不死之魂所变，一千多年过去，他仍不肯离开，因为从这里，可以看见三危山。夕阳西下，光线照在对面的三危山上，山顶上金光万道，仿佛千万尊佛在金光中闪烁，又好像香音神在金光中飘舞。这些洞窟已被严重破坏，藏经洞入口处的流沙，极力想遮掩偷盗者所留下的痕迹，但它们依然敞开着，敦煌遗书差不多被洗劫一空。

作为飘浮的云朵，也许我是它们唯一的见证。由此而来的责任感，对于我已经远非负担可言。它促使我不停地去想，为什么如此丰厚的宝藏只显现在愚昧无知的王道士面前？为什么我必须独自倾听天空中雁群飞过发出的啼鸣，还有墙根下那些小生灵的喋喋不休？

藏经洞自从被发现的一百年来，一直无人破解它的秘密，并在众说纷纭中变得更加神秘和诱惑。

想一想，五万件古代文献，存放了近一千年，难道不是一笔无法估量的财富？

文献大部分是佛教经卷。大量的寺院文书，包括财产账目、僧尼名籍、法事记录，以及斋文、灯文、施物疏等。那么多的绘画、雕塑、佛教文物，厚厚实实五万卷，整整齐齐地塞满了整个洞窟。

还有那么多失传已久的琴谱、乐谱、舞谱、棋经！那么多珍罕难得的绘画、绢画、纸画和佛教文物！

你说，藏经洞的价值该怎么计算与衡量?

只要随意把任何一件日常的物品放进藏经洞里，现在打开来一看，都成了千年古物!

我坐在沙丘上，看着太阳一点点落下去，自己的一颗心，也渐渐地沉下去，到了最后，太阳终于不见了，被远处的沙丘挡住了，再也看不见了。天与地被夜幕重重笼罩起来，连最后一点光亮，也瞧不见了。

在漆黑如墨的洞里，被关闭的五万件文献，是不是一直把耳朵贴在堵在洞口的假壁上，将重见天日的希冀寄托给一种意外的响动?

然而，外边几乎与里边一样，无声无息。偶尔沙沙轻响，是风吹过一棵棵杏树的枝叶吗?不，它们已经熟悉了，那是风沙在吹打。

风沙过后，莫高窟一片荒凉。

历经从平原到群山的阻隔与崎岖，来到敦煌的大漠后，那壮阔与辽远，引发我的是一声血性的呐喊。

从大漠出来，经历了大地一系列情节曲折的俯冲，化入平原，是一声疲惫而又满足的长叹。而我更多的经历与故事，深藏在鸣沙山。

草有灵，树有灵，山有灵，这并非人类发育史上的余音远唱，诅咒铺陈，水土草虫就会听令。谁也不是这天地间唯一的主人。我和虫、鸟、兽、禽一起来，来到这山上，本该是兄弟姐妹，本该共享这山的财富和贫瘠。没有人不知道生的短促，中途加入人类绵绵不断的队伍，必然又将在中途退出，那你有什么理由不欢乐地嚼尽这天赐的蜜糖?

天宽地阔，月亮显得很高，很远，很小；是不是戈壁滩实在寂寞，连月亮也无情地远远避开。月光是银色的，照在任何地方都清冷凄凉。

我停歇在杏树的树梢，偶尔传来几声狼嗥，早已听惯了。

忍不住向北端石窟望去，层楼洞天依稀可辨，那里蕴藏着多么珍贵的壁画和彩塑。

20 世纪 30 年代初，建筑学家梁思成教授一见到第 61 号窟《五台山图》，立即被迷住了。这是一幅罕见的古老和巨大的全景式地图。

这地图的准确性太高了。沿着画面上的路线，无论从山西太原，还是从河北镇州（正定），翻过高山深壑，跨过急涧荒滩，途经城关险要，观瞻古刹名寺，最终都会抵达当时中原的佛教圣地五台山。

梁思成教授在这幅壁画形形色色的庙宇寺塔中，发现了一座唐代的寺院——大佛光寺，寺院古朴而深远的形态令他神往，还有一座玲珑剔透的亭阁式宝塔更是从未见过。转年夏天，他和夫人林徽因去往五台山考察古建筑时，在深山老林里，出乎意料地居然找到了这座寺庙，宽檐翘角，斗拱阔大，气魄宏伟，一看便是典型的唐朝建筑。依据呢？在蛛网斜挂蝙蝠栖息的佛光寺的大殿内，林徽因发现梁上隐约有"佛殿主上都送供女弟子宁公遇"的墨书，殿前的那座唐大中十一年的经幢上也出现了同样的题字："女弟子佛殿主宁公遇"。由此，佛光寺被确凿无疑地证实是唐朝木构遗存，且寺内的塑像、梁架、叉手、藻井以及雕花柱都显示了晚唐的特点，形体俊美，庄重大方。

在那遥远大漠洞窟里的壁画，怎么会这样真实、确切和可信？

在《五台山图》所描绘的方圆五百里的土地上，除了寺院、草庵、兰若、凉亭、宝塔、城池、宅院、民居近二百处各种建筑外，还有穿梭其间的各种各样的人物。包括僧人、信徒、官员、随从、兵弁、农夫、马夫、挑夫、店主、商贾、游客，以及百姓共计四百二十八人。

我是飘浮的云朵，无法像梁思成教授寻觅佛光寺那样，找到这些久已消失的古人。有了这幅画就足够了！站在这幅画前，我真切地感受到时光的倒流，一千年前的芸芸众生与社会风情，全都那么有声有色。

四

莫高窟一如波澜壮阔的舞台！

很多时候，舞台上只有风暴和沙土。风暴登台时，沙土先报幕，它让金屑银末满天飞溅的共鸣声，压住万水千山的窃窃私语。它说，让我们把莫高窟交给风暴吧，除了风暴，戏剧中没有谁可以再扮英雄！

一出戏剧，从头到尾都是风暴，就像有一股神秘的力量在暗中调遣着鸣沙山一样，风暴也被隐性的力量所调遣，从头到尾缺少故事的冲突性，平铺直叙，清一色的大场景，山是泥丸，水是飘带，都不变，飘浮的云朵被驱逐到看不见的地方，多像没有买票混入剧院的孩子！它吹，一味地吹，一天，两天，一个月，两个月。唯一的变化即唯一的剧情就是，遇树，它变成树精；碰到山，它变成山妖；来到月牙泉，它便成了泉神；如果与几簇杏花撞了个满怀，它迅速做了花仙；假如有雁群顺风飞来，它就是雁灵……简单、直接而无休止的浩大戏剧啊，我们并没有因它而昏昏欲睡，它就在我们的身体中穿越。

更多的时候，莫高窟的舞台上，山川大漠作为背景，开掘的洞窟陷入沙土之中，还是山的家庭成员，它们之所以有别于山，易于让人看见，就因为它们偶尔会晃荡，火焰与炊烟在一定程度上改变了它们作为山的品位；人的出入和睡眠，使它们多了最大比例的梦幻异质。然而，在鸣沙山，在山川的排比和洞窟的递进中，动与不动，梦与不梦，又有什么区别呢？一个四千米长、两千米宽的山峦，一群蚂蚁在山脊沙丘搬家，队伍浩浩荡荡，一棵杏树守望着莫高窟！

现在我们不妨将目光再次投向九层楼。九层楼依山崖而建，在莫高窟上寺石窟群的正中，里边供奉的是巨大的室内盘腿而坐的泥胎弥勒菩萨的造像。安详、坦然、自在，你从造像的眼缝、面颊、嘴角乃至身姿上能清晰地读到。站在巨佛的肩头我要看的不是一个人或一群人，披着头巾，像条黑色的河，穿过河西走廊，而是鸣沙山沙峰起伏，在阳光下一道道沙脊呈波纹状，黄涛翻滚，明暗相间。当然，我要陈述的并不是一支大雁的队列从蓝天上飞越鸣沙山，我们还是来看看一只蜜蜂，看它如何擦着地表嗡嗡而过鸣沙山。

一只蜜蜂，它需要通过想象才能出现。它从自己筑于崖壁的巢中，一身蜜糖，黏黏糊糊地爬出来，一脚踩空，然后费劲地打开被蜜粘住的翅膀。它的任务不是寻找油菜花，而是要用自己的小翅膀去完成一项众所周知的伟大工程。它一寸一寸地飞，才飞了不远，过惯了集体生活的它，便遇上了孤独，还差点被一只乌鸦啄食。好不容易飞了一公里，但又觉得身后跟着千万只想啄食它的乌鸦，它必须一直飞。再飞，在一片开花的荞麦地里，它不仅闻到了花粉的香味，而且它的一个伙伴在那儿等它，只想为这位可爱的远行者饯行。唉，它真的欲哭无泪了，天堂就在前边啊！再飞，它遇上了风，遇上了雨，遇上了烽火上方致命的滚滚浓烟，还遇上了漫漫黑夜，这可爱的小精灵，飞翔的过程中，只剩下飞的念头了，它已经不是一只蜜蜂了，而成了莫高窟的一个画工。不是要飞吗？那就不停地扑打小翅膀吧。

让一只小蜜蜂在鸣沙山飞越，类似让一个人在劳作中活活累死。以劳作或以美的名义，显而易见的是，当这只小蜜蜂在经过了千岩万壑后，在躲过了万劫千险之余，它已经没有了回头一望的念头，小小躯体像个黑点，往一片草叶上一落，和所有的生命一样，在洞窟工作没多久，它便遇上了死亡。身体中的每根筋都被拉断了，每一滴汁液都散失了，每一丝关于花朵的联想都被榨干了。但它终究把这些意象都描画在了莫高窟的洞窟里。跟一片无边无际的大漠对抗，想避开风沙吹袭自己的小脸？跟一面绝壁对峙，想用一千米长的伟岸来装修自己的胸膛？跟一篷炽烈的阳光对视，想让阳光给予自己最快的速度？跟自己的小魂小魄较劲，想它带自己规避所有的困难？可惜，我所看见的莫高窟舞台上，从来就没有一只真实、客观、勇敢的小蜜蜂。风暴连天，吼声破耳，飘浮在敦煌石窟的云朵欲走还休。

第 3 号窟 孤零零的洞门常年闭锁，从不开放，很少有人知道这缘故是：窟内的壁画完美至极，堪称莫高窟第一流的珍品。

洞中这千手观音，不过两平米见方，其艺术分量却足与大足宝顶那八十八平方米雕刻的千手观音相媲美！

线描的千手与雕刻的千手，各种局部的画面相映生辉。

沉静的形象，素雅的设色，精湛的线条。关键还是线条，特别是爽快利落的长线。

这是谁的手笔？

寻找之下，在西壁帐门北侧观音像左下方发现了一处墨笔题记：

甘州史小玉笔

翻遍《中国绘画史》也找不到这个名字。然而在画史中，上至周昉、张萱，下至吴伟、仇英，谁有这样坚韧遒劲又畅如流水一般的线条？尤其南北两壁那两身观音的千手，柔美细腻如盛开的朵朵莲花，那片片花瓣让人产生想上前轻轻抚摸的冲动；再看正中那四十只大手，千姿百态，谁能在一幅画上老练而自如地展示出铁线描、折芦描、兰叶描、行云流水描、高古游丝描等多种笔法——

铁线描，用来表现丰满而有弹性的肌体；折芦描，用来表现转折细致的衣褶；兰叶描，用来表现锦缎变化的形态；行云流水描，用来表现丝绸的光滑细软；高古游丝描，用来表现头发的飞举飘扬。

这种显然来自中原影响的画风，是否暗示着这个史小玉与中原画坛有着密切的渊源？

一个奇特的细节又被发现——这个窟的壁画并不是画在通常的粉壁上，它的墙面竟是一种泥沙！

然而，正是画在这种泥沙墙壁上，笔力才能如此苍劲，墨色才能深深浸入壁内，有一种湿壁画的感觉。

这独一无二的画法，史小玉是传承于师父，借鉴了吴道子或李思训，还是好不容易从域外学来的？

这史小玉又是谁？

他是哪个族的画师？汉族、回鹘族、党项族、蒙古族……抑或像尉迟乙僧那样是一位于阗画师？要知道，敦煌的画师哪个族的都有。

他给我们带来一片瑰丽的遐想，从哪里能了解到史小玉？

在第444号窟里，又发现了他的两处墨笔题记。

也许这是史小玉在第3号窟作画时，闲逛到此，他被南壁中央盛唐时代留下的沉雄富丽的《说法图》迷住了吧！连续两次留下了名字。

远方山谷传来的声响，唤起年少的回忆。他曾因首次敦煌之旅而深深陶醉；曾在月牙泉畔吸入大漠空气；某个夜晚，在异乡的三危山下，倾听远方故乡的讯息；更难忘的，是初见莫高窟下雪时的美景。

记得有一年的除夕，大雪纷飞，冻得人手足都僵硬了。师父拉上他，提着灯笼，去看庙戏。他走得好快，到了庙里，戏已经开锣了，正殿里的人零零落落的。台上演的是他看厌了的《踏摇娘》，一男一女哑着嗓子不知在唱些什么，没精打采的样子。可是每唱完一出，师父都拍手叫好。不知什么时候，他给台上递去五个铜钱，叫他们来个"加官"，一个魁星兴高采烈地出来舞一通，接着一个白面戴纱帽穿红袍的财神又出来摇摆一阵，向师父照了照"洪福齐天"四个大字。

他们一直等到散场才回家。路上的雪积得更厚了，他埋怨说："这种破戏看它做什么？"

"破班子怪可怜的，若台下没有人看，叫他们怎么演得下去。"

"你还给了五个铜钱呢，好不容易才攒起来的。"他小声嘀咕。

"让他们打壶酒，买斤肉，暖暖身子，天太冷了。"

红灯笼的光晕照在雪地上，再看师父的白胡须，也被灯笼照得变成了粉红色。他笑着说："唔，你老人家这样好心，将来不是神仙就是佛。"

他再看看师父微笑的神情，真像是一位菩萨似的。

那是他最后一次跟师父看庙戏。

如今，他已不再如痴如醉。异乡对他的呼唤不同于以往，它在心中回荡的声音，也较以往沉静。他不再雀跃地将帽子抛向空中，也不再欢唱。但他微笑，不是以唇微笑，而是用心灵、用眼睛、用双手、用每寸肌肤微笑。面对广袤无边的大漠，他比当年与它邂逅时更文雅、更内敛、更深刻、更洗练，也更心存感激。如今的他，比从前更融入这里的一切；而它也为他娓娓诉说更丰富、更详尽的传奇。

他仍旧孤独，但不为寂寞所苦。他别无所求。他乐于让炽热的阳光将他完全晒熟，他渴望成熟。他迎接死亡，乐于重生。

黑暗四处流溢，不知是乌云正在侵入，还是浓夜正在漾出。鸣沙山的夜色宛如大潮，轰然而至。他用力忍住迎面呛人的寒气，却忍不住风沙无情地撞击。他扑倒在结冰的河岸上，从心底吐出一口血……

尽管鸣沙山脚下的沙漠终年干燥、灼热，但史小玉总觉得脚下的土地是冷的。加之他的土屋建在村外，中间隔着一片杏树林，村里人家的饭香他也闻不到。一阵阵筚篥声，一声声哽咽的歌声，还是传进村，人们知道史小玉又思念故土了，那儿的麦子正金灿灿地布满山冈。

没人能告诉你，他只是时间凝固的一只蜜蜂。

五

我给山下的筑路人送去了一颗罕见的琥珀——它通体透明，有一只小蜜蜂静止于孤独的中心。

也许被松脂困住的一瞬，它正紧盯着前方的一朵花儿。然而，这一颗巨大的松脂落下来了，罩住了它，并把它带到了腐朽的树叶深处——从任何一个角度，我们都可以看清楚这只勤劳的小蜜蜂。

山峰与时间给了它一个梦，它被时间的松脂宿命似的凝固了。我们置身在它的梦中，看着它。它正准备采酿的那一朵花儿，也一样被它抓住了，它在梦中最先吮吸的是花儿的蜜汁，然后是花蕊和茎蒂，最后留下花儿的花瓣，那是它必须留下的。它要用花瓣默默地与山峰以及整座鸣沙山对峙较量，因为它怕，它怕它的飞行是空的，它怕它的死是真的死了，而活了一生，还不知道山有多高，异性有多销魂。

与笔直地向大漠倾斜的山势相反，站在山冈上鸟瞰村庄，它呈现出一种回旋向上的形状，像一个旋涡，绕着圈子，要裹挟我进去。它对山峰的高度有着天生的拒绝，那些从南方一路北上，飞越了秦岭和四川上空的冷风，甚至连最高的九层楼的飞檐都碰不到，就远去了。

早晨，鸟儿醒来，把翅膀打开；晚上，鸟儿睡去，把翅膀合拢，群山的影子和耀眼的阳光一起晃动其间。为了构思，在鸟儿的翅膀合拢之际，史小玉像幽灵一样穿行于敦煌城中，在一家小酒肆里喝得酩酊大醉后，在黑漆漆的夜色中，又一次摇摇晃晃地走遍了洞窟。

暮色四合，独独留了一个小小的窗扉——史小玉先是把画笔搁在一块冰冷的石头上，接着点亮了油灯。一只蜜蜂，他的呼吸和咳嗽声微乎其微。唉，那么多美好的时光，它或飞行于空中，或站在山冈，或蛰伏于草丛，翅膀沾染了一层薄薄的花粉，耳朵装满了麦穗胎动时的躁动，眼睛里全是最美最动人的颜色！它们多么让人怀念，如果一切可以重来，自己一定腾空心胸，哪怕只带走一颗麦粒！一切都重来？自己还愿意与蝴蝶成为亲密的朋友，彼此结伴，好好飞一程。可现在委实觉得云朵太亲切了，它们飘浮的姿态，多么让人羡慕呀！生是隆重的仪典，现在，一切都开始散失，谁都孤身一人，这死变成了就地凋零，紧贴于地，无风时，像朵花，一旦有风，什么都飘走了……

夜，漆黑无比，史小玉手提的油灯，像天地间唯一的光明。灯是画工的眼，画工是黑夜的星。

街上人山人海，到处是满满当当的小摊小贩，卖雪柳的，卖春幡的、卖吃食的、卖年画的……玩杂耍的、演傀儡戏的、比武、马技、相扑、举重、走绳索的……他喜欢这样的热闹，从前总喜欢和师父挤在人堆里，这里瞧瞧，那里看看。上茶馆听说书，换了一个说书先生，讲的也不是剑仙的故事，而是几十年前张仪潮统军收复河西的事迹。

可是今天不知道为什么，他总是提不起精神来。没逛一会儿，就去了酒肆。酒肆还是那么热闹，老远就听见胡女的笑声，又清又脆。

夜深了，他不睡，不点油灯，就枯坐。特意买来的一壶酒，畅饮到天亮，还剩半壶。也有那么几年，到半夜，酒就没了，他便窜到大漠中间，对着黑夜唱歌，让人听了心里有些发冷，生出许多疼痛。

他曾经无数次地做过回到故乡的梦，但每次醒来，都只有怅然。他翻了个身，突然发现枕头边放着一枝芬芳的杏花，带着清凉的露水。把那枝花插到装满水的陶罐里，他觉得心情好了一点儿。

天真蓝啊……风呼呼地从耳畔吹过，一切都恍惚起来。

敦煌几百个洞窟、上千年历史、几千幅画面，不过留下了史小玉、平咄子、氾定全、温如秀、雷祥吉等十多个人的名字。那个时代，画工们的名字是不能题写在壁画上的。这只是他们作画时用笔随手写上去的。也是画工们一种对自我成就感的原始表现。

公元 713 年，唐玄宗改年号为开元，唐朝进入了辉煌的“开元盛世”。画圣吴道子便生活在这个时代。吴道子的绘画风格被称为“吴家样”。粗细变化的笔墨之间，人物“天衣飞扬、满壁风动”，所谓“吴带当风”。莫高窟第 103 窟的维摩诘像，颇有吴道子的画风。

一千多年来莫高窟兴旺的香火吸引了大批民间画工迁来敦煌经营生计。依靠师徒相授的方式，他们绘制壁画的手艺在这里代代相传。

在墙壁上作画手腕悬空无处依靠，同时肩部还需要很强的持久力才能使手臂保持平稳。在昏暗的洞窟中，他们就这样画出了流畅的线条和精美的图像。可是，经历了千百年的壁画为何还能如此光彩鲜艳？

一个诡异的场景出现在戈壁大漠中，来此旅行的游客怀疑自己真的来到了天堂：那些掉落的敦煌卷子、那些色彩斑斓的绢画，像一片片杏花飘落了……一望无际的大漠燃起了天堂的花瓣雨。它不仅让那里的山冈改变了颜色，变换了质地，沉入了梦中，还让大漠学会了眺望、蠕动、飞扬。那些被固定了的或动着的萼与蕊，有着动人心魄的忧郁。仿佛古老中原的后花园中逃出来的香魂；也不，仿佛冷漠的时间保留的最后一点纯粹的体温……它们被一支骆驼队跌落在大漠。

与偷盗者相比，他们的心肠由柔软而变得粗硬，我则在一味地柔软下去，怕自己不能自拔，沉溺于这些壁画。这让我想起了在云南丽江爬玉龙雪山的经历。玉龙雪山的半山腰几乎没有雪，只在最高峰的峰巅背阴处有一些残雪。我爬玉龙雪山不是为了看雪，是为了看古茶王。一大棵满树寂寞怒放的红茶花，把大颗粒的花粉执着地投向旁边的一块岩石。结果，那块岩石被浸黄了——岩石上也因此栖满了五彩缤纷的蝴蝶。之所以要插进玉龙雪山的这点气象，意思是在敦煌石窟中，我觉得一幅幅壁画就是一块块被花粉浸软的石头。在洞窟外，人们的理想只是无形地珍存在心灵与脑海中；进了洞窟，这理想就化为缤纷灿烂的色彩与美妙神奇的形象。想想，当如此美丽的蝴蝶，千千万万只忽然出现在戈壁大漠，用“壮观”“宏大”……这样的词怎能描述？那是极致的美，只有在敦煌！我想，那些死去的画工，那些塑匠，为了创造这样的美，有的一定因此而生，有的一定因此而死。

记忆里，到过什么地方，没到过什么地方，已经无足轻重，最让我屡屡思念得心碎的还是敦煌。金色的阳光照耀，菩萨诞生之日清晨的新鲜空气、干净的风、纯净的人心和目光、谈论着梦想的陌生人……

无论哪一个时代，哪一个民族的供养人，尽管身份地位各有不同，但是当他们一进入洞窟，必定毕恭毕敬，必定祈祷发愿，必定真挚虔诚。

这是人们对佛国——其实是对自己理想的神圣的态度。

一些绵延了十多个世纪的豪族大姓，索、阴、张、曹、汜、翟、阎、阚、令狐等世族，都曾出资在莫高窟开窟。出钱建庙是积累世间的功德，于是世族间竞相开窟。在敦煌石窟中，最显赫的是曹氏一家。

敦煌望族曹议金，在唐朝覆灭后最混乱的时代，从张氏后裔那里获得了河西的控制权。曹氏政权经五代到北宋，风光了一个多世纪。

曹议金比任何一位敦煌权贵都热衷于开凿莫高窟。据说当时，许多洞窟的洞口上都回造了木构窟檐，中间还增添更多的栈道相连；在长达一公里的露天崖面上全都画上彩画，极其绚烂。在这荒无人烟的大漠上，矗立着如此一座画满图画的闪亮的山，真是不可思议啊！

这艺术的天堂，当然也会孕育死亡、幻象和幻境，当然也会赋予我无边的恐惧和不安。我不担心结满金黄果实的杏树背后会跳出一匹骏马或一个鬼魂，我的恐惧，是这一片洞窟唤醒了我与生俱来的所有勇气和意志，却又在一瞬间，将其消灭殆尽，只剩下虚弱和焦躁。

敦煌石窟是一部平躺在大地之上的活的史书，有石头、沙土、植物和生灵，不断地在其间枯荣转变，循环往复，丰饶和苦难相生相伴。但它往往也像一串无法破解的谜语，谁都很难在节度使、供养人、商旅、强盗、皇帝诏书、谋杀和丝绸古道等一系列必须加以无数备注的词条中，找出一个有关时间和史实的谜底。然而，普遍情况是，当我们一层层拨开光阴的尘土，常常什么也找不到，每一个洞窟之中，埋葬的只是衣冠和枯骨，那些画工塑匠的灵魂，谁也不知道去往何方。

六

云朵在不知名的山脊和大漠里飘浮，在大雁的眼中，就像一个为了采摘杏花爬树的孩子，在你的眼里，这里确是有所寄托的地方。

在塞外，一切都变得阔大。风、沙、雪、山，空旷、寂静。走出这中古时代的西部边塞敦煌，到处可以看到倾废的荒城，被黄沙红柳埋没的村落，以及几乎消没于地面的汉长城……

两千年前的烽燧墩，残破败落，却依旧如一个个无畏的将士兀自耸立在大漠上。想来这里一定有过兵家必争的险要，王权必夺的繁荣。

忽然觉得塞外的伟大，但已然淡去。

一马平川的戈壁滩，苍鹰，沙丘，千年不死的胡杨，骆驼队，奇形怪状的雅丹地貌；一辆吉普车在河西大地上奔跑，直奔向榆林窟。

莫高窟的东边是榆林窟，原名万佛峡，中间是一大片寸草不生的荒漠。榆林窟在一个长着葱郁榆树的河谷里。晶莹透亮的踏实河潺潺地从中穿过，所有洞窟都是在河谷两岸的峭壁上开凿出来的

榆林窟第25窟张大千题壁：

辛巳（公元1941年）十月二十日午后忽降大雪正临摹净土变也

我反复读着这题壁上的话，想象他当时真正的工作情形。

人站在洞窟里的架子上，一手秉烛，一手作画。他要先把墙上的形象复制在透明的蜡纸上，为了避免不小心弄脏壁画，蜡烛悬空垂立，运笔临空勾线。敦煌壁画临摹最高的艺术追求是忠实原作。

第25窟南壁的《观无量寿经变》。画中灿然七宝池，漾漾功德水；舞榭歌台，琼楼玉宇，祥云飞天，宝莲照水；金沙布地，琉璃铺阶；阿弥陀佛居中而坐，菩萨诸天分列左右；乐队齐奏，禽鸟歌舞。

这个场面就像被白居易写过，在《长恨歌》的某一段里，又仿佛是韩熙载举办的豪华夜宴。

如此繁复精美的景物，如此形态各异的神佛，怎么能这样巧妙又和谐地结合成一个整体？与画中歌台上演奏的音乐同一个节拍！

看，八位伎乐天，吹奏着海螺、笙、琵琶、竖笛、筚篥、横笛、排箫、拍板，乐器的声音不同，旋律的曲调一致；仙鹤、孔雀、鹦鹉、共命鸟和美音鸟随着音乐的节律，一起扇动翅膀，共同翩翩起舞！

中间一位舞伎，身硕体健，极富乐感；她一边击鼓，一边飞旋，直跳得飘带上下翻转。她那尽力张开的双手，她那肆意扭动的腰肢，还有她那左脚兴奋地跷起的大脚趾。这个形象多么生动鲜活！

此时，菩萨的心境也就潜入这一任自由和富于灵性的顿悟中了。

线条历来是中国画家最擅长的语言，可以足够长，可以足够短。它能表现丝绸长衣流水般的光滑，手与肌肤的柔软与弹性，健硕硬邦邦的体魄，还有形形色色的表情与表情后边的种种复杂心情。

佛教的内容，即使再艰深玄奥，从来都不会脱离俗世的。只不过有时放在天上，把它理想化；有时拉到眼前，化为现实。

它又是盛唐气象的十足的体现。博大宽容，雄厚殷实，充满灵气。

如果这些威猛的力士呼喊一声，一定如虎长啸。

如果这些俏丽的天女走起路来，一定如月扶柳。

祥云、鲜花、乐器和仙女，都在天上自由飞翔。

飘浮的云朵，理应是敦煌石窟的证人，在遍布洞窟的崖壁，它们携着一根根飘带，以及阳光交给这些飘带的阴影，慢慢悠悠地升降。

空气缓缓冷却，夜露静静凝结。那样的夜晚，显得特别不平凡。天亮了，睁开眼，突然就想到了第 3 窟的《普贤变》和《文殊变》，两幅经典的水墨巨制。其中也使用了一点石青石绿，只是略略敷染。

画中的崇山峻岭，万顷波涛，枯木寒林，楼台殿阁，俨然是宋代绘画大师燕文贵、马远、郭熙的笔法。至于两位菩萨的飘带衣袂与漫天的祥云使用的勾线，爽利劲健，飘逸灵动，绝不在武宗元之下。

这位画工是谁？听说是来自西夏的画师。这些来自四面八方的画工，带来了不同的地域风格。既有正统的中原的“汉相”，也有异样的西域画风。还有那些出身本地的画工，笔下却独具一种敦煌的样式。中原风格的代表是第3窟的《普贤变》和《文殊变》，西域风格的代表是第4窟的《灵鹫山说法图》，敦煌样式的代表是第25窟。

在鸣沙山，天空是打开的。山是自然的城墙，月牙泉是神的灵水，可当你走上山来，一切就变了，天空湛蓝呈弧形，一点尘埃也没有，甚至没有半点杂乱的色彩和光影，它是我所见过的最大的一块蓝颜色，纯蓝。大雁并没有在天上飞，它们从来都只飞翔于山与山之间的缝隙。至于飘浮的云朵，也一律地堆积在山脊、峡谷中……

天空打开，但从来没有一架大长梯可以从莫高窟直接往上爬，即使从最高的九层楼也不行，它永远是大漠中唯一不能鸟瞰的对象。

鸣沙山和莫高窟是没有边界的神殿，在远处，我看见它们只是连绵得像一条灿烂的帛锦，虚幻。走近它们，一切变得真实。

山里面有岩羊和九色鹿在奔跑；有森林原野草地鸽子；有葡萄与杏果的芳香；甚至有婚丧嫁娶的热闹场面；泉水在不停翻涌，撕开水的涟漪，一只匍匐而行的虫豸，陡然生出翱翔天空的心……

对美好生命的亡失，我的忧愤，我的悲悯，换来的是自己的迷失。这种迷失，与迷失在寺庙里的感觉不同，它让我的记忆在某些点线上更加清晰，整个大漠仿佛又到了重新谋求秩序、翻转另一个面的时候。

我飘浮的脚步慢了下来，路旁小沟里的冰化了，清水慢慢地流。

春天要来了。

茂密的杏树林生机盎然，整片色彩几乎要从画面喷射出来。歇在杏树的树梢，我一会儿看看这里，一会儿看看那里，一股沉重的悲凉却从心中渐渐涌起，孤独，用梵高的话说，“虚无的地方”。

映现在月牙泉水面的倒影很难分清楚，是近处的，还是远处的：即使水那么清澈一点不混浊，即使水里没有任何泡沫——在水流不断溅起的涟漪中，在不断变换的水流中形成的，那倒影也是不清晰的。

只有当泉水变得静止不动，——那时我才能在如镜的水面上看到岸边一棵树的每一片叶子，每一朵羽毛般薄薄的云，深邃蔚蓝的天空。

老画工很老了，常年住在一个低矮的洞窟里，经常咳嗽生病，勉强维持着生活。可他不认为这叫作苦和艰难，自然也并非快乐，他只是需要这种多年形成的无牵无挂行走的时光。黄昏时吃完饭从敦煌城出发，不知不觉，他已经走过了 6 个村庄。天白皑皑的，一直像大白天似的。可这还是在黑夜啊！农人们都睡着了，牛羊马都睡着了，鸟雀们都睡着了，只剩下大雪的“噗噗噗噗”声，还有他“吱嘎吱嘎”的走路声，再没有别的什么了。途中，他看见山间一座小巧的亭子，想去歇息一下。爬累了，还未到，有些懊恼，忽然想到：此时此地，有啥不好歇的呢？于是忽然觉得得到了自由。仅此而已。

无论受了什么羞辱，吃了多少苦头，当他举起画笔时，就会忘了一切，很快达到了畅快而又肃穆的境界。他的笔端似乎有寒气，再热烈的俗世、繁华的街市，一到他这里，便会湮没在一片黯淡幽深之中。好在有油灯，若没有那一缕光，他如何有信心去思忖揣摩。华丽也许令人羡慕，工整可能令人惊叹，俏巧往往赢得常识，但都不是感人力量的源泉。那么，怎样的画法能感人呢？问我，那就是你的心啊！

想到这，老画工衰老的身躯变得年轻有力了，画意奔腾，滤过他的肌肉骨骼，向着艺术妙境飞去。等到最后一笔落定时，他发鬓上闪着汗珠，脸庞上聚着血气，他退后几步端详，看见一个完全脱离了尘世之苦的、高贵超脱的人！此时的他，若去黑夜的海上漂泊航行，他心里对辛苦是淡漠的；若去继续领受权贵给予他的糟践，他心里对平庸是不屑的；若去参军打仗或者遭遇突然的灾难，他心里对死亡是无惧的，甚至是满足的。他的汗水从身上的每一个毛孔里渗出，他的意念中更加没有一丝一毫的怨哀、悔恨，唯有对自己的肯定与激赏。

莫高窟、榆林窟的创建始于禅僧们的开窟活动，修禅需先观像，观像如同见佛。这些壁画描绘的是佛陀在前世发生的各种故事。依照佛经的记载，佛教创始人释迦牟尼因为经过累世的修行，做了种种牺牲，才最终在菩提树下得道成佛。

但不要以为在敦煌石窟里，全是佛国景象、理想世界的图画。既然一切形象与色彩都是通过画工的手，就一定会流溢出人间的气息。

当那些抽象又空洞的佛国故事，需要以活生生的形象语言来表达时，画工们必然要去调动自己有滋有味的生活记忆和生活内容。

其中，农耕的景象在敦煌石窟中出现得最多，因为农耕最直接地关系到人们的生活状况。佛教的《弥勒经变》对未来的极乐世界有“一种七收”——即播种一次，收获七次的说法，农耕的画面便成了用来表现这种宗教理想的最有表现力的细节。

在敦煌石窟中，这一画面有八十幅之多。从耕地、播种、扬粪土、磨地、锄草、收割、捆田，到扬场、掠场、簸粮、装袋、拉运和归仓。

看，最精彩的画面是这样——

右边在犁耕和播种，左边在收割；上边则是收获场面，男子撩动六齿扬场，女子挥舞大扫帚掠场。三个不同时节的农家劳作组成了一幅男耕女织的全景图画，多么生机勃勃。这就是“一种七收”的佛教理想，看上去却简直是地地道道的河西生活写生画。

从这些笔墨的背后，我能感受到画工们的那份激情和沉浸；在千手观音慈悲容颜的深处，我能看得到塑匠们描绘的一幅幅美丽愿景。

冬夜，蓝得发紫的夜幕那样低，那样清，那样润，像葡萄冻子似的，酸凉酸凉的，抿一抿，抿到嘴角里，便有了一丝丝的甜蜜。

于是，敦煌的“天气一天暖似一天，日子一寸一寸的都有意思”。

“一寸一寸”，说得多么亲切、多么温暖，让人欣喜莫名，甚至泪水盈盈。对飘浮在敦煌的云朵来说，就是意味着一朵一朵杏花的绽放，让我在采摘杏花的过程中，觉得这尘世和人生都“有意思”了。

当赞歌消失于长安的街巷，荣耀也只在紫金钵盂上残存微光，一个叫玄奘的和尚在荒山野岭的深夜里，再次审视自己最初的梦想。

这一次，他要横渡大漠西去，这一去，定要到西天，拜佛求经。

芳心似火

说到芳心，自然会想到可爱的女子，想到她一颗萌动的芳心。不过，在中国京剧百年历史上，拥有这颗芳心的梅兰芳是个男子。杰出的表演艺术家，与程砚秋、尚小云、荀慧生并称为京剧“四大名旦”。

这么多年过去了，这颗芳心还在怦怦跳动，孕育和积蓄了最大的热量。他的气息像他的身姿和面容一样，清晰地、一阵阵地飘过。喧闹的锣鼓声中，当梅兰芳挑开后帘，走上舞台，在那里展示自己的艺术才华时，他同时也把他的情感、他的故事、他的心展示给了世人。

读过《楚辞》的人，都喜欢吟咏诗中的芝兰芳草，一个花团锦簇的世界。用鲜花比喻爱人之心，准确。譬如梅兰芳与孟小冬。花蕾初绽。这是一朵海棠花，出自《游龙戏凤》，此剧系生、旦合作传统戏，又名《梅龙镇》。

电影《梅兰芳》中，两次出现这个剧目。一次是梅兰芳、孟小冬着便装，在庭院里，一见钟情，演的是《游龙戏凤》；另一次是梅兰芳、孟小冬穿戏装在舞台上，假戏真做，唱的是《梅龙镇》。

（凤唱西皮流水）月儿弯弯照天下，问起军爷你哪有家？（正接唱）凤姐不必盘问咱，为军的住在这天底下；（凤唱西皮流水）军爷做事理太差，不该调戏我们好人家。（正接唱）好人家来歹人家，不该斜插这海棠花。招扭捏捏捏扭扭十分俊雅，风流就在这朵海棠花。（凤接唱）海棠花来海棠花，倒被军爷取笑咱。我这里将花丢地下，从今后不戴这朵海棠花；（正接唱）李凤姐，做事差，不该将花丢在地下，为军的用手忙拾起，李凤姐，来来来，我与你插……插……插上这朵海棠花。

一朵娇嫩的海棠花。一朵传情的海棠花。细雨中、雨伞下，欲言又止，芳心暗许。积存在心中的爱火熊熊燃烧。

当时，梅兰芳是最红的旦角，孟小冬是最红的生角。他们联袂演出，戏中男的变成女的，女的变成男的。阴阳颠倒。深陷爱情的男女，两颗心芳香四溢。处在这个阶段的梅兰芳是幸福的，也是最具创造力的，这其中蕴含了一股莫名的、无穷的力量。倦倚西风，娇羞默默同谁诉？那情态，那风韵，他将醉酒缱绻的杨贵妃之美推到了极致。

梅兰芳没读过书，但聪明好学，杂学旁收，尤其是他感受生活的能力。各阶层的人物形象，百余种的生活场景，他都有常人难以想象的丰富的感觉。他为京剧着迷。

梅派唱腔是梅派艺术的精髓。在“梅党”的推波助澜下，他倾听每一颗跳动的芳心，听出她们的喜怒哀乐，凝视着那花开花落。

爱得深才看得细，才看得广。

《汾河湾》的柳迎春、《玉堂春》的苏三、《四郎探母》的铁镜公主、《法门寺》的宋玉姣、《打渔杀家》的肖桂英、《甘露寺》的孙尚香，还有《一缕麻》的林纫芬，梅兰芳通过一个个鲜活丰满的女子来承载他一颗燃烧的芳心。

他生来是唱戏的料。尽管小时候的他是个“言不出众、貌不惊人”的普通孩子。他的生活是单调枯燥的。每天天一亮，就开始吊嗓子、练身段、学唱腔、念本子，直到汗如雨下。他的辛苦不寻常。

被困垓下，四面楚歌的项羽，演绎了一出《霸王别姬》的悲剧。温柔多情的虞姬，闪烁的宝剑，精绝的舞技，凄婉的呼唤。他的表演雅致，朴素，毫不做作。一招一式流露在外的几乎没有。不著一字，尽得风流。真正的浪漫与完美。梅兰芳是生逢其时的，但他对自己的时代就像对待一本不忍卒读的大书。出自内心深处的怜惜，使一段绮丽纷繁的艺术史有了生命的体温，有了芬芳的气息。

但是，一颗芳心无论烧得多么持久多么激烈，最终是要一点一点冷却的。

这朵海棠花开了几年？还是凋谢了。春日的花与惆怅，日有所思等均与等待、孤独和失望有关。

空留下一帧照片：坐在椅子上的孟小冬像海棠花一样幽寂地绽放，侧坐在她身后的是玉树临风的梅兰芳。海棠终究无香。

怀着悲怆的心情，梅兰芳走上美国纽约百老汇舞台。1930 年 1 月的风雪中，一个身着华裳丽服的中国古典佳人，迈着柔柔的碎步，扭着纤纤的细腰，伴着咿呀的胡琴轻啼缓唱，起舞弄影。他的妩媚和刚勇，悲伤和忧愁，集合成了活的东方美学。他的演出获得了巨大的成功。

对于艺术家来说，社会责任本不是外在的绳索，它其实是一种发自内心的激情，尽管它也许强烈到仅仅想要演好每一个角色。

从 20 世纪 30 年代始，梅兰芳已经明白自己对京剧所担当的角色以及这个角色所带来的责任。乱世之中，他的芳心里有良知与不安。他的哀伤是一个民族的哀伤。日军侵华，蓄须明志。似火的芳心，转瞬熄灭。一种永不妥协的固守。整整八年，卖画度日。独自站在丹桂戏院里，看着偌大的舞台，他的心空荡荡的。他想起散戏后，蜂拥而来的人群。曾经的荣华富贵。他不愿多想了。但他果真会忘了过去，忘了现在，忘了每天的登台演出吗？

梅郎、梅大爷、梅先生、梅博士，梅兰芳人生不同阶段的几个称呼，折射出他的命运走向。大师的魅力在于他不仅能创造京剧的经典，更能主宰自己戏剧的一生。唯有他堪称风华绝代。

晚年，他唱的是什么？是伯父唱给他听的《游园惊梦》？还是他曾经扮演过的虞姬、洛神或是杨贵妃、穆桂英？

再没有人听过他唱《梅龙镇》。

午夜梦回，他似乎又嗅到了当年的芬芳。

原来，在他的一生中，最难忘记的还是这颗芳心。它是热恋之心，激越之心，思念之心。这颗心属于国粹京剧。

过香积寺

过香积寺

王维

不知香积寺，数里入云峰。
古木无人径，深山何处钟。
泉声咽危石，日色冷青松。
薄暮空潭曲，安禅制毒龙。

云淡风轻的早晨，我们入香积寺。之前，我们设想：大概会拥有一个怎样幽寂的诗境。王维信笔一现的景物已在眼前，耿耿于怀的不是有景道不得，而是物是人非。在辋川，他也有古木、山径和钟磬，潺潺流泉，被岩石阻遏发出呜咽响声；日光照射，黝深的松林寒意阵阵；还有暮色中空旷曲折的潭岸。一派萧瑟高逸之景。这不恰似诗人的心境？王维从怅惘中发出一声叹息。

王维偶然探访的古寺，立即就归于王维。黄昏，他踱步在寺里，远眺终南山；要不，索性端坐禅房。他听见初起于树梢的秋风，而案头宣纸上依然空白。思念无所寄。直到他题写《过香积寺》时，仍难遣心中这一声叹息。

这样的早晨，我们周遭有鸟鸣，有草木，有善男信女。香烟缭绕。在檐廊里，我们听学者轻声解读墙上的《过香积寺》诗碑，饶有兴致。至于香积寺归于长安还是汝州，并无大碍。围着四角坍圮的砖塔，转了几圈，但没有谁还能从塔侧的伽蓝院里又一次寻得寂虚的胸臆了。浊眼昏花的老僧口中念念有词：阿弥陀佛。往生超越的净土世界。

黄昏的西安

西安，古称长安。遍布古都的帝王陵墓、宫殿遗址、古刹名寺、园林名胜，以及数不胜数的文物古迹向人们彰显它曾经有过的深厚辉煌的历史。坐在疾驰的汽车里，望着窗外葱翠的秦岭，我真想吼一声秦腔。钟楼、鼓楼、大雁塔、古城墙、碑林、秦始皇兵马俑，还有陕西博物馆、大明宫遗址、兴庆宫遗址，乃至白鹿原、渭河、灞河柳，它们如此熟悉，都在原来的位置。但它们不是古都的全部。

我知道，如果要真正地了解古都，必须深入下去。这对于经常走马观花的我来说，需要坚定的态度和自由的时间。

是的，几年前，我来过西安。那时我的眼睛跟原上的野草和麦子一样高，我仰视古都，以一种神圣而崇拜的眼光。现在，当我穿过拥挤的人群，走在散发着远古气息的广袤黄土地上时，我感觉自己在逐步拉近与古都的距离。

寻找辋川的一棵树

居然到了辋川，天空是那么的蓝，云彩是那么的白。我的情绪激动复杂，疲倦加上好奇，笑声随着清澈的辋溪蜿蜒地流向山凹……

蓝田辋川，一个隐居的好地方，在终南山的深处。王维半官半隐的生活，安逸富足。房子建起来了，在唐初诗人宋之问的别墅遗址上，名之“辋川别业”。房子四周，青山绵延起伏，草木茁壮茂盛。如此居所，多么美好！风光不论大小，在诗人眼中，它们是等值的。王维的身上兼有儒家与佛教风范，他有修养，有操守，田园生活过得很惬意。吟诗、弹琴、作画、闲游，自由而逍遥，诗人与自然浑然一体。

王维的《辋川集》一首一景，与裴迪吟咏。开头有序：余别业在辋川山谷，其游止有孟城坳、华子冈、文杏馆、斤竹岭、鹿柴、木兰柴、茱萸泮、宫槐陌、临湖亭、南垞、欹湖、柳浪、栾家濑、金屑泉、白石滩、北垞、竹里馆、辛夷坞、漆园、椒园等，与裴迪闲暇，各赋绝句云尔。

一部《辋川集》，一幅《辋川图》，绚丽完美和清逸秀雅，有忧郁和喜悦，更有超乎凡众的想象和禅趣，这就是王维。君子固穷，抛开政治，文学、绘画这两条路都通向了辋川。我站在终南山中频频回望，诗人是如何月下漫步和花间独酌的？

从网上查阅得知，“辋川别业”早已不存，现有一棵王维手植的银杏树尚在。这是一棵什么样的树？让我如此神往。

汽车在坑坑洼洼的村路上颠簸不止，恰似我彼时的心情。正好是夏收，脱过粒的麦秸时而堆满路面，金灿灿的。炽烈的阳光照耀田野，我打开车窗，深呼吸。树木稼禾之间的气息，太好闻。走了很久，不见银杏树的姿影。我不由感叹：“真远啊！”司机接话：“远啊！毕竟在唐朝呢。”这棵树离我们多么遥远，遥远得几乎使我不相信它的存在。我们走走停停，一路不停地问讯。没想到，不论是妇女，老人还是中年男子，都能准确地指认王维手植银杏树的所在方向。

峰回路转，两岸悬崖峭壁。群山相连，村庄错落有致。我沿着潺潺流动的辋溪越走越远。阎村、何村、官上村，从前它们是“华子冈”“斤竹岭”和“鹿柴”吧？在何村，村北有片半圆形的台地，它是“茱萸泮”？附近，一条小路，是“宫槐陌”也说不定呢。我对照《辋川集》中的景点坐落猜度着。山坳深处的白家坪，听说曾有王维和他母亲的坟墓。过了白家坪，便是航天四院7414厂外院。待看到王维手植银杏树碑后，我才知道，原来这里就是“辋川别业”的故址，传说中的“鹿苑寺”也位于此。寺前重峦叠嶂，松柏满山。当年寺东有“椒园”“文杏馆”，寺西有“漆园”。

果真，一棵高大粗壮的银杏树映入我的眼帘。静寂，甚而有些荒芜。树下坐着三两个村民，在休憩纳凉。细读碑文：树高约20米，直径约1.8米，树龄1200余年。航天四院7414厂自20世纪70年代初在此建厂采取多种措施保护此树。我想，到了深秋，一树灿黄的叶子，在斜阳余晖里，像金色的星星闪烁明灭，一定很美。这棵婆娑丰茂的银杏树只属于盛世大唐。

站在远处，我静静地望着这棵树。它挺立在辋川的山岗，整棵树熠熠发光。我爱它的古朴和气质，我对它有前世的想象。走近，我抚摸着沧桑的树身，轻轻地与它说话。我感觉它有目光有呼吸有温度，对我有明显的回应。山风一阵阵地吹来，碧绿的银杏树叶发出簌簌的响声，再也没有比这更优美动听的音乐了。

静谧的午后，只有树洞里的几只蜜蜂嗡嗡地叫着，飞来飞去。阳光与树叶共舞了千年，摇曳过了繁华与忧伤。“辋川别业”内的几榻，诗人合掌枕于颊，侧身睡去了。“木末芙蓉花，山中发红萼”，我被诗魂牵引着，到辋川来赴一场雅宴。

“文杏裁为梁，香茅结成宇。不知栋里云，去作人间雨。”《文杏馆》这首诗我十几岁就能背，时隔多年，身临其境，怎么可能不惊喜喜欢。何况银杏树就长在“文杏馆”遗址上。它与辋川的山峦、草木、河流，与王维诗中清新飘逸的艺术声气息息相通。

作为中国山水画“南北宗”南宗创始人的王维，苏东坡在《书摩诘蓝田烟雨图》中说：“味摩诘之诗，诗中有画；观摩诘之画，画中有诗。”失传的《辋川图》想来是一幅不可多得的画作，日本的寺庙里藏有它的复制品。我俗眼迷离，无缘一见。但是，我觉得《辋川集》文学艺术的内向性和丰富性一点也不亚于《辋川图》，它寻找的也是相应的心情和灵性。奇幻幽深的辋溪，将我一路引领。一棵等待千年的银杏树，让我对辋川产生了深度的识别和心灵的呼应。

无限描绘的艺术空间

水陆庵是蓝田给我的又一个惊喜。

王顺山下的水陆庵，以保存唐代著名雕塑家杨惠之精巧罕见的彩色壁塑而闻名。闲散的午后，一条田间小路把我引入这座六朝名刹。我对它充满了期待。

一座规模不大的佛家寺院，清幽古朴，尤其在葱郁的柏树和繁茂的紫荆掩映下。彩色壁塑全部在庵内的大殿里，分为南北山墙、殿中正隔间两壁及两檐墙四部分，共有 3 700 多尊塑像。大大小小，神态迥异。眼花缭乱之中，我慨叹：这里确实藏着一个艺术宝窟。

抬起头来，我以虔诚的目光注视着大殿正中的释迦牟尼、药师、阿弥陀佛，庄重肃穆；慈眉善目的观音端坐在龙台之上，左为骑青狮的文殊菩萨，右为骑白象的普贤菩萨；还有精美绝伦的地藏菩萨、药王菩萨、报身佛、十六臂观音像和孔雀灵王像。它们是那么的栩栩如生，那么的逼真传神。于是，我想起了苏州角直的保圣寺，那里的半堂9尊罗汉塑像，相传也是杨惠之所塑。在得知杨惠之是苏州人后，我对水陆庵寄予更高的期待。

这些壁塑是一幅画，立体的壁画，这壁画以天空作背景，在天空之上，有山水桥梁、园林瀑布、亭台楼阁、殿宇宝塔，有诸佛菩萨、二十四诸天、五百罗汉，还有鸟、兽、麒麟。浑厚有力的刀法，绚丽馥郁的色彩，但色彩的堆叠绝不沉闷、压抑，自由奔放，闪烁着金色的光芒。这是奇妙的。

艺术的自主，就是审美的自主。杨惠之的艺术是可以无限描绘的，浓郁、浓重、浓缩，色彩、线条、造型，连同情绪，都是。起初，我把他想象成一团燃烧的火焰，感受着他创作的激情与敏感，以及对艺术永不满足的追求。我确信，作为长安城里与“画圣”吴道子齐名的“塑圣”，他的初衷是希望通过壁塑这种艺术手段来创造辉煌的。很快，我否定了这一想法。我的心沉静下来。

站在大殿中央，我感到杨惠之并不高高在上，他就在面前。他是那么亲切，那么平和，那么可靠，让我觉得信赖与安稳。也许，他的创作并不寂寞，而是热热闹闹的。左邻右舍，大人小孩，贩夫走卒，都喜欢来庙里看他做画、雕塑，评头论足。他捕捉日常诗意的笔触具体、精确、柔韧，连一刀一笔都不忍心敷衍。他用生生不息的大自然，用神秘而充满灵性的佛经故事，用自己诚实而智慧的作品，赋予善良的人们更多的坦诚、自信和比现实更美的憧憬。

杨惠之把自己深深而平静地隐藏，可是，每个塑像似乎都在对我敞开心扉诉说。这就是文物，弥足珍贵。苏东坡对他的作品有过形容，在《凤翔八观·维摩像唐杨惠之塑在天柱寺》诗中：“今观古塑维摩像，病骨磊嵬如枯龟。”他的作品并不宏大雄伟，但确有一种足以体现文明高度的视角，一种维系温暖人心的格调。

大殿里静悄悄的，只有一两个年轻的美院学生在写生。我朝女学生的画纸上探过头去，她临摹的是怒发瞪眼的诸天，我对她笑笑。徜徉其中，我暗思：唐代艺术最有文化象征性的部分恐怕就在这里，就在那些让人的生命价值和时代精神散发出永恒光芒的作品之中。同时，我也深深感到：杨惠之在这片土地上用双手催孕虚无缥缈的诸神时，实际也在创造一个浩大的光辉灿烂的理想国。

据《蓝田县志》及碑记载，水陆庵系六朝古刹，唐时与上、下悟真寺组成了一个佛寺群。今日水陆庵本是古时的悟真峪北普陀兰诸庵内的水陆殿，庵毁后，这个殿宇便叫作水陆庵。衰落的遗迹。即便如此，谁会否认它是一个由杨惠之创造的可以无限描绘的艺术空间？

在水陆庵，我与精美的唐代壁塑，与周围的山川一起入梦。

高山仰止

在黄河中游的西岸，有一座小城韩城，是伟大的史学家司马迁的故乡。司马迁祠墓位于韩城以南，芝川黄河古渡口的无名高岗上。

中国的历代大文豪，无不推崇司马迁，所谓道德文章，人品与文品，司马迁都足以垂范后世。

小学时，读毛泽东的《为人民服务》，特别记得两句：人固有一死，或重于泰山，或轻于鸿毛。这是司马迁在《报任安书》里写的。

这篇《报任安书》，我一向视为司马迁对自己坎坷一生的写照，读来痛彻心扉。

清晨的司马迁祠，笼罩着一片安宁的光辉。惠风和畅，走在凹凸不平的韩奕坡上，我感受着几分清幽与萧索。经过朝神道，怀着敬意，爬越九十九级台阶，登抵太史祠院。院中古柏参天，游客稀落。北宋时修建的献殿，穿堂式建筑。朴素幽静，碑石林立。其间，没有帝王的御笔题词，多的是文人墨客的吟咏。面对褚遂良的梦碑及郭沫若的诗碑，我有些惆怅。端详寝宫中的司马迁坐像，色彩有些斑驳脱落。光线昏暗，我默诵着《孟子·告子下》："故天将降大任于斯人也，必先苦其心志，劳其筋骨，饿其体肤，空乏其身，行拂乱其所为，所以动心忍性，曾益其所不能。"

司马迁拥有一支空前绝后的笔。感觉、思想、人物，如涓涓细流，汇于笔下。上下三千年，帝王将相，诸子百家，在史学家的眼底逐一复活，然后贯穿、延伸，终成鸿篇巨作《史记》，共人类时光长存。

与古希腊盲诗人荷马著写的史诗不同，司马迁笔下的人物，都不是什么英雄，却有面对现实的勇气和决心。他自己更不是什么英雄，被人讥笑嘲讽：为了苟活性命而愿受宫刑的一介懦夫。我想，如果不是肩负着父亲的使命，当时他肯定会选择去死。我还想，他是怎么活下来的？长恨此身非我有，何时忘却营营。放声大笑或放声痛哭。似乎都做不到。只有默默忍受。"每念斯耻，汗未尝不发背沾衣也。"这是锤炼，是磨砺，从而萌生出精神深处极度绝望中的壮丽希望。《史记》维系了司马迁一生的沉重。

然而，伟大的史学家气象万千，与之比肩不容易。司马光、苏东坡尚且不能，何况西汉诸诗人学者，譬如司马相如。西汉以后的史学家，包括修《汉书》的班固，对司马迁也只能仰望、惊叹。

司马迁墓虽是衣冠冢，毕竟有迹可循。我伫立在墓地前，瞻仰。墓冢为砖砌蒙古包形状，周围嵌以八卦及花卉砖周图案。他的墓竟然是元世祖忽必烈这样的外族帝王为之修葺。隔着久远的年代，我依然能感受到来自史学家本人内心的落寞、凄凉，还有孤独。孤独是灵魂承受着凡俗的沉重打击与天地、与万物的诚挚交流。我迷茫地往前走，心里却异常清晰。我相信史圣的灵魂长存，就像墓顶的千年古柏一样会分出新枝。

《太史公自序》中写道：迁生龙门（韩城古称），耕牧河山之阳。往回再次穿过“河山之阳”青砖牌坊时，我稍作停留。极目远望，西禹高速公路似腾越的蛟龙穿行在田野与山岗间，耳畔传来黄河阵阵的惊涛拍岸声。这是他深切眷恋的故土。从这里出发，司马迁数次远行的丰富与广阔，在很大程度上影响了《史记》的写作。

凡是上苍之眼所及之地，对于智者皆是避难的港湾。

真正的离去者，最终必将回到故土。

凌云壮气，文化底气，合力铸造了司马迁。站在古老的芝秀桥上，倚靠石栏，我以最好的角度仰望司马迁祠。流传千古的史诗文章，以傲骨青冢作铺垫。我无比怀念这位伟大的史学家。高山仰止，景行行止。

到黄河去

君不见，黄河之水天上来，奔流到海不复回。

作为中国的第二大河，黄河长 5 464 公里，在黄土高原逶迤流动，穿越数省。在我的思想意识中，从来没有把它看作一条寻常意义上的大河。黄河，黄土地，黄皮肤，这一切黄色表征，把这条流经中华心脏地区的浊流升华为圣河。

黄河最早沐浴了文明之光，也最早接受了文明之火。在《诗经·伐檀》中，我听到了先民们砍伐时的吟唱：“坎坎伐檀兮，置之河之干兮，河水清且涟漪。”

蓝田人、大荔人、丁村人、河套人，都在黄河的臂弯里繁衍生息。直到 6 000 年前，黄土地上出现了以半坡文明为代表的母系氏族文化。一条无与伦比的河流。

陕西之行，我把遗憾留给了黄帝陵和黄河。但是，到黄河去是我们共同的选择。到黄河去，寻找方向和光明，尽管路途充满艰辛。

1938年10月，诗人光未然乘船渡过黄河，奔赴山西吕梁山抗日根据地。黄河的惊涛骇浪，壶口瀑布的壮观景象，让他惊叹。太行山上中华儿女的抗敌英姿，更强烈地震撼着诗人的心弦，由此创作了《黄河》诗篇。音乐家冼星海以不可遏制的激情为之谱曲，具有历史意义的大型声乐作品《黄河大合唱》就此诞生。

全曲由《序曲》（乐队）、《黄河船夫曲》（混声合唱）、《黄河颂》（男中声独唱）、《黄河之水天上来》（配乐诗朗诵）、《黄水谣》（女声二部独唱）、《河边对口曲》（男声对唱、合唱）、《黄河怨》（女高音独唱）、《保卫黄河》（齐唱、轮唱）和《怒吼吧！黄河》（混声合唱）等九个乐章组成。在现代生活中忙碌困惑的我，走进音乐厅，聆听《黄河大合唱》，萌生到黄河去的信念。

（朗诵词）

朋友！
你到过黄河吗？
你渡过黄河吗？
你还记得河上的船夫
拼着性命
和惊涛骇浪搏战的情景吗？
如果你已经忘掉的话，
那么你听吧！

在整首诗中，吞噬了千万条生命的黄河，时而平稳、宽广，时而激烈、汹涌，时而深沉、悲壮，她哺育着两岸的村庄、庄稼、牛羊，代表中华民族饱受磨难、坚忍不屈的母亲形象。

由此，我联想到爱尔兰诗人希尼。他有一类诗被评论家们称为“沼泽诗”。沼泽是爱尔兰的基本地形构造：“我们没有大草原／可以在晚上一片一片地切除大太阳——/我们无遮拦的国土/是一片沼泽，在太阳落下和升起之间/不断结着硬壳。”(《沼泽》)还有“某一天我要到阿尔胡斯/去看他那被泥炭染褐的头颅，/他那柔软的像豆荚的眼皮，/他那尖尖的兽皮帽”(《托伦人》)。在他心里，挖掘出千百条牺牲者生命的沼泽地，实际是圣地。通过泥沼的意象，我体会到古代凯尔特人的质朴、粗犷，近乎野蛮的民族气质。同时，领悟到爱尔兰的悠久历史仍在延续。显然，希尼的这类诗要挖掘的是它的根，难道《黄河大合唱》不是吗？

我站在高山之巅，远眺黄河。

咆哮的黄河飞泻而来，地动山摇的力量。我听到了九曲黄河上船夫响亮的号子，看到了船夫与暴风雨奋力搏击的图景。不屈不挠的民族魂随之喷薄而出。巨大的思想和情感波澜，化作《黄河大合唱》沉郁的文字和阔大的意象。

其实，中国诗歌文学的自主性至少从《诗经》就开始了，经由楚辞、史记、两汉乐府、魏晋风骨而自成浩浩江河，流出唐诗、宋词、元曲、明清小说，惊涛拍岸三千年。

面对不断出现的悲惨杀戮，诗不可能逃避现实的逼近。历史对每个民族中有自觉意识的诗人提出了绝高的要求。

我觉得诗歌的职能就是回答世界，这回答也许是欢乐的，也许是愤怒的。它让你对着平静的流水快乐地呼唤，或对所看到的暴行愤怒地叫喊。但最重要的，是那回答的能量，像气势磅礴的黄河之水，奔涌而来，裹挟而去。这才是诗歌最根本的责任。

东升的旭日，照着奔涌的黄河水，就像周游列国的孔子在河边弹奏的《陬操》，激越、高昂。经历了这么多的磨难与侮辱，我们反而坚定了到黄河去，去追寻光明与方向的信念。

到黄河去，这是我的愿望。母亲的召唤，对我们有着更为强大的吸引力。悠悠岁月中，黄河是我始终的向往。穿越澎湃骇浪，凭着坚强的意志，最终我定能如愿以偿。

第四辑

箫　声

黄昏的古旧书店，寂寥无人。倚在墙角，静静地翻阅着一本《徐悲鸿画册》……

画册扉页上的徐悲鸿自画像，风神俊逸，双目炯炯有神。而今，他已逝去几十年了。

凡是看过《我与徐悲鸿》一书的人，在钦羡徐悲鸿与蒋碧微这对才子佳人的浪漫爱情时，想必也会为他们最终没有厮守一生而深感遗憾。

总觉得那株长在云南鸡足山寺里的鲜花盛开的花树，其实是长在他们的故乡宜兴的。年轻、丰姿的蒋碧微倚在花树下，吹着箫，等待着儒雅、才气的徐悲鸿……

他们相约在黑夜的桥上，桥上有风，也许还有一点儿雾，俩人在桥上并肩走着，就这样一起走到了巴黎。如此的义无反顾，如此的惊世骇俗。

留学生的生活是清苦的。学业繁重，缺食少穿，但却是他们的黄金时间。因为爱，他们每天生活在希望里。徐悲鸿习惯在黄昏时，听着悠扬的箫声走回他们的小屋，和蒋碧微相聚。油画《箫声》就诞生在其中的一个黄昏。

从蒋碧微的书里可以看出，虽然这么多年过去了，但是每次看到《箫声》时，她的心依然久久不能平静。《箫声》里侧坐着的蒋碧微是风华绝代的，有着松软的黑发、明亮的眼睛和凝脂般的肌肤，尤其是那双执箫的双手，柔润如玉，灵巧纤秀，简直是神来之笔。摒除作画者扎实的写实功力，美丽的蒋碧微是深深镌刻在其心中的。流逝的岁月里，那双手在画页上不停地抚摸，一股暖暖的痛，渗透在心灵深处暗涌着。

相对于徐悲鸿后期的用水墨所画的廖静文肖像的质朴，他早期创作的油画《箫声》无疑是唯美的。哪怕是作为背景的一株秋柳，两只翔鸥，以及昏黄的天空在人们眼中都是那样的自然和谐，衬托着画中人。悠远的箫声不仅传达出了一种淡淡的思乡之情，更体现了彼此在生活、艺术上的鸾凤和鸣，山水相依。其时的徐悲鸿，有蒋碧微陪伴在侧，艺术上步入了一次又一次的高峰。

让人不能理解的是：为什么这样一对神仙眷侣竟然会分道扬镳，天各一方？开始为爱而私奔，结果也同样为爱而分离。

在蒋碧微的心里，徐悲鸿不是什么杰出的画家，只是一个她所爱的出色的男人，她想把他羁绊在身边。现实中的徐悲鸿却是一匹永不停息的奔马，有着自由奔放的灵魂。他曾在一幅画上题道：“一个画家的生活、生命和绘画是相终始的；画停止了，画家的生命和生活也停止了！”

徐悲鸿的一颗海水般激荡的心，大部分都倾注在挚爱的绘画事业上，他渴望得到艺术上更多的共鸣。而蒋碧微，这个心高气傲的沙龙夫人，却要得到他的全部，她不能容忍他丝毫的用情不专。争吵，啜泣，争吵，分居，这一切折磨着徐悲鸿，也折磨着蒋碧微，和谐的箫声渐行渐远了，夹杂着痛苦的撕裂声。

有人说：“爱情太短，而遗忘太长。”在台北的宁静院落里，一个白发如雪的老人坐在一株鲜花盛开的花树下，手里捧着一本《徐悲鸿画册》翻阅着，她的目光浏览过《田横五百士》《九方皋》《巴人汲水》《愚公移山》，最后，停留在那幅《箫声》上。这时，风吹过树梢，“飕飕”地，花瓣纷纷飘落在地上……

云水谣

这是一段优美的云水谣。时间要追溯到20世纪初了。他是画家吴湖帆，她是闺秀潘静淑。他是清朝广东巡抚吴大澂的孙子，她是清朝军机大臣潘祖荫的侄女。再也没有比他们更门当户对的了。天造地设的一双璧人。

他的性格与才情，沾染了一些云气的高远与逍遥。她的清丽与温柔，流淌着水一般的娴静与婉约。

潘静淑从小与书画为伴。她的嫁妆中有宋拓欧阳询《化度寺塔铭》《九成宫醴泉铭》《皇甫诞碑》，与吴湖帆家传的欧阳询碑刻拓本《虞恭公碑》合而为四，汇于一室，称“四欧堂”。

潘静淑30岁生日时，她的父亲又将收藏的宋孤本《梅花喜神谱》二册作为礼物送给她，吴湖帆就把画室命名为“梅景书屋”。

吴湖帆与潘静淑的生活，从他们拥有的十方象牙章中可见一斑，分别为“吴湖帆印”“吴潘静淑”“吴湖帆潘静淑所藏书画精品”“潘静淑平生心爱之物”“湖帆静淑金石图书”“双修阁内史”“湖帆读画”“香阵卷温柔”“吴氏四欧堂家藏书画”“梅景书屋主人”。

第一次看他作画，她想替他磨墨，被他拦住了。他一向习惯自己磨墨。这样不但能掌握墨汁的浓淡，还能趁磨墨时构思。她善解人意地点了点头。

梅景书屋里终年飘荡着梅花的清香。时间与人生的幽暗缓慢地在这里展开。蜡烛蹿红。屏风漾金。白色的宣纸平摊在桌上，青花瓷瓶里横斜着几枝铁骨红梅，华丽与惊艳依托清莹的月光，倒映在窗棂上，轻轻晃动。没多久，一幅青山绿水《春云烟柳》完成了。青山葱翠，白云缭绕，沟涧蜿蜒，流水潺潺，一片清新旖旎的春色。

早春时节，他们照例会从上海回故乡苏州，去“香雪海”赏梅。满山遍野的梅花，千花万蕊，香雪缤纷。烟波迷茫的太湖，云峦闲吟，春水独钓。微风，杨柳，芦苇，桨声，船影。大自然的云水谣。

午后，潘静淑坐在池塘边。庭院一角，红艳艳的蔷薇花热烈地开放着，一只彩蝶停栖在花瓣上，家里的大白猫懒洋洋地蜷伏在湖石上。她的心不由动了一下，回屋兴致勃勃地作《耄耋图》。她画白猫、蔷薇，还有蝴蝶，全神贯注。连吴湖帆进屋也没察觉。他笑嘻嘻地从她手中接过笔来，在纸上随意补上湖石、苔草。

此情此景，吴湖帆记忆犹新。今晚，窗外的月光照亮了那一瞬间。他默默地看着墨迹未干的画卷。烟云笼罩的山石峻岭，远峰一抹直入云中。山谷中飘浮着白云，成排的松杉覆盖着山坡，屋宇掩映在丛翠之中，溪流淙淙，水气与云雾氤氲一片……

他站在云端，吟诵水的歌谣；她坐在水边，默读云的倒影。云与水的对话，回响在天地间。云以缥缈的烟岚招呼，水回应以悠扬的笛声。

他独坐画桌前，面对刚刚完成的这幅水墨《云海奇峰图》，沉思。云水微茫的天际，地老天荒的苍凉。

那年夏天，池塘里的红荷开得格外娇嫩多姿。吴湖帆即兴画了一幅扇面《凌波出尘图》，背后书录潘静淑的《浪淘沙》词。她看后连声说好，想临摹来着。不料，没几日却染病去世了。睹物思人，黯然神伤。自此，吴湖帆把扇子珍藏在行箧中，从不离身。孤独的扇子，残缺的美。他是一片飘浮的云，无力留住流逝的水。

他一直记得她。这段优美的云水谣不因她的早逝，而稍减其美或感动。她是他的记忆，只是他的记忆被打散了，一点点，一滴滴，融化在他的一幅幅画里。

古都的秋

我记得，从前来北京时，也是秋天。新婚宴尔，住在先生的姑姑家。前门附近的一个四合院，狭小残破。其间住着几户人家，窗棂寂静，偶尔有鸽群从高空掠过。

院子里没有嫩红的海棠，馥郁的丁香，却长着一棵高大繁茂的白杨树。早晨起床，推开门，一阵风吹来，树叶簌簌直响，带了丝丝寒意。我想：到底是北国的秋啊，来得这么直接。

我们每天早出晚归地在北京城里闲逛。天安门前花团锦簇，金水桥上人山人海。故宫是初次来北京的人必去的景点，也不奇怪，作为凡人，每个人都想去瞻仰一下住在紫禁城里的皇帝的日常起居生活，怎样的奢侈烦琐。那么多的稀世珠宝，那么多的珍馐佳肴，还有那么多的名人字画，看得人眼花缭乱。傍晚归来，不免饥肠辘辘，烤羊肉串、冰糖葫芦吃了一串又一串，当然全聚德烤鸭店也是不容错过的。啃着鸭腿时我想到：其实锦衣玉食的皇帝，不如平民百姓活得自在。

北京有一座桥，叫天桥。住在紫禁城的皇帝，每年到天坛祭祀，必经此桥。它在正阳门和永定门之间，东边是天坛，西边是先农坛。旧时跑江湖的、卖艺的、杂耍的集聚地，也是《啼笑姻缘》中沈凤喜唱大鼓的地方。

金碧辉煌的天坛，从它南方北圆的建筑构造，可以想见从前皇帝在祈年殿里祭天、祈谷和祈雨的祭典是何等的盛大。雕梁画栋的颐和园、断壁颓垣的圆明园还有万里长城，怎么走都无法到头似的，毕竟是历经三代的偌大皇城啊。香山去得早了些，红叶尚未变红，最多只是微红。倒是山脚下的碧云寺，山水清幽，林木葱郁。陶然亭的芦花呢，荡然无存，芦影自是看不到了。

人与人的相处讲究的是缘分，对于城市又何尝不是如此？今年秋天，我又来到了北京，一个人。这个城市和我从前来的感觉有些不同。

我心里明白，能抓住的也只是这短短的几天而已。我走在宽阔的马路上，两旁种着成排的槐树。走累了便坐在茶馆里喝茶，透过窗户，看胡同，不再是小巷。一样的小路，在不同的城市，有着不一样的风韵。我深深地吸一口空气，感觉是凉爽干燥的，不似江南的阴雨湿润。

作为古都，北京自然有其独特的表情与风貌，无法替代。那种随处散发的气息像它的建筑一样博大雄伟，久远凝重，无法描绘。及时行乐的浮生，俗世人生的氤氲，迷散扩张，从宫墙深院到市井街衢。

阳光淡淡的，我起早去了孔庙。它位于安定门内成贤街，是元、明、清三代皇帝祭祀孔子的地方，西面是国子监，即所谓的“左庙右学”。大门内的两侧排列着元、明、清三代进士题名碑，院内桧柏苍翠，庭阶肃穆，令人油然生起敬仰之心。国子监和孔庙在清代分别举行“辟雍”和“丁祭”两样大典，十分隆重。

北京的寺庙禅院很多，幽深静寂的环境，神秘莫测的氛围。雍和宫的藏传佛造像，可说是古都之最了。我仔细地看着一座座建筑，绝不放过。祖师殿、额不齐殿、永佑殿、法轮殿、照佛楼、万福阁……坐坐立立的像，来来去去的人。

千余尊各式佛像，造型奇特，特别是密宗双身造像，即雍和宫的七宝镏金欢喜佛。很高，需仰望。男佛魁梧伟岸，女佛玲珑娇弱。确实精美无比啊。

每年农历正月的最后一天及二月初一在雍和宫都要举行“跳布扎”（打鬼）活动，热热闹闹。妖里妖气的鬼怪，戴着兽面具的喇嘛。随后，锣鼓喧嚣带出了持钵念咒的大喇嘛，一身黄锦衣。

北京的后现代建筑主要集中在建国门内外大街上，一幢幢，拔地而起，直插云霄。但我还是喜欢看那些古建筑，古朴宏大，总看不够。

我包了一辆三轮车，不是骆驼祥子拉的那种人力车，是脚蹬的。在什刹海一带的胡同里转悠。那么多的名人故居、寺庙和王府。穿过烟袋斜街，我站在银锭桥上眺望后海。缺水的北京，不同江南，稍大一点的水面就称“海”了。宽阔的水面，可以望见北海白塔的轮廓。沿岸柳树成荫，酒吧遍布。

我站在街道对面看房子，古旧的顶，墙体上饰有精美的汉白玉石雕图案，是中西合璧式的风格。先是涛贝勒府，后为辅仁大学旧址，带着古色古香的旧时印记。午饭时分了，有男女学生三三两两地从拱门下走出，朝气蓬勃。

走不多远，便是恭亲王府了。里面回廊水榭，花木扶疏。走过戏楼，恰好刚刚演罢京戏《霸王别姬》，紫藤花架下人潮涌动，人们急着赶往藏宝楼。我想，我也要去一个幽静的地方了。

那是位于护国寺街 9 号的梅兰芳故居。小巧雅致的四合院，原是清庆王府的一部分。由正房、东西厢房和南房组成的一个独立院落，有好看的抄手游廊，豪华的垂花门，垂花门内有影壁。从前，院子里一定还有天棚、鱼缸。两棵柿子树长得遒劲挺拔，结了满树累累的丹柿，沉甸甸的。他黄莺般的天籁之声飘过来，越谷穿枝，清雅婉丽，在深秋的小院内萦绕不去。回望墙上那一张张扮相俊美的剧照，天女散花、贵妃醉酒、游龙戏凤、生死恨……唯有他可以堪称风华绝代。

才看罢演戏的，转眼便迈进了编戏的家。前海西街18号，树木葱茏。这里住过诗人郭沫若，他编过《屈原》《卓文君》《王昭君》《蔡文姬》《虎符》，研究过甲骨文，写过新诗歌《女神》，著作等身。秋日的阳光斜照着宽敞的二进四合院，静谧，时而传来小鸟的啼唱。

过去的时光，慢慢地涌到眼前，我怀着感情一点一点地回味。暮色沉沉，我乘着地铁回复兴门内大街的旅店，穿梭在古都的我只是一个匆匆过客罢了。

坐在地铁车上我昏昏欲睡，一路上的站名却清晰可记：木樨地、公主坟、五棵松、玉泉路、八宝山、苹果园。这条路，有芳香、有快乐、有哲理，更有人生的归宿。

月亮升起来了。

深秋的月亮金黄金黄的，在夜空中显得又大又圆。市声渐微，人语朦胧。丰富胡同，一条短短窄窄的小胡同。它跟金鱼胡同、鸦儿胡同、礼士胡同、北官房胡同一般齐名。老舍笔下的月牙儿是惨淡的。

跨车胡同，已经淹没在四周耸立的高楼中，只有13号这个院落硕果仅存。齐白石在此住了三十年之久，院内北正房三间就是“白石画屋”，曾经有水墨河虾、小蝌蚪游弋在案头的宣纸上。

还有阜成门内宫门口西三条21号。这是一座极为普通的小四合院，北房三间呈“凸”字形，堂屋北间就是鲁迅的工作室兼卧室，被人们称为“老虎尾巴”。书桌一角放着一盏老式煤油灯，他在昏暗的油灯下写出一篇篇不朽之作，《秋夜》《社戏》《伤逝》《阿Q正传》……小小的后院，看不见墙外的两株枣树。

黑夜，一切有生命的、无生命的都在呼吸，不紧不慢，伴着一股久远的气息。这种均匀、有韵律的节奏，就是神秘的岁月。天地笼罩着这座偌大的皇城，看着它辉煌，看着它衰败。它是承受得了的，尽管侵略者的铁蹄凭借洋枪洋炮践踏过它，使它满目疮痍。周遭的黑暗漫过来了，历史的厚重支撑着它仍然傲立在天地间。

紫禁城的四角矗立着风格绮丽的角楼，与绵延的宫墙，形成森严的堡垒。

灰黝的城墙仿佛倾斜欲倒，却连绵不断。墙砖灰缝掉落，却萌长出一撮鸟衔种子的野草，生机盎然。

深远的钟声响起来了，历经风雨的鼓楼、钟楼巍然屹立在古都的中轴线上，下面是川流不息的人群车辆。

走在灯火璀璨的王府井大街上，我有些茫然。那些灯闪闪亮亮，如汪洋大海。除了瑞蚨祥、同仁堂这些老字号外，还有茶叶、刻雕、脂粉、风筝、鞋帽的店号，门前悬了一盏盏的宫灯，工笔细画西厢红楼，人间情爱。

奇怪的是，我心中没有灯。我突然十分向往什刹海的荷花市场。《帝京景物略》中记载：十五日，诸寺建盂兰盆会，夜于水次放灯，曰“放河灯”……放灯的那晚，凭着栏杆，望着水面上荷花深处，闪烁的河灯，似渔火，似繁星，缭乱迷醉，不似人间。

我没有去三里屯的酒吧，但在什刹海“烤肉季”附近的酒吧里停留过。那些写字的、画画的、跳舞的、做摇滚的，男男女女，他们的脸在醉后的灯光下闪烁。说到底，他们，当然也包括我，在这个空旷的城市都感到弱小，心里有点发慌，也有点心虚，尤其在夜晚。

早晨起来，我临窗俯望修葺一新的四合院。天零零落落地洒了一阵秋雨，发黄的树叶悠悠地唱着歌儿似的飘落在马路上。

我爬上了百盛购物中心的五楼，为了去工艺美术馆欣赏现代国宝，翡翠、白玉、景泰蓝、象牙、瓷瓶、漆器、紫砂壶，还有缂丝、刺绣。待看见那幅流光溢彩的苏绣《翩翩》时，心里竟生出些他乡逢故知的激动，忍不住想上前去抚摸翩翩起舞的白孔雀。有人说“一时期的文化衰亡后，一整套技巧也随之永远消失”。这话说得极是。

我有个习惯，每到一个城市必去它的书店。因为书店最能反映一个城市的文化学习氛围。站在西单的中国图书大厦，我翻阅着一本本的书籍，试图从字里行间去寻找走入古都心灵深处的捷径。一切徒劳。或许，从北大未名湖畔的春色、清华水木清华的夜月中可以发现？

从景山公园出来后，我乘上111路有轨电车，来到了五四大街上的中国美术馆。一楼到五楼，墙上挂满了画，一幅幅，有油画、版画，也有国画。人们凝神屏气地看着，思索着。不是因为画，而是历史的在场。那幅陈逸飞的《玫瑰与扑翅的小鸟》，居于展厅中央。好像从来没在他的画册中出现过。穿着锦衣绣服的仕女，手持一柄纨扇，鬓边插着玫瑰，眼睛却望着笼中扑翅欲飞的小鸟。我的眼前忽然一亮：它不正是古都最好的写照？

归途中，在电车上看到夕阳。

那是紫禁城上的夕阳。

通红的夕阳，恍如从森林的树梢掠过。

紫禁城在绚丽晚霞的映衬下，显得愈加金碧辉煌、庄重肃穆。

前门、大栅栏、琉璃厂……曾经那么热闹的地方。深秋了，以后是元旦、春节、元宵，节日一个一个接踵而至，既是旧年的尾声，又是新年的开始。这时，我仿佛听见了孩子们举着花灯奔来跑去发出的嬉笑声。

“你是一树一树的花开，是燕
在梁间呢喃——
你是爱，是暖，
是希望，你是人间的四月天！”

一春总有曲终人散时。只是秋，这古都的秋，千万留住它，留住它。

虞山听琴

马一超弹琴时，琴川的水是清的。我在聆听古琴曲《良宵引》时，依稀看到了琴川摇曳的月光，带着一股芬芳之气。

雨丝漫天飘洒，洗濯我一路走来惹上的尘埃。常熟为倚山之城，燕园地处深僻小巷，历史上为园主与文人雅集之地。园景中以“燕谷”黄石假山为最，故而燕园又称“燕谷园”。

春天的燕园莺飞草长，韵味十足。亭台水榭间点缀着婆娑的白皮松，粗壮的黄杨，还有灼红的茶花，疏密有致。我与朋友坐在茶室里喝茶等候。马一超携琴走来，他三十多岁，戴着眼镜，清秀，儒雅，与我印象中的琴家气质吻合。这印象主要来自虞山派的严天池、徐上瀛和吴景略。

茶室里摆放仿制的明式家具，闪着老成深厚的光辉。马一超把琴放在桌上，窗外暗淡的日光渗入，颇有几分神色。他拨响琴弦，我屏声静气。《良宵引》出自严天池编著的《松弦馆琴谱》，是虞山派的代表琴著。虞山派在明朝影响巨大。马一超弹奏的《良宵引》，风格还是“清微淡远”，但并不纤弱、空洞、乏味和做作。我觉得严天池好像就在园子里，正小憩花荫下。中国艺术有一种“夕”的调子，马一超的琴声里隐约有这种黄昏的色彩。他奋力一拨，泛黄的宣纸，墨迹洇化，枝头一只欲飞的翠鸟，几片哑默而坚挺的叶片，抖抖索索。

窗外的惺忪细雨，带着丝丝寒意，随风吹来。不同于《良宵引》,《梅花三弄》是广陵派的代表作。马一超的弹奏是得心应手的，这取决于他对古琴曲所具有的、表现这种内容的指法中高难度技巧的掌握。他的《梅花三弄》里，有粼粼的波光，梅枝晃动，轻拂水面。那一刻，我的心仿佛被琴声掏空了，留在里面的，是清风、鸟语、花蕊和云影，飘飘欲仙。

我们夸赞马一超的《梅花三弄》弹得好，他舒展了眉头，微微一笑，只说道，他在虞山琴社工作，喜欢书画。我想象他平日在琴社里持笔作画的情景。从来不见梅花谱，信手拈来自有神。他画梅枝，墨汁浓浓淡淡，交织，晕染，疏影横斜。梅花在风雪中吐蕊绽放，心驰神往的清寒冷艳。推门而出，倚坐石桥，沟壑跌宕，逶迤不尽的燕谷，让我想到恽寿平的一首诗：“雪后轻桡入翠微，花溪寒气上春衣。过桥南岸寻春去，踏遍梅花带月归。”马一超的确弹出了梅花的高洁之美。

马一超的琴。桐木新制，朱红之色染以墨云髹漆，当然不会有蛇腹断纹，龙池凤沼均为圆形。他说起，几年前曾偶遇一架宋琴，犹豫再三，最终与之擦肩而过，很是遗憾。

之前，我是听过古琴的，喜欢管平湖的弹奏，以致一发不可收。古琴琴派众多，有时我实在欣赏不了其微妙之处。听了马一超的古琴遗韵，却有共鸣。他的琴声清婉绵延，不急不躁，即便弹奏浙派的代表作《胡笳十八拍》，也是刚健凝重，像清澈的琴川水，徐徐地流淌，照样撼人心弦。清微淡远的弹奏基调中，透出一股苍凉古朴之气。

在我看来，马一超首先是个琴家。他用清亮恬静的旋律营造崇山峻岭、漫漫黄沙，刚柔相济，充满了对蔡文姬坎坷身世以及跌宕命运的怜悯与同情，感情真挚细腻。抬头，我发现茶室的墙上一片空白，本以为会挂上一幅王石谷的山水画（仿作），这样配着听琴似乎更适宜。转而一想，也许空白更有力度。听马一超弹琴后，我领略了他的空白之美。

燕园周围被一幢幢高楼挤压着，但它是繁华喧闹都市中深藏的一片幽谷。往远望，可以看到虞山，苍翠的山坡，繁茂的树木，山脚下，一条清清的河流，缓缓流淌……

常熟别称“琴川”，因古城格局的水系由七条河组成。七条清而婀娜的河流，七根细而缠绵的琴弦。一轮圆月，静静地挂在夜空，满河碎银。我坐在河畔的一块青石上侧耳倾听，那琴声，深邃、厚实，却不沉闷，有着隐隐的穿透力量。

红　颜

认识邵虹似乎很久了，不只因为凌君武一次次地提起她。

看见邵虹的画时，我不禁想起与邵虹初识的那个夜晚。桌子上的瓷瓶里插着红色的玫瑰和康乃馨，花躲在暗弱的光线里，显出柔美的温情来；窗外的樱花树开着繁密细碎的花。风吹过，粉色的花瓣纷纷飘落。

邵虹的画色彩绚丽缤纷，连同情绪都是浓的。不同于艾琪芙的，往往只用少数纯色来描绘的沙漠、花卉或牛骨，她居然大胆地运用了那么多鲜艳夺目的色彩，以此来提醒人们要热爱生活。

画中的女子，显然是同一个人。婀娜、敏感、纤细，甚至脆弱。屋里的空气好像被滤过，散发着山野的清新，还有花朵绽放的甜味。年轻美艳的女子，或坐或躺，或沉思，或遐想，仿佛刚刚从梦中醒来，脸上带着回忆或憧憬的表情，猫蜷缩在她身旁，慵懒、妩媚。她的梦很甜蜜。外面的夜高大，星星闪烁，绵绵不断的夜像猫一样趴在花朵下打盹，但我分明感到风摇撼橡树的激情，其中夹杂着女子的芳香、柔和与清凉。

邵虹的画充满了现实的欲望与想象，有着丝般的缱绻缠绵，如烟如云的思绪，表达的都是女性之爱，多少是一种时代生活的写照。这么想着，风吹走了一片又一片樱花瓣，像女子逝水的年华。

那些画，馥郁、惬意，似乎是画家不经意的即兴涂抹，悠闲自在，像宣纸上泼洒的墨迹。更有些不起眼的细节因为作画者的神来之笔而显得灵动，意趣盎然。沉溺在画里，我一幅一幅地琢磨。它们是有味道的，独属于邵虹的味道。

邵虹坐在我的对面，她歪着脑袋谈画的时候，我突然感到，她不是作为一个画家，只是一个喜欢做梦的寻常女子坐在那里。

先前，有关画，我写过一本薄书，也因此看过很多名家的画。但我照样喜欢邵虹的画，乍看之下，甚是新鲜，且别有风情。那是一幅幅融入身心的画，想来它们不会像稍纵即逝的红颜。

看邵虹的画，每每让我“从梦中往外跳伞”。我欣赏特朗斯特罗姆的一首诗《昼变》。初识邵虹时，她留着齐肩长发，转眼变成了短发，极短的那种，让我惊艳，这使我从中看出了昼变的端倪。

诗情画意：浅谈苏州文化山水的微妙意境

一、概论

位于太湖之滨的苏州是个得天独厚的地方。地理的优势得于天，文化的优势得于人，天人合一形成了苏州这一座历史文化古城。这是一座值得我们热爱的城市，尤其是它的环城山水和众多的人文遗存。

现在谈苏州往往直指一些标志性内容，其实这包含着某种误解，至少是将苏州简单化了，只触及它的表象。真正的苏州，不只是园林、丝绸、刺绣、盆景、工艺珍品，苏州的小巷，苏州的河，苏州的桥，像毛细血管一样丰富。苏州作为吴文化的发祥地，从古到今人杰地灵，一代代苏州人在吴文化的历史长河中不断写出精彩篇章。评弹、昆曲成了苏州的非物质文化瑰宝，历代书画家云集，范仲淹首开府学和义学之风，明清状元频出，古籍古董的收藏，还有苏州西部的摩崖石刻（寒山、小王山）。

文庙里，矗立着一块南宋时期的石刻《平江图》。在这块十分详尽的苏州地图上，可以看到当时“故宫闲地少，水巷小桥多”的面目，即使与今天的风貌相比，苏州城也没有太多的变化。

中国传统山水画中，有平远、深远、高远的构图方式。苏州地处平原，平远的构图方式是它的先天条件。一马平川，看多了也就难免觉得一览无余。于是，聪明的苏州人因地制宜，弄出些小巷水巷，平远的构图里就有了深远的意味。这既是生存的需要，也不无美学上的考虑。平远使人行动舒缓，深远使人心思缜密。而虎丘云岩寺塔的出现，使苏州这一幅原本只有平远、深远的山水画，就凭空多了个高远的层次。因此，成了古城苏州的标志。

沿着《平江图》，走进横巷直街。观前街、山塘街、十全街、平江路、百花洲、菉葭巷、联萼坊、迎晓里、荷花弄、桃花坞、大柳枝巷……有着唐诗一样的凝练含蓄，宋词一样的委婉细腻。

悠长的丁香巷，让人不禁想起南唐中主李璟的词句：“青鸟不传云外信，丁香空结雨中愁。”

“栀子花——白兰——花、茉莉花！”的卖花声，声声映现出陆游“小楼一夜听春雨，深巷明朝卖杏花”的情韵。

徜徉在高高的粉墙下，对于墙那边的精彩，我们一无所知，但照样能领略苏轼“墙里秋千墙外道，墙外行人，墙里佳人笑”的情状。

耦园里有一副楹联：“卧石听涛满衫松色，开门看雨一片蕉声”，反复回味，真是美的享受。长久以来，苏州人沉醉于吴侬软语的梦里水乡。水乡的生活和水紧密相连。上桥下桥，船来船往是古城的日常生活。想起“绿浪东西南北水，红栏三百九十桥”以及“月落乌啼霜满天”，由于《枫桥夜泊》这首诗，枫桥成了中国著名的一座文化桥。

在一个文化如此悠久丰盛的国度里，浓郁的诗意就像潺潺流动的河水，越过了诗歌的边界，逐渐浸染到绘画的河港里。二者交融，便产生了诗意画——中国绘画诸多画种中最奇异的一种变体。人们常以“诗情画意”来表达美景不可言说之妙，不管是袁枚形容的“放棹西湖发浩歌，诗情画意两如何”，还是毛祥麟《墨余录》中所说“诗情画意；尚可言传；唯此一片深情；当于言外领味”，都极具画面感。诗情画意竟成了一杆衡量艺术创作意境的美学标尺。

诗意画是对诗歌所做的图解和二次创作，它不仅暗含着诗人和画家的情感体验，并且洋溢着由此而激起的诗情。在中国艺术史的演进历程中，代表着传统文化一种特有的古典情怀和微妙意境。现如今，一般人恐怕是再也无法潜入其中，诗意画的欣赏，不仅需要看画的雅兴，还需要读诗的心情，这两者都是当今时代的稀缺之物了！

苏州园林就是一幅立体的诗意画，它是各种文化艺术的综合体现。起始于春秋，发展于唐宋，全盛于明清。推动明代苏州造园兴盛和技艺提高的有两个重要因素。一是沈周、文徵明、唐寅、仇英四大画家的出现，即“明四家”。他们不受当时流行的山水画派的影响，敢于上追唐宋名家，撷取精华而另辟蹊径，形成了特有的吴门画派。吴中画家很多人在造园中显过身手，将他们的绘画理论和技巧直接或间接地运用到造园中。二是造园专著的出现。吴江人计成是杰出的造园艺术家和理论家，所著《园冶》一书，从园林规划到建筑设计，从构架到装修，从工匠到手法，涉及园林创作的各个方面。文震亨所著《长物志》，把山水画的原理运用于造园艺术，对园林中池、瀑、泉、水的设计，以及湖石运用的论述，独具卓见。文徵明还亲自参与了拙政园的设计。他手植的紫藤，历四百余载，老干盘根，生机勃勃。

可想而知，拥有众多园林的古城苏州，它的文化积淀会深重丰厚到何种程度。苏州人熟悉那些亭台山水，简直就像自己门前的景物，娓娓道来。而园林的确对历史知识有一定的引发作用。

“明四家”中文徵明是诗、文、书、画“四绝”的全才，他代表着吴文化的方方面面，几乎是吴文化的化身。他为其老师沈周补画过一幅唐人诗意画，诗句是“春潮带雨晚来急，野渡无人舟自横”，很是清新淡雅。文家是著名的书香世家，长子文彭，工书画，尤精篆刻，是晚明文人篆刻艺术的领袖人物（上海博物馆有他一枚象牙章：七十二峰深处）；次子文嘉能诗，工书，精于鉴别古书画；嘉兴项元汴是历史上最大的私人藏家，他一生中的不同阶段，都有其时最具眼力的鉴定家为其顾问。早年是文徵明，中年是文彭、文嘉兄弟，晚年是董其昌。他的孙子项圣谟集隐士、诗人和画家于一身。文徵明的侄子文伯仁工画山水，能诗；曾孙文震孟、文震亨，均是书画家，文震孟还是晚明状元。可见，吴文化的传承非常讲究这种书香家学的接力。比如，过云楼的顾（文彬）家，攀古楼的潘（祖荫）家。

中国的诗词因为汉字的声、形之特点天生具有音律和气度之美。相信许多文人在提笔写诗作词时早已胸有丘壑，所以，他笔下的文字才充满了栩栩画意。比如宋代词人周密的《清平乐》“诗情画意，只在阑杆外，雨露天低生爽气，一片吴山越水”。短短二十多字，便将吴越胜地的玲珑山水之美点润开来，令人仿佛身临其境，如览画中。

如果诗歌表现的是凝练含蓄的画意，那么，在文字之美的启发下，画家纷纷以手中画笔将诗歌的内容和意境用可视的绘画元素充分表现出来，就令这内蕴的画意更加丰满和厚实。难怪有人形容，“画如无声诗，诗如无声画”，精确地点明了两者之间相互转化、互为补充的辩证关系。这样，就产生了“清初四王”。他们是王时敏、王鉴、王翚、王原祁，四人画风相近，倡导南宗的绘画风格，以此创造新画风。“四王”加上吴历、恽寿平，又称“清六家”。王时敏临摹家藏宋元名迹，以黄公望为宗，笔墨苍润雅秀，“娄东画派”山水为其所创。娄东是苏州太仓的古称。黄公望也是苏州人，出生在常熟，他的墓就在虞山。王鉴工画山水，长于青绿设色，擅长烘染。王翚擅画山水，其画运用元人笔法而以唐人气韵为主。王原祁是王时敏的孙子，康熙皇帝的御用画师。“四王”代表了清代的正统画派，与之画风相抗衡的是以石涛为首的“清四僧”和以金农为首的“扬州八怪”。

高居翰是美国一位中国美术史家，是现代中国艺术史研究的权威之一。他关于中国绘画史研究的学术强项就是明清绘画，著作有《隔江山色》《江岸送别》《山外山》《气势撼人》《画家生涯》。在高居翰看来，后期中国绘画批判观念过于严苛和死板，使得画家们的题材和风格越发狭窄，同样，诗意画的发展也陷入一个逼仄的境地。倒是近邻日本的画家因为宽松的文艺评论环境而获得较为宽松的创作环境，因此，发端于中国的诗意画被引入东瀛，在江户时代得以再次复兴，以与谢芜村为代表的日本画家们在对中国画的模仿中注入了较多本国元素。京都二条城二之丸御殿的障壁画精美绝伦，画中的松树与老鹰、河岸与芦雁却活脱脱是林良、边寿民名作的再现。

这些年，我去过很多地方游历。我喜欢威尼斯、纳夫普里昂、维也纳；另外，米开朗基罗的雕塑、莫扎特的音乐、罗浮宫的藏画、高迪的圣家堂、阿尔罕布拉宫、弗拉门戈舞，包括多年前去过的俄罗斯皇村、英国剑桥、印度斋浦尔，都是我欣赏的。接触最早的是日本京都，喜欢“障壁画”、浮世绘与“枯山水”庭园，感觉它的气息与苏州相近。但经过了自觉或不自觉的比较，还是感到，自己的故乡就像那行云流水一般的昆曲，具有鲜明的个性。这细细长长的流水，流过了与刺绣大师沈寿有着千丝万缕关系的渔庄，流过了坐落着唐寅故居的桃花坞，也连通着范蠡大夫的轻舟渐渐远去的“太湖三万六千顷”。苏州文化的丰富与深厚绝不是京都或者其他城市所能比的。

文化的传承，是一件很细致的工作，稍一疏忽，那原意就会走了样。古城要保护，文化要保护，更是一件长久的事。只有经过真正的保护，才能延续那种独特的文化价值。古城的改造，说来容易，其实不易，单是它和保护园林的关系，就有许多难以理清而又必须理清的头绪。幸好苏州文脉悠长，文风甚盛，不说沈复《浮生六记》的闲情记趣，金圣叹评点《离骚》《西厢》的妙笔生辉，单是冯梦龙的话本《三言二拍》，虽篇幅不大，可相加起来，却是三部枕头书。

从前，外地的朋友到苏州的话，会发现苏州的建设，是顺着一种“一体两翼”的构思进行的，即一体是指苏州古城区；两翼是指古城之东的工业园区，古城之西的高新区。恰巧的是，这一东一西的景观，正对着古城中“干将”“濂溪”两座牌坊的朝向。而“勾吴神冶”的匾额，正对着古城中那些吴文化孕育的苏州园林。

不过，只有了解了苏州的风土，了解了吴中的湖山，尤其是那诗情画意的苏州文化，你才能叩响这一座座苏州园林的门环。

二、苏州园林是诗情画意的最佳载体

如果把苏州比作一棵参天的大树，那么，苏州的小巷，就是长在这棵文化和历史大树上的枝杈，苏州园林就是树上的花朵。

园林，又称“城市山林”。“城市”是繁华的缩影，街巷拥挤，市声嘈杂；“山林”是自然的环境，青山绿水，幽静深邃。苏州园林是闹中取静的典型。墙外长街，车水马龙，热闹喧嚣；粉墙黛瓦之下，却是鱼戏莲叶的悠闲，满地蕉荫的恬静。

宋代郭熙论山水画，说“山水有可行者，有可望者，有可游者，有可居者”。可行、可望、可游、可居，这也是园林艺术的基本思想。

苏州园林大致分为王家园林、寺庙园林和私家园林，现存的园林，多是私家园林。春秋时期，吴王阖闾建造的姑苏台，夫差建造的馆娃宫，应该是苏州最早的王家园林。晋唐之间，佛教大兴，寺院丛林的一时之胜，带出了寺庙园林的涌现。“南朝四百八十寺，多少楼台烟雨中”，便是一种形象的写照。说到苏州园林，人们往往会提到宋代的沧浪亭、元代的狮子林和明清两代的拙政园与留园，正是狮子林的存在，我们才拥有了一部堪称完整而形象的苏州园林的历史。

到了明代，苏州园林的发展进入了一个极盛时期。著名的拙政园、留园、艺圃、天平山庄等园林，都建于这一时期。

进入清代，苏州的园林建造达到了新的水平与规模。怡园、耦园、环秀山庄、曲园、听枫园、鹤园、畅园等，都是那时的作品。

苏州有一个隐逸文化市场，也就是说，苏州人状元多，才子多，但是政治上有特别大影响的人，倒不是太多。因为苏州文人不愿做官，隐居，不是像姜太公、严子陵那样隐居在深山里，而是隐居在诗情画意的艺术里，追慕的是陶渊明、嵇康、阮籍这一类人的魏晋风度。

古韵悠悠的苏州城，是唐诗的故土，也是宋词的家乡。更有众多的吴文化的中坚人物，其中的一些文人，除了留下丰厚的著述与作品，还和苏州园林结下了不解之缘。唐代诗人陆龟蒙隐居角直，在躬耕陇亩、垂钓江湖之余，写下了大量的诗赋，多是反映农事活动和农民生活的田园诗。还有三个诗人刺史，白居易、韦应物和刘禹锡，都为苏州留下了不少诗篇。白居易在任上，开凿了从阊门到虎丘的七里山塘。曹雪芹在《红楼梦》中把阊门、山塘一带称为“最是红尘中一二等富贵风流之地！”宋代诗人范成大的《四时田园杂兴六十首》，也是他在石湖隐居期间的作品。有一天，姜夔远道而来拜访好友范成大，范成大有一个歌伎叫小红，因为姜夔作了《暗香》《疏影》两曲，由她演绎出来格外清婉美妙，范成大十分欣赏，便将小红赠予姜夔。两人坐船回家，路过吴江垂虹桥时，姜夔吹起箫，小红轻轻唱和，在箫声与歌声中，小船载着他们驶过一生中最美的一段旅程。姜夔为此作了“自作新词韵最娇，小红低唱我吹箫；曲终过尽松陵路，回首烟波十四桥”这首诗。

宋代的另一位诗人苏舜钦留给我们的，是一组立体的诗意山水画，这便是苏州现存的年代最早的园林——沧浪亭。沧浪亭沿河一带的黄石，据说是宋代造园艺术在苏州唯一留下的雪泥鸿爪。是否真的？需要我们慢慢观赏、细细体会。寂静的沧浪亭有一种秋天的况味。

苏州园林已经列入了世界文化遗产，这仅仅是苏州文化的一个侧面，即使从这一个侧面来看，也能看出造园艺术的登峰造极需要多少文化精品的汇合，诸如建筑、绘画、雕刻、堆山叠石、花木盆景、诗词楹联、家具陈设……每一项都是苏州文化的一个门类，能写几部书。

花儿美丽是给人看的，每一种花都有自己独特的寓意，就看你如何解读了。苏州园林也是如此，它对游园者或者欣赏者提出的要求要高一些，至少要附庸风雅，要有一点传统文化的准备，要熟读一点古典诗词，要掌握一点历史典故，要了解一点造园时期的画风书风。这样的修养是必不可少的。

唐代常建的“清晨入古寺，初日照高林，曲径通幽处，禅房花木深”，大家都会背，但要认识狮子林这座禅意园林，还远远不够。元代高僧中峰明本是赵孟頫夫妇的佛教师父，书法写得粗头乱服，不羁得很。他的弟子惟则，到苏州传禅的时候，创建了狮子林。园中的每一块太湖石都具狮子状，其实狮子林的出处是惟则得法于浙江天目山狮子岩，禅师说法威仪如狮子吼，林就是丛林，寺院的意思。作为佛教在中国发展以后形成的禅宗，向有功利禅与山林禅之分，惟则师徒所修炼的，是山林禅。狮子林初建时，园中多的是假山和竹林。

了解园林，可以提升对美学素养的感悟，尤其可以提升我们对古典文学的感悟。首先，苏州园林的名字，就有古典诗词的元素。看到网师园的“网师”二字，你自然会想到屈原的《渔父》，看到沧浪亭的“沧浪”二字，你也自然会想到“沧浪之水清兮，可以濯我缨。沧浪之水浊兮，可以濯我足”。因为园林艺术本身属于高雅艺术，它既有屈原的缠绵悱恻，又有庄子的超旷空灵。如果你喜欢古典诗词，还可以沿着“沧浪”

这条线，联想起许许多多与《离骚》相关的句子。

众所周知，拙政园是以水文化为主题，而且又是以荷文化为形象标志的，远香堂、香洲、荷风四面亭等，都是荷文化的元素。所有这些亭台楼阁的设置，都是源自宋代大儒周敦颐的《爱莲说》。“江南曲圣”俞粟庐（叶堂一派唯一传人）演绎汤显祖的《牡丹亭》，“游园”“惊梦”“拾画”诸折场景就是在拙政园。“朝飞暮卷，云霞翠轩；雨丝风片，烟波画船。”拙政园雍容华贵，喜欢昆曲的人不去拙政园，会有许多遗憾。起码会少点触景生情的感性认识。所以，《牡丹亭》不仅是戏曲，而且是园林文学，又教人怎样领会苏州园林的精神实质。留听阁、卅六鸳鸯馆、拜文揖沈之斋，里面陈设的各种明式家具，古雅、素朴、隽永。轻轻抚摸，能感受它的光洁与舒适。明式家具是园林这幅诗意画上的笔墨，笔精墨妙，所以苏州园林耐看。即便如此，相比之家具，与园林连接得最结实的，还是古典诗词。比如李商隐的《无题》，比如晏几道的《临江仙》、秦少游的《浣溪沙》。

“昨夜星辰昨夜风，画楼西畔桂堂东。”“落花人独立，微雨燕双飞。记得小苹初见，两重心字罗衣。琵琶弦上说相思。当时明月在，曾照彩云归。”“漠漠轻寒上小楼，晓阴无赖似穷秋。淡烟流水画屏幽。自在飞花轻似梦，无边丝雨细如愁。宝帘闲挂小银钩。”它特别像耦园或是留园的景物。古典诗词是适合园林的。因为我们非常熟悉的一些经典，写的恰恰就是苏州。如贺铸笔下的横塘：“凌波不过横塘路。但目送芳尘去。”“一琴几上闲，数竹窗外碧。帘户寂无人，春风自吹入。”这首明人小诗，让人一下子走进了怡园，走进了坡仙琴馆，得到了一种空间美的真趣。“无言独上西楼，月如钩。”“流水落花春去也，天上人间。”每次读到这些诗词名作，都有一种特别的亲近感和融入感，丝毫没有王国维说的“隔”的感觉，——这就是住在苏州的好。

三、文化意境的形成与欣赏

宋徽宗以皇家的浩荡王权以及个人强烈的艺术感强力推动着诗意画的发展，不仅在宫廷画院里建立了“作画要有诗意”的制度化的理念，还在招募画师时严格考察其是否具有良好的文学修养。

及至两百多年后的晚明，作为富庶之地的苏州集财聚富，人们已有雄厚的财力和文化底蕴来欣赏和创作诗歌，将其视为上流社会的高雅标志，在这样的环境里，流行以诗为题的绘画同样成了文人墨客钟情的一种风雅。风雅，向来是苏州的气脉。在这一点上，与相邻的同为江南名城的杭州、扬州在传统文化上可谓一脉相承，互相影响。

中国美学，首重意境，诗有诗境，词有词境，曲有曲境，画有画境，“造园之高明者，运文学绘画音乐诸境，能以山水花木，池馆亭台组合出之，人临其境，有诗有画，各臻其妙”。苏州园林称之为“文人山水园”，它是饶有书卷气的园林艺术。所以每当人们进入苏州园林，就有诗情画意之感。它是人工的艺术，时间的艺术，历史的艺术。

众多的苏州园林，就是众多的历史符号，它们产生于不同的年代，有着不同的特征。建于清代的怡园是一座集大成的苏州园林，它有着沧浪亭的复廊、拙政园的画舫、网师园的水池、狮子林的山洞、环秀山庄的假山。怡园与过云楼是不可分割的，用打通的眼光来看，一部《过云楼日记》委实有着另外的历史含量与文化含量。吴昌硕、颜文樑、吴子深、王季迁是从过云楼出来的，参与怡园建造的有画家任阜长、顾若波，怡园有琴会、有书画雅集，还涉及同一时期许多的历史名人，俞樾、吴大澂、吴云、沈秉成、李鸿裔，风云际会。

藏书楼是一个地区重要的文化标记。留存至今的藏书楼都是一方文化瑰宝。假如今天，宁波没了天一阁，常熟没了铁琴铜剑楼，南浔没了嘉业堂，那才叫“煞风景”。其实，从一定意义上来说，过云楼并不是一座藏书楼，而是一座藏画楼。

过云楼陈列馆分为“艮庵”及“过云楼”两部分，集中展示顾氏历代藏家事迹、过云楼所藏书画名作、古籍善本情况，及收藏相关的文化艺术活动，再现昔日这座文化艺术殿堂的异彩。过云楼的收藏，主要以文人画为主，书法作品次之；书画藏品中宋元较少、明清较多；明清书画中以“明四家”和“清六家”作品最精彩。从过云楼书画收藏的数量差别可以看出，顾氏对于“明四家”和“清六家”艺术成就的认同，这种趣味不仅是顾氏一族的选择，也是同时代江南收藏圈整体的风尚。关于过云楼藏书，几乎囊括古代纸质书籍的所有类型，在时间上横跨宋、元、明、清，地域上除了中国历代版本外，还有少量日本刻本和朝鲜刻本。最难得的是自清代以来在藏书界极负盛名的宋刻本《锦绣万花谷》，原为季振宜（明末藏书家）所藏。保存完整的传世孤本《锦绣万花谷》（前集四十卷，中集，后集四十卷），是宋代的一部类书，也就是“百科全书”，堪称全世界部头最大的宋版书。

过云楼竣工后，余下的石头很多。顾文彬嘱咐儿子购买尚书里一块废地，即古春申君庙址和明代状元、尚书吴宽“复园”旧址，“垒石成山，坎地为池。”这就是怡园。童寯在《江南园林志》说怡园“园内西北堆山，东南多水，划分庭院，善用曲廊，不泥于直垣方角”。苏州盆景大师周瘦鹃为怡园撰文，提到景点“画舫斋”，说“上有小阁，因窗外有松，可听松涛，所以叫‘松籁阁’”。又写道“穿梅林到‘岁寒草庐’，前院后庭，都用奇峰怪石随意点缀，更有石笋多株和古柏、老梅、方竹等互相掩映，饶有诗情画意”。

怡园可谓中国传统文化的“集锦园”，琴、石、诗、画多有珍品，苏州的文人雅士聚集在此，品评琴棋书画，为古城苏州增添了浓郁的文化气息。园主顾文彬因爱琴好石，在造园时，精心构筑了与琴有关的景点：坡仙琴馆。此馆收藏苏东坡的“玉涧流泉”古琴，并供奉苏东坡之像。

建筑内部分成两间，东侧为“坡仙琴馆”，西侧为“石听琴室”。石听琴室构造特别，顶有船篷式杉木天幔，呈南北走向。如此构筑，对声音的快速传递及扩音共振有良好的效果。琴室之北，植有梧桐；琴室之南，养有缸莲。一条回廊逶迤而过，将坡仙琴馆、石听琴室，与北面的玉虹亭，构成以琴为中心的一组景区。这组景，由诗、词、书、画、匾额、典故与景物融为一体，尽显苏州园林的建筑美、自然美、艺术美和意境美。川派著名琴家李子昭所作的《怡园琴会图》长卷，记录了怡园琴会的盛况。

怡园画社这个名字在今天已不太为世人所知了，但从事绘画等艺术行业的专业人士应该都知道它在中国近代绘画史上所具有的重要地位。怡园画社大约结社于1889年，地点在怡园，这是苏州第一个画会组织。参加的画家及书法家有：吴大澂、顾鹤逸、顾若波、陆恢、倪田、蒲华、任预等。吴大澂被推为首任社长。当时集苏州城及周边城市的一流画家汇集于怡园，盛况空前。海上画派的代表人物吴昌硕就是从怡园画社走出去的佼佼者。

“闲寂古池旁，青蛙跳进水中央，扑通一声响。”松尾芭蕉这首俳句用在吴昌硕身上是贴切的。吴昌硕参加怡园画社后，自惭他的画“乱头粗服，无人过问”，一度用功临摹恽南田的没骨工笔花卉。顾鹤逸却认为他的笔路与八大山人近似，建议他以书法入画，学习八大山人。为此，顾鹤逸送他一幅八大山人的《白鹿图》。吴昌硕接受了顾鹤逸的建议，并把这当作自己在绘画道路上进入佳境的转折点。

四、苏州文化的继承与革新

明代大画家董其昌将中国山水画分为“南北”两宗，南宗以王维的水墨山水为代表，北宗则以李思训父子的金碧山水为代表。打个比喻来说，北宗若是山上的樵夫，南宗就是水边的渔翁，南北宗非但在绘画上，在园林建造中更可以得到较好的融合。比如北京颐和园、承德避暑山庄，都有大量的水面布置；而江南本来多水，杭州西湖以孤山为背景，绍兴东湖以箬篑山崖壁为依托，端的好风景。

五代宋初的李成画过一幅《读碑窠石图》，画中有一人戴笠骑驴，静默地注视着荒野上的巨大的石碑。那块古碑是真实的，人们猜想它是“曹娥碑”或是“堕泪碑”，在我眼中，它就是苏州文庙的南宋石刻《平江图》，上面刻绘了运河、护城河、城河、湖、荡、江、塘、湾、池近十种水体，其中以城河最多。要知道，这样一个由城河、街巷、桥梁组成的水城对市民生活、城乡货运、排水防灾起的作用太大了。所以，我以为苏州文化的继承应当要在“水”“古”两字上做足功夫，要慢一点，不要急于求成。有了水，苏州城才是活的；古不是修旧如旧，而是修旧如初，难度挺大的，但意大利西斯廷教堂天顶画的修复就达到了这样一个新的高度与境界，并得到了世界的公认。如果不是这样的修复，谁能相信米开朗基罗所描绘的亚当的那个著名头颅，竟然如此轻描淡写，一挥而就？

另外，苏州文化的继承与革新两者并不矛盾，没有继承，哪来革新？更谈不上发扬。一种文化的形成，并不是无本之木。明代，在苏州这棵文化和历史的大树上又绽放出了新的花朵。这就是兴盛的昆曲、繁荣的话本及同时发展的吴门画派。2004 年 4 月，由著名作家白先勇主持制作的“青春版”昆曲《牡丹亭》开始在世界巡演，给这门古老的艺术以青春的喜悦和生命。青春版《牡丹亭》把 55 折的原本删减成 27 折，分为上本——梦中情、中本——人鬼情、下本——人间情三场，于详略、轻重、明暗、快慢之间，发挥了现代舞台调度手段。在舞台方面，打破了传统《牡丹亭》生硬死板的格局，加入了苏州园林屏风、实墙、台阶等形象的舞台设计；在戏文与音乐方面，唱曲新编；加上服装新颖精美，展现了这部经典剧作的瑰丽神奇。

其实，不止昆曲，品尝任何艺术品，都是一种体味的过程，只有经过曲径通幽式的体味，才能理解它的真正价值。吴门画派的产生未尝不是继承与革新的结果。虽然明代文人那种悠闲风雅的生活，早已是“笙歌归院落，灯火下楼台”。但是，毕竟给我们留下了印痕。为此，苏州博物馆举办了“沈、文、唐、仇”系列画展，这是雅事。

贝聿铭设计的苏州博物馆新馆主庭院的布置设计以水为庭园“底色”，其间点缀着松树、竹、桥、亭，在疏密、大小、虚实、隐显中呈现出来的意境是无限的，显现出中国园林建筑的特有文化性格。

贝聿铭“以粉壁为纸，以石为绘”创意山水的创作手法采用巨大的泰山石为原材料，再利用拙政园围墙转折变化的空间错落有致地堆砌而成。使游客透过大堂玻璃可以一睹江南水景特色，呈现出清晰的轮廓和剪影效果，看起来仿佛与旁边的拙政园相连，新旧园景笔断意连，巧妙地融为了一体。虽然没有云雾缭绕，但是在朦胧的江南烟雨笼罩中，照样营造出了米芾水墨山水画的意境。当被问及为何不采用传统的太湖石时，贝聿铭回答：传统假山艺术已无法超越。这是因为像戈裕良、张南垣这样的名家，他们的叠石技术早已达到极致。棱形的“中国黑”花岗石片屋顶，与深灰色石材的屋面和墙体边饰，与白墙相配，高低起伏。一种说不出的清旷幽远。

一座水边的厅堂，竹树环合，花光水影，陈列着长长短短的水墨抽象画卷。黑色的墨在白色的纸上慢慢洇化，飘逸的点画姿态翩翩，妩媚蕴藉。那样的线条与色块，属于唐诗宋词。简单到极致的美。这是苏州博物馆新馆开馆之日举办的赵无极“黑白梦”水墨作品展，以黑白两色造就的独特的视觉经验，与新馆建筑珠联璧合，相映生辉。

无题，都是无题。然而，这些画风格清隽，深得宋人气韵。蒋勋盛赞宋代文人是品质生活的最佳样本，在面对权力和财富时，可以不贪婪，因为他们心里有一片属于自己的山水。我从这些抽象水墨画中得到了同样的感受，是“空山不见人，但闻人语响”，是“明月松间照，清泉石上流”，是“野渡横笛自吹，携琴梅花树下”。一派宁静、虚空、自由的意境。赵无极酣畅淋漓的笔墨，蕴含着令人沉醉的东方意韵，同时流露出宽广典雅的西方浪漫，创造了色彩变幻、笔触有力、富有韵律感和光感的新的绘画空间。

今秋，当徐累的绘画作品置身于苏州博物馆的园林氛围中，画意的深邃让观众流连忘返。徐累是中国当代艺术“新水墨”的重要开拓者，他是一个游走于古今之间的艺术家，有着深厚又深情的中国传统文化的情结，喜欢“咀嚼”建筑、音乐、美术等各种艺术。在苏博的展厅里，徐累的艺术创作一如苏州园林，移步换景，将时间与空间变成“平面图”。他的绘画方法很独特，以蓝色为主色调，青花、明椅、湖石、重屏、锦帐、马，徐累通过这些精致的物象、戏剧性的布局、虚幻的情境，营造出东方新古典意境。《虚池记》表达的是苏州水乡，画上的“底色”是明代苏州地图，他将地图上的具体名称抽掉，换成了古琴谱、古诗词，斗室乾坤、山河入梦的感觉油然而生。

《天净沙》是徐累特别为本次展览创作的。他以苏州博物馆庭院中的山石为原型，以地面上的山石为“冰山一角”，向下延伸出一个更为宏伟的“水底世界”，虚虚实实，给人无限想象。整幅画与博物馆的实景之间，形成了虚实相映、彼此关照的视觉场景。画前的装置作品《移山》，每块石头都可以移动，停放在不同的点会有不同的效果。他在绘画上的追求，与贝聿铭的建筑语言颇有些异曲同工。

第五辑

从文公山到白鹿洞书院

我在不经意间来到婺源文公山（原名九老芙蓉山），有些惭愧，我竟不知道此山是因朱熹谥号“文公”而得名。而后，在返回南昌途中，我去往庐山的白鹿洞书院。当年，朱熹回乡之路恰恰是从白鹿洞书院到文公山。

夏日炎炎，从婺源县城到文公山，不远的路程，我仿佛走了千年。阳光照耀，美丽的乡村风景如画。黛青色的山峦连绵起伏，绿树翠竹掩映着村庄，炊烟袅袅。清清的河水漾着盈盈的绿意，唱着歌，缓缓流淌。走过粉墙黛瓦的村舍，鸡鸣狗吠，闻着稻谷和野花的芳香，我悠悠地往前走。郁郁葱葱的文公山一下子耸立在眼前，让我猝不及防。站在山脚下的朱熹纪念馆里，我静静地观览他的生平事迹、学术理论、文学诗篇，还有《朱子家训》。紫阳是朱熹的别号，也是婺源县城的镇名。朱熹一生四处设杏坛，传承孔孟之道，曾在庐山、武夷山、长沙等地开办书院，唯独“文公阙里”——古徽州婺源是处空白。

一条宋时连接婺源与饶州的古驿道，隐没在文公山的密林深处。拾阶而上，我对文公山的一切充满了虔诚与敬仰。林木繁茂阴翳，淡淡的金色光斑从浓密的枝叶间筛洒下来，在地上跳跃晃动。枝头时而传来云雀悦耳的啼啭声，湿润的空气中飘浮着石头与杂草、树叶混合的气息，草虫唧唧。读着驿道两旁镌刻的朱子格言路牌，我生出与朱熹邂逅的恍惚。确实，文公山不仅有朱熹的祖墓，烧炉煮茶的廉泉，还有吟诗赋词的半亩方塘。一代理学大师的文脉所在。坐在积庆亭休憩时，我想，这里的每一棵树里，每一丛草中，每一块岩石上，一定都停留过一个静默而深沉的灵魂吧。

从文公山到白鹿洞书院，千百年的历史进行了一次次的衔接，激起我对朱熹的怀念和对白鹿洞书院的向往。

宋淳熙六年三月，朱熹以秘书郎授知南康军事的身份来到庐山市。一到任，他便查阅资料，亲往庐山“白鹿国学”遗址踏勘。鄱阳湖畔耸立着这样一座天赐的花果松柏清泉美石之山，那就不仅是给养，也是启示。环视四周，朱熹感叹：这的确是个“无市井之喧，有山泉之胜”的读书讲学的佳地。难怪唐朝李渤兄弟选此隐居理道，并驯养了一头白鹿为伴。因而，朱熹在兴复白鹿洞书院时，对周边环境进行了精心规划和整治，使湮没沉寂百年的白鹿洞书院誉满天下，留下了陆九渊、王阳明、李梦阳……多少文人墨客的履痕，层层垒叠。

伫立书院，清风徐徐，山中弥漫着淡淡的烟岚，清旷幽远。礼圣殿、泮池、御书阁、明伦堂、朱子祠、思贤台、崇德祠、延宾馆……古朴庄重的建筑，错落有致地坐落在苍松绿树之中。顺着山势走，有条古代的小路，松老横，鸟啼唤，雾薄，苔滑，没遇见人。清澈的贯道溪沿着小路淙淙流淌，走过小石桥，溪流忽然露出底，两块崖石，如从天降，上有朱熹题刻的“枕流”“漱石”大字，一笔一画苍凉雄劲，纵观书院内那文采纷呈的匾额对联，那数以百计的勒石古碑，那疏密葱茏的泉石嘉木，我感受着一股浓郁肃穆的文化氛围。

书声琅琅的书院，朱熹理学的冶炼基地。《白鹿洞书院揭示》也称教规，这是朱熹对书院教育的指导方针。《白鹿洞书院揭示》的卓越在于它将教学要求、学术研究、学习方法、道德品质的培养融为一体。肃立在绿叶婆娑的桂花树前，凝视着“紫阳手植丹桂”石碑，我默诵《白鹿洞书院揭示》。声音穿越漫长的时光，在青峰秀峦间轻轻回荡。我在心中呼唤留有乡村记忆的思想家从梦呓中醒来，回到婺源，那里有他的根。

春日的一天，朱熹从白鹿洞书院回乡祭祖。在文公山程氏夫人的墓周，他亲手种下 24 棵杉树。如今，这些树只剩下了 16 棵，高大挺拔，成为朱熹与故土根源的象征。他泪流满面，颓然仆地，头发拌和在泥土里。使他哽咽不止的，是一颗油然而起的赤子之心，在这颗心面前，所有的苦痛都无足轻重。天边巧云翻卷，朱熹立尽斜阳。其实，即使他回到白鹿洞书院，他的思想土壤还是在婺源。梦里的情景是村庄、泥土、庄稼、河流，还有在这片土地上辛苦耕作生生不息的乡民。乡土即本土，只有从故乡的土地出发，才能到达他乡。对朱熹来说，他乡不是别的，乃是思想的真谛。

朱熹的哲学思想形成可以分为两条路径：一条是从现实生活的为官、教学实践中而来，充满心智闪动的晶莹透明；另一条是游历探究、秉承“二程”，集大成提升而来，透出丰富深刻的寓意哲理。在这条路径上，他更多地从理性入手，通达人的心灵。沿着这条路径放眼中国儒学的发展历程，可以看到，朱熹不仅是一位坚持读书育人的教育家，而且是一位在人性探索上有独特见解的思想家。在我的理解中，格物致知说，是朱熹哲学思想中最有特色的一部分，成为他著作的核心。这方面得益于他从青年时代以来的好学与积累，得益于他透析社会关注国家情势动荡的冷静与深思，还得益于他多年来致力于教育事业的见识与胸怀。

“半亩方塘一鉴开，天光云影共徘徊。问渠哪得清如许？为有源头活水来。”朱熹这样的人，活得认真，对人生常常发出深刻的感慨，感慨发而为诗篇，他的诗作数量有限，却能打动不同时代的读者。由此诗可见，朱熹哲学思想的活水来源于故土。遗憾的是，他对理想的拥抱与所处的时代构成冲突，最终忧愤而死。站在半亩方塘前，我感到正在接近一个能量的喷泉，水花四溅。

温州的踪迹

最初知道温州源于一个传说：公元 323 年，郭璞选址始建永嘉郡。建郡时，有一只白鹿衔花跨城而过，所到之处一片鸟语花香、祥云腾飞，故温州又名“鹿城”。公元 675 年称温州。温州历史上以手工业发达著称，是青瓷发源地之一，造纸、造船、丝绸、绣品、漆器、鞋革等在历史上均有一定地位。南宋时被辟为对外通商口岸。

抵达温州，繁华的街道，拥挤的车流，密集的高楼，令人目不暇接，但它不是这个城市的全部。如果要对这个城市真正地了解，必须要深入地直接融入市井街衢中。温州有一条母亲河瓯江，有清澄的楠溪江，有雁荡山的大小龙湫，还有那么多的山泉溪流。有水就有灵气，山川多梦，有梦就有希望。当然，这希望更寄予未来。

江心屿与山水诗

江心屿，横卧在瓯江之中，绿树葱翠。东西双塔，屹立于孤屿，遥相呼应，绘出江心屿的优美轮廓，成为温州的一个标志。

据《温州府志》记载：“孤屿原为两岛，东西对峙，中贯川流，其间有龙潭，深幻莫测。南宋绍兴一年（1137 年）奉诏而来的蜀僧青了，率众抛石填塞中川，二屿合而为一，并兴建中川寺。”

“东晋山水称永嘉”，政治中心的南移让温州第一次出现在文学领域中。永嘉郡首任太守是玄学家郭璞，王羲之、孙绰、谢灵运、颜延之、裴松之等先后出任。南朝时的“山中宰相”陶弘景也隐居在温州陶山。温州的山水之美并不是从魏晋开始的，但魏晋文人用自己独特的人生观解读了这片土地。

晋宋永初三年（公元 422 年），南朝大诗人谢灵运被贬，任永嘉太守。在此，他开创了中国山水诗派。温州的青山绿水激发了谢康乐的诗情，他陶醉其中。为了捕捉每一处的大自然风光，谢灵运发明了一种登山“木屐”，世称“谢公屐”。他一路游赏，一路思索，一路赋诗，分别留下了《登池上楼》《登江中孤屿》《过白岸亭》等诗篇。唐代诗人孟浩然也来过温州，尤其对江心屿的水光山色赞不绝口，写下诸多应景抒情的诗篇。后人为纪念他，在孤屿建了“浩然楼”。从此，文人雅士来江心屿必登楼观潮，“江心十景”中有“孟楼潮韵”一景。北宋时，诗人杨蟠任温州知府写下《永嘉百咏》，从诗中我们不仅领略到古温州的诗景画境，也了解在当时，温州已是沿海知名的贸易城市，商业发达，有“小杭州”之称。还有南宋著名的政治家和诗人，温州人王十朋，著有《梅溪集》。陈亮、陆游、文天祥等诗人也为江心屿抒写了诗篇墨迹。

谢灵运一生仕途失意，但他以永嘉山水的灵性拂拭了心灵上的愤懑和忧思。通过对“山水主题”的反复吟咏和挖掘，实现了对中国文人精神世界的传神写照，具有富丽而丰沛的艺术内涵。谢灵运对理想的拥抱与他所处的时代构成冲突，他的处境是尴尬的。他在江心屿临水而吟：“乱流趋正绝，孤屿媚中川。云日相辉映，空水共澄鲜。”英国诗人华莱士·史蒂文斯的话可以表达他的心声："诗歌的可贵之处在于它是以一种内在的暴力，为我们防御外在的暴力。这是想象力在抵制现实的压力。"诗人不可能逃避现实的逼近。诗，也是雅致、忧伤和微不足道的。但诗有其自我证明的力量，它至少可以让你站在江心屿，面对着潮水澎湃的瓯江放声呼喊。很难想象，一个诗人，竟是不能从云气之相激山峦之跌宕来体会诗歌的。

很多诗人在他们置身其中的历史文化遇到大危机时，常常离开第一人称单数，走向第一人称复数，这就产生了"永嘉诗派"。南宋永嘉诗人徐玑（号灵渊）、徐照（字灵晖）、翁卷（字灵舒）、赵师秀（号灵秀）互相唱和，称"永嘉四灵"。他们的人生态度是"爱闲""安贫"，诗歌题材局限山水，追求野逸清瘦情趣。

在社会纷乱、人们的精神需要解脱，追求美好理想的时候，谢灵运的山水诗创造了含蓄、典雅、纯净的意境，对应了当时社会文化心理的希冀与向往。他在《登永嘉绿嶂山》中形容山林"澹潋结寒姿，团栾润霜质"，在《登石门最高顶》中说自己"心契九秋榦，日玩三春荑"。他的诗是一幅幅清丽秀雅的水墨画，这画以绿色作底色，黑的屋脊，白的墙壁，蓝天下的大海、溪流、山岗，满布自然传送的馥郁色彩，明亮透彻。康乐公人生几度沉浮，终不能以康乐善终，但他为这片土地定下的诗歌基调，在后人的作品中一再复现，如同千年过去，江心屿的那口宋井，井水依然清澈甘冽。

站在谢公亭，对岸灯光影影绰绰，江水平静如镜，让你感觉不到这清醇碧秀的瓯江水还在流动。回望孤屿的景色，即便在经济快速发展的今天，依然保留着谢灵运任永嘉太守时的清秀。"高峰入云，清流见底。"一座名副其实的诗之岛。

古老的村庄

走进位于鹿城区临江镇的驿头村，眼前的景象仿若一幅水墨画。青山绿树间，掩映着黛瓦白墙；小桥流水畔，跃动着欢快人声……

驿头村，一个原本名不见经传的村庄，由于宋代在此设立驿站，故称驿头。近年来因为一位有着中国血统、温州血脉的传奇人物让·平（加蓬外长）而声名远扬。让·平对驿头村有着深厚的感情，曾三次回乡寻根问祖。驿头村背山面水，村民多数为程姓，系宋代理学家程颐的后裔。为了纪念让·平对中加友谊所做的贡献，驿头村民修缮程氏故居、建设中加友谊馆……

绵密的细雨，简朴的老屋，地上青草蔓生。让·平停留在第一次返乡后对故乡记忆的梦呓中，梦里的情景是泥土、岩石、河流、山冈，还有长期在这土地上生存的动物、植物，更重要的是人。

因为这宽广的土地，因为这土地上蓬勃茂盛的庄稼，因为这淳朴善良的乡民，短暂的故乡之行值得永远忆念。

老屋门前，有一条涓涓的河流。河水流过河底的碎石，高唱着歌儿向前奔去。坐在石头上，用心倾听，无人弹奏的鸣琴般的声音，悦耳动听。远了，远了，依然隐约可闻。

夜半梦醒，潜心聆听，似乎仍能从远方听到这样的声音。

到双潮乡时，雨还在下着。天色更加阴沉。

一望无际的田野，麦浪滚滚，生机盎然。芬芳的山风，氤氲的水气，清新滋润。连绵的青山，被雨水与雾气遮掩隐去了山头。潺潺的龙溪，蜿蜒于高山深谷之间，曲折而下。溪水缓流，不时有浅滩，转眼溪流变得湍急，卷着朵朵白花哗哗地冲泻而下。河岩上的大树根深叶茂，青葱交错的枝条一直平伸向河对岸。

村口的长廊依水而建，廊下挂着红灯笼，和参天的古树绿影相映衬。

老人倚栏品茶下棋，孩童在廊下追逐嬉戏，农妇在河埠头洗衣，悠闲自在。村内环境甚是清雅。民居多木质结构，参差错落的屋顶，朴实素雅的形态，路道、房屋、亭榭、祠庙、老街，显示出浓郁的古意。走在被雨淋湿的青石板上，可以听到脚下细碎的溪水声。

双潮乡是一个蓄志修身传统深远的生态村。在大大小小的山峦间，在纵横交织的泉水溪流间，一定会有一些寂寂无声的有趣人事。倘若兴致再高一点，就该过了小石桥，沿着灌木丛生的山道，溯流而上，去寻访山间的廊桥和农家小屋，去寻访密密的山冈和深深的树林，也许草丛中的花斑蛇会与好奇的你在山间不期而遇。

这个看似偏僻的地方，盛产茶叶、杨梅、花木、粮食，却从来没有断绝与外界的文化交流，而外界的文化又与当地的文化融为一体，与青山溪水融为一体，转换成为那种尊重传统、坚强、敬畏、朴实、不为强力所转化的人的力量。居住在这里的乡民，每天过着简单、安静、缓慢的农耕生活。

天晴时，在这里晒晒太阳想来惬意。这当然是一部分乡民的习以为常的生活内容，却也是巨幅水墨画中隐现的一抹洇痕。这洇痕之外的大片留白，正是许多城里人周末来此所想感受的阳光和温暖。

街巷与传说

温州街巷的形成，与古城布局有直接关系。永嘉太守郭璞采取依江、负山、通水的原则，为温州古城设计了东庙、南市、西居、北埠这个布局。江南水乡的其他城市，也有类似布局，称“棋盘街”。一条街巷的名称不但关系到它的存在价值，更重要的是体现出它所在区域的政治、历史、经济、文化和地物地貌的现实情况。

温州城区的许多地名非常古老，历经风雨的洗刷，城市概貌已今非昔比。比如它原有的设计精巧的排水系统，城区街衢的分布，新城老城的演变，还有美丽的池水亭台。可惜一切既已失去，也就无法加以复原。但透过高楼大厦的缝隙，留意这些街巷，还是可以看到当年温州百姓的生活情状，特别是他们的精神面貌。至于那些富含传奇、名人逸事、神话传说的地名更是宝贵的地方文化遗产。它们深藏的内涵就更会引发人们探究的兴趣了，比如蒲鞋市与五马街的传说。

从前，温州是一片汪洋大海。住在海边的百姓靠捕鱼捉虾过日子。有一天，东海龙王外出，看见百姓在海上捕鱼，发怒了。掀起狂风恶浪，落下大暴雨。不久，海水上涨，淹死了好多人。达摩和尚去西天取经路过温州时，听见这里哭声连天，就歇下脚去询问。人们向他哭诉。达摩和尚与龙王理论不成，便打了起来。从龙宫打到海面，打了三天三夜。龙王一失手，被踢翻在地。达摩用尽力气踩了下去，龙王疼痛难忍，不停挣扎。达摩却越踩越重，他的那双蒲鞋，也深深地陷了进去，再也拔不出。以至达摩到西天时，还赤着双脚。从此，温州就没有被海水淹没的危险了。为了感谢达摩，温州百姓把蒲鞋陷泥的地方，取名蒲鞋市。这个名称一直流传到今。

五马街的由来与王羲之有关。相传王羲之任永嘉郡太守时，经常乘坐五头马的马车出入这条街坊，每当路过时，百姓老少都在街路两旁迎奉请恩，由此人们便根据这个典故，将坊名命名为五马坊。自唐宋以来一直沿用，于清代开始改为五马街。在温州的街巷我们如果不听神话，没有接受神话的情怀，那么，可能就失去了与这个城市深层沟通的可能性。

地名或许与地点重合，比如“朔门街”，但它本身不等同于地点。地点是个生活空间，繁殖记忆与情感，承载着人生的活动和岁月的内容。比如什刹海、南锣鼓巷、梅兰芳故居，即活色生香的地点，去了便会收获你想要的。再比如传说中的香格里拉，是个被精神命名的地点，而非地名——永远无法抵达，但不影响其诗意的存在。

安静平和的朔门街藏匿在望江路高楼的背面。东起水门头，西至解放街，是目前温州旧城中保留最为完整的一条老街。明清时期，朔门街就是温州著名的商业街。因为紧靠瓯江的南埠头，朔门街成为北向进城的通道，人们一停船上岸就直奔朔门街，这里南货、水产、糕点、香烛等应有尽有。走在街上，游人如织。银色的月光漫过屋檐和门楣。穿过牌坊，书店、古玩、画廊、酒吧、剪纸等一家家店铺，灯火通明。在夜色中，坐在茶馆喝茶，有种逝水流年的感觉。

在以后的日子里，我们会想念瓯江的水，想念透过雨玻璃望出去的山朦胧水朦胧，想念迷人的神话传说；但是，在最想念的那一切中，还包括朔门街的一小爿茶馆、院子里的一株紫藤和摆放在茶座间的那株茶花以及它枝头的那些红艳艳的花朵。

方言与戏曲

了解温州的历史与文化，首先要从语言开始。但温州话实在是难懂，更难学。通常所指的温州话，即温州市区、瑞安、乐清、永嘉、文成、平阳等地的瓯语，狭义的则专指温州市区一带。在今天，城市中心与边远小城的语言区别在抹平，甚至穷乡僻野，说起话来都差不多，失却了语言的丰富性。温州方言显得尤为可贵。千百年来，它一直依赖老百姓在长年累月的劳动和生活中所提供的营养，在口语交流中不断扩充与提炼，形成了具有浓郁地方色彩的区域词汇。对远离家乡的华侨来说，“乡音让人有精神上的认同，有家园意识”。

温州在秦汉以前为瓯越之地，属百越的一支，说的话是一种古越语。它与北面的齐国不能通话，与西边的楚国也不同语。宋末永嘉戴侗《六书故》大量采录家乡的温州方言俗语俗字俗音，充分表明当时温州话已很近今语。温州方言与温州“俗俚”，是风趣的，直感亲切。其中，尤以四字俚语最为精彩。词尾重叠的多为儿语，为牙牙学语提供方便，如火萤光光（萤火虫）、蜻蜓公公（蜻蜓）、蚱蜢酸酸（三叶草）、花狗噜噜（狗尾巴草）、拜佛珠珠（念珠串）等。

温州方言属吴语系统，其语音、词汇、语法等与普通话有很大不同；与苏州、上海、杭州、绍兴、宁波等地的北吴语也有不少差异。温州话中既保留了很多古语古音，也含有许多当地的土话土音。这些表达力极强的文辞，是从长长的文化河流里漂来的、深深隐藏在民间、没有被现代激流冲散的文明的硬结。温州人哪怕在一些重要的场合，也说外地人听不懂的“土语”，自然大方。有个中年男子，几乎每天用温州方言为大家讲故事，饶有情趣。

昆剧入浙甚早，明嘉靖二十八年（1549年），杭州已演出昆剧《浣纱记》。温州是南戏的故乡与海盐腔的流域，昆剧入温与原有的南戏声腔“温州腔”“海盐腔”等结合而产生颇具特色、有异于“水磨调”的“永昆”，被人誉为“南昆北昆，不如永昆”。

永昆《荆钗记》800多年前孕育诞生于温州的南戏，与《白兔记》《拜月记》《杀狗记》《琵琶记》被公认为中国文化艺术宝库中的瑰宝。表演艺术古朴、自然、明快、讲究生活真实。丑角道白多用温州方言。

《荆钗记》叙述的是南宋时期，温州士子王十朋家贫却才高，至诚至信。与邻近朔门巷女子钱玉莲青梅竹马。玉莲拒绝五马街豪富孙汝权求婚，以荆钗为聘，和十朋结为夫妇。未久，十朋赴考得中状元，丞相万俟欲招为女婿，遭拒。孙汝权得万俟授意，暗将十朋的家书改为休妻之书。玉莲接信后万念俱灰，投入瓯江自尽。十朋得知妻亡，痛不欲生。万俟为泄恨将十朋从富饶的江西饶州改调到穷僻的广东潮阳为佥判。十朋只得携母上任。玉莲被原任温州太守的福建安抚钱载和从江中救起，收为义女，带往福州，喜闻万俟逼婚真相，却又复得现任饶州王佥判病死消息，误以为十朋亡故，悲痛欲绝。五年后，万俟遭贬，十朋擢升江西吉安太守，上任前绕道温州，至江心寺追荐亡妻，恰逢玉莲也按例来寺拈香悼夫，两人惊疑如梦。当元宵夜千盏红灯映亮瓯江时，夫妻以荆钗为凭，重新团圆。此剧情节跌宕起伏，唱腔委婉柔转，让人回味不已。

除了“永昆”，温州乱弹也为古老剧种之一，又称“瓯剧”。瓯剧语音是温州方言加中州韵。俗称“乱弹白”或“书面温语”（温州官话）。瓯剧《高机与吴三春》在浙南民间广为流传。相传明朝年间，平阳手艺高超的织绸工人高机，受雇于龙泉富商吴文达，在吴家织造瓯绸。与善于刺绣的小姐吴三春相爱。因其父不允，两人私奔，曾到江心屿的樟抱榕下，最后双双殉情而死。一个凄美的爱情故事，以瓯剧演绎，声色俱全，让人一掬同情之泪。

“永昆”与“瓯剧”长期扎根民间，结合温州方言与里巷歌谣、村方小曲等民间音乐，生长于农村的庙堂歌台……几乎都依赖于温州方言才得以显示它的魅力。一旦这种方言消失，方言赖以依存的文化也必然随之消亡。试想，假如有一天苏州方言不复存在，那么，被联合国教科文组织宣布为“人类口头非物质遗产代表作”的昆剧也就失去存在的依据了。

狄更斯在《双城记》的开头说：“这是最好的时代，这是最坏的时代；这是智慧的时代，这是愚蠢的时代……这是希望之春，这是失望之冬。”在星星点点闪烁的灯火中，一条弯曲的大河瓯江穿城而过，江心屿上屹立着东西双塔，为来往的夜航船引导航向。同样，作为温州城市的标志与象征，它照亮了温州的发展踪迹，使温州的未来充满了希望。不论是一个人，还是一座城市，都要有自己的骨根。温州的骨根还在于它的文化。它是一种工商文明，与热烈而浪漫的山水文化融合一体，夹杂着大海的潮气扑面而来。这种文化在经济发展过冷或过热时都不太能找到合适的土壤，只是存在着，暗暗积聚着生命中的一部分能量。温州经济的腾飞，要依靠这片土地，依靠这片土地上的温州人自己去把握。看来，只有让这种文化不断积累，才能获得成功。尽管这种积累是一个更复杂更艰难的过程。

玉　品

认识杨曦，很早。依水傍河的平江路，一座石桥有些年头了，过了这石桥，就是他的玉雕工作室了。后来，他搬到了苏州博物馆北面的齐门路。在那里，我又认识了他的朋友李敏。前两年，工作室又搬了新地方，轩敞明亮，还在齐门路。

对我来说，交了他们这样的朋友，自然也常去店里，因此，结识了不少爱玉之人，其中不乏经商的。他们不住赞叹杨曦绝伦的技艺，经常许下重金请他雕玉。李敏也是经商的，但心中磊落，一无所求，在杨曦面前态度不卑不亢，平和自如。

店堂当中，摆着一张方桌。

桌子上有茶具：一把宜兴紫砂壶，两只细瓷白茶杯，都盛着酽酽的红茶。

桌子这边，杨曦坐在一张椅子上，低着头，用笔在玉石上画着图案。

他很瘦，穿一件月白色对襟布衣。相貌眉目清净，手指因为常年雕玉的缘故，有点粗糙。报刊上发表他的照片，大都有胡子。他目光炯炯，深沉。

桌子那边，坐着与他年龄相仿的李敏，他的面容现出诚实和忠厚的品性。他时常用一杯茶润润嗓子，微笑。他正在翻看新到的一本《国家地理》杂志，他喜欢旅行与摄影，去过许多地方，包括南极和北极，还喜欢苏州园艺。

真奇怪！

他们两个人——画画的他和看书的他——忽然同时觉得这书的某个地方有趣，会同时抬起头，他的眼睛离开手里的玉石，他的眼睛离开那本杂志，四只眼睛发出饱满、快乐的光芒，你看我，我看你，说一两句话，相视一笑，又低下头，画画的画画，看书的看书。

四周的空气是那样的平静、清凉和安宁！

我站在店门口，看着这样的情景，想了想，还是原路折返。

从前的雨天里，架子上栖息着灰鹦鹉，双眼骨碌碌地转着。屋外穿套鞋的脚踩在水洼上，一枝粉红的桃花出现在半明半暗中。可惜，听不到鹦鹉的叫唤：

“欢迎光临！”

我轻轻推门走了进去！石缸里游弋着朱红金鱼。旁边置放着一大盆兰草，绿意迎人。玻璃橱柜里，各种玉器，琳琅满目。白玉、黄玉、墨玉，上面雕琢出如意、灵芝、蝙蝠、金蟾、松、竹、梅、鹤。花好月圆，福禄寿全。

我坐在店堂里，气息宁静。来店里的人很多，侃侃而谈者，可真不少。像老俞，聪明绝顶，问题刁钻而有深度；像姚力，天生有一张利口，穷追猛打，鲜有对手；像童莲敏，她是李敏的妻子，说话有机锋妙趣，精彩；又像吴芸，坦率热诚，笑口常开，稍觉不对，就杠上杨曦，要求作出论断。相形之下，李敏与杨曦的问答显得单调无趣得多。他问问题，平易简短，难见惊人语。杨曦答后，也不追问，即便追问，寥寥数语，点到为止。李敏的静默，是因为心里明白。

《杨曦玉雕作品集》的扉页是一张放大的照片，印象深刻。杨曦和李敏站在江枫园的荷塘前，随意、散淡，身后衬着一大片碧绿的荷叶，层层叠叠，绵延无边，其间开着亭亭的白色的荷花，冰清玉洁，余香阵阵。让我不禁想到了艺圃。

专诸巷附近的艺圃，不大，却有味道。用袁宏道的话来说，“俱有林下风味”。我喜欢坐在假山石上，看水面，疏朗幽远。从浴鸥的圆洞门进入，芹庐、南斋、香草居，院墙一波三折，百看不厌。这是文震孟的园子，也是文震亨的杰作。艺圃的造园，杨曦的玉雕都有一种味道，这种味道需要意会。

我觉得杨曦不像是现代人，倒更像是伍子胥时代的，很清高，又十分重情，但一点也不懦弱。他的玉牌大气，雄强，刚处柔，柔处刚，又不露痕迹。

有位客人推门而入，一声不吭地买下了杨曦的新作《马》牌，他确有一双相玉的慧眼。玉牌上的双马，膘肥肌健，四蹄飞骧。既有着汉八刀的洗练，又深得唐韩斡画马的神韵。杨曦雕刻的骏马，借助了唐代传奇的背景和绘画。也许，只有这样的题材，这样的技法，才能传达他对趣味和智慧的解释。我一直很想知道，当李敏望着杨曦心领神会之际，那又是怎样的一种眼神？

李敏看上去是随和的、静默的，他把多年来收藏的杨曦玉雕作品，用丝绢包了一层又一层小心放置起来。那些收藏，都被他一件一件地拍了照片，没有丢失，没有损坏，也没有拍卖。有时，拿出来和童莲敏一起慢慢欣赏，一种愉悦的享受。

一根根碧绿的兰叶劲挺、舒展，迎风摇曳……把件《幽兰》，雅致，像是信手拈来。褐红色的湖石旁，枝叶扶疏的兰草，抽枝吐蕊。空灵，幽寂。

风雪中，点点簇黄繁枝蜡梅，千花万蕊，疏影横斜。挂件《傲雪梅香》，清雅。风情撩人。枝条潇洒劲拔，花朵迤逦百转。冷香，绝俗。

“玉有五德：仁、义、智、洁、勇。玉雕者如是追求，求玉者门庭若市。”我在《访玉雕者》这篇文章里曾这样写道。仔细想来，其实是意有所指的。

玉有什么用？人的一生像微尘一样轻；美有什么用？刺绣或者绘画、音乐，带给我们的美感与惊喜，是擦过皮肤的战栗。

所有无用的东西，都是有用的，就像一个美好的春夜，也许它真正的、唯一的用途，就是万籁俱寂。

跟着李敏的身影，我踏入南石居。假山、水榭、罗汉松、海棠、杏、石笋，杏花烂漫，初阳淡抹；芭蕉油绿，浅画成图。还有回廊里的海棠花瓣，点点滴滴，惹人醉。他折转月洞门，枝头传来一声鸟鸣。我眼睛透亮：别有洞天。

在杨曦的手上，玉石犹如面团，几乎不假思索，便妙手天成。人们在茶余饭后传说着杨曦的奇巧技艺。对于仿制的赝品和获奖的褒美之词，他往往置之一笑。

站在朝爽亭，隔着逶迤的云墙，看橙黄的枇杷。枇杷晚翠。苏州的玉文化里有一种品质，内敛成熟的品质，它接近黄金般的秋天。

荷木居

每次经过荷木居，总要进去看一看，也不一定要买什么。

我平时喜欢说“荷木居”，从来不说“蒋荷珍的店”。一是那么说啰唆，二是给人美的想象。虽然蒋荷珍的店那么小，但在我心中，它是一颗滚圆发光的珍珠，从清澈的河水里拿出来，不留一滴。

走进她的小店，我想到两句诗：室雅何须大 ，花香不在多。虽然普通常见，但是用在荷木居合适。她那一间店面也说不上幽雅，除了过年插一枝山茶，端午菖蒲艾叶，八九月或者一朵粉荷，一枝金桂外，实在没有应季花卉，就随意插一丛天竺、两枝芦花。插花的瓶是一个老树根，她自己做的，供在一张大理石嵌面的圆桌上。旁边有只小小的铜香炉，后面置一幅苏绣双面台屏。我是习以为常的。你若是喜欢那个树根，想花钱向她买，她笑笑：“不卖的。”她没有遇见过几个这样坚老奇怪的根节，它供在那里已经多年，拿走了虽然荷木居不见得会变了样，但终归有些不习惯不舒服。她没有想太多，卖这个瓶是她从来没有想过的。她只有那么一句话，笑笑：“不卖的。”别的问答她没有。她说：“我给你留意吧，要再遇到这样的树根，会留意的。”她真的会留意，不会敷衍你。有了，她就做好，等你来拿。你自然会发现，因为你几乎天天经过，经过了总要进去看一看。

荷木居里堆着、架着、钉着，各种各样的物件，留出来的每一空隙都是必需的。从这些空隙里比从那些家具摆设上更能看出她安排的细致、用心、思想，还有眼光，眼光的练就与独到之处，从中你可以深切体会到一个苏州传统手艺人是以一种怎样的心态来对待生活的。

店门口一架红酸枝四折屏风，又高又重，却精致耐看，无法想象它可以用到什么时候。那是永远也不会移动的，简直是从地里长出来的，一个稳定而不表露的生命。放了这么多年，光滑温润，斧凿痕迹根本摸不出来，接榫卡缝处丝丝吻合，木理依稀可见，仿佛天生的一架屏风，不是一块块木材拼拢来的。多少年了，不摇，也不晃，不走一点样。屏风前有一只高脚白瓷盆，游弋着朱红金鱼。店堂里错落有致地摆着罗汉榻、闷户橱、花几、翘头案、多宝格、南方官帽椅……紧凑而不过分杂乱。低梁木雕长漏窗上，拴着海棠花型缂丝团扇，背后有一个小门，通进去就是她的工作间。最多三个平方，西面是个蟹眼天井，悬着几盆葱郁的吊兰，可以看见一点云，一点蓝天。下雨天，雨水流在浅浅的阴沟里，漂着两片桃花瓣。地上的花盆、藤篮，种着多肉植物。条桌上平摊着一大堆工具，大大小小，长长短短，长凿、圆凿、平凿，她每天静默地坐在桌前，低着头，两只手不停地摆弄各种工具，在木块上刮刨、削斫，不断发出轻快柔驯的细碎声音。偶尔有小风吹过，她抬手掠一下头发。

她懂得对木料的巧妙把握，因材施用，顺其自然。不几天，工作间便出现了一枝惟妙惟肖的莲蓬，一朵荷花状的香插，还有一柄象牙镶的如意。往往，这边东西还未放到店堂里，那边已被识货的老顾客直接拿走了。那么，她吃饭的碗筷又放在哪里呢？条桌上方的白墙上，她挖开了一块，四边钉板，安装两扇小门，就成了个柜子。柜子分成几格，不但碗筷，她的茶叶罐、手绘的图样、订货的底稿、护肤的瓶子，还有老花眼镜，全都有了妥妥的停放处。屈半膝在骨牌凳上，可以方便取得。我小时候很希望能有间那样的屋子以及那样一个柜子，觉得非常有趣。她的小叶紫檀，黄杨木段，黄花梨红酸枝花梨木材料则被搁在一个特制矮木架上，堆得有些凌乱。乍一看，木架的支脚伸出宛若工笔画中栖鸟的折枝，恰好可以挂一个蝈蝈竹笼子！

她年纪不太大，赶完活，叹一口气，歇一会儿，有时想想生意，有时想想女儿的婚事，也想想老平，想得温暖美好，不管将来是否惨淡安和，总离她还远，一点不迫切。当然，她难得也会急促地呼吸，彷徨不安，但并不突出。很快，她的气息就平静下来了。毕竟，她已经过了人生的峰巅。但她不是那种一步即跌入老境的人，她只是缓缓地、淡淡地，从容地与她店里的家具厮守。冬日，天阴阴的，蒋荷珍倚靠在门侧的高几旁，穿了一件黑毛衣，颈间戴着一片翡翠叶子，水绿、透明，让经过的人眼前一亮，这大概就是我喜欢的荷木居的颜色吧！

秋天，在拉市海看鸟

秋天，在丽江拉市海是看不到成群的飞鸟的。

那一天，我骑马穿过一片金黄色的向日葵田到拉市海。第一次看见拉市海这片幽蓝色水面时我激动万分。它明朗又迷幻，散发着一种气息，清新、充沛，这是生命本身的气息。从前，我见过许多更大更美的湖，但都不如那一天的拉市海让我激动。

从那天起，我爱上这片湖水，包括水边的山峦、草树、庄稼，还有村庄。应当说，冬天才是拉市海看鸟的最佳季节。现在，正是初秋。但这并不妨碍我的心情。秋天的树叶与月亮，冬天的落雪与飞鸟，我真想把这些景色用诗描述出来。

我坐在船上，船夫把船慢慢划入湖中。极目远眺，青山连绵起伏，山的影子随着水波荡漾在蓝色的湖面上，透过层层山峦可以望见玉龙雪山闪耀着光芒的尖顶。湖水很清，淡紫色的海菜花寂寞地开放，银色的小鱼在水藻间若隐若现。我忧郁地看着近岸美丽的坡地，坡上绿树郁茂茁壮，牛羊悠闲地吃着青草。

合上眼，湖水和景色一起消失了，只剩下船轻轻摆动，像摇篮，或者其他与岁月有关的事物。幽蓝的湖水得不到大地的呼应，呼应它的只有天空——阴霾的天空。云色昏暗沉重，说不清在天上还是在水里。偶尔有一两片尚未遮蔽的云洞，露出明媚的蓝天，一束金色的阳光恰好由那里直射下来。很远的地方，几只白鹭展翅飞过这个蓝色的湖泊，它们要飞到哪里去？

这时，我听到一声鸟的鸣叫，婉转动听，像藤蔓般开遍湖岸的柔丽海菜花。一只黑颈鹤轻盈优雅地落在水面上，体味着日渐稀薄的夏意。

我感到一阵喜悦。

我尽情亲吻着从湖面上吹来的湿润的风！

在无边的荒凉中，我有些莫名的感动。这片湖在鸟飞翔的高度，以其婀娜的身姿、潺动的流水以及没被玷污的、源自久远的幽蓝，向万物证明它具有一种原始而强悍的生命力。

拉市海是充满希望的，它从不放弃水边的一株草、一棵树、一畦庄稼、一个村庄，它为此骄傲，认为完全值得，认为那在它浇灌下生长着的每个生命都是美好的，都是值得珍惜的。这片湖有着一颗母亲那样明亮的心。

鸟儿愿为一朵云，还是云愿为一只鸟。这是泰戈尔的诗。他的诗纯净、透明。他写诗像天真的小孩子在说话，完全没有城府与戒心，信任面前所有的人。泰戈尔的诗里写过一只无家可归的小鸟。

在拉市海这片陌生的湖泊，我得到了安慰。当我再次念诵着“无家可归的小鸟”，心里晴朗了。感觉离天堂很近。我确信是有一片湖可以栖息的，是有了天空的方向的。

返回的时候，对面驶过一艘船。香味扑鼻，戴草帽的船夫在烤鱼。他热情地招呼，问我要不要来一条。我摇了摇头。这些船夫，他们原来都是住在附近村子里的渔夫，时常骑马到山上那些孤寂而神秘的林子里跑得老远，直至茶马古道。

我用一种与世隔绝的目光欣赏着拉市海，这片宁静诱人的湖水。船夫用力地划着船，唱起了古老低沉的纳西歌曲。与开头唱的是一支同样的曲子。秋天的拉市海在我的记忆里，就成了那支曲子。曲子里有芦苇，有海菜花，还有美妙的鸟叫声。

夜晚，我靠坐在束河古镇的小酒吧，与歌手合唱《神话》。灯火飘摇中，我仿佛看见冬天成千上万只候鸟从北方迁徙飞来，在湖面上翩翩起舞，景象壮观。

拉市海是一个神话。

听鹂深处

在杭州，在西湖，一座园林穿过岁月风尘在等我。

她一定等了很久，像我寻她一样。

杭州旅游地图上，西湖畔那个绿豆般的浓缩圆点，像一粒瑶池的莲子，洒落在人间。背倚孤山，面临西湖，自古便是浏览胜地。圆点慢慢放大，放大成一片典雅秀丽的山水，西泠印社秘藏于密林绿草间。

我们一行，第一天游西湖就错过了西泠印社。寻到她时，我的心颤了颤。园林虽小，但不寻常，她的存在如一个念想，一个物证，点石成金。时光流转，这个百年篆刻民间团体，已成了一方印学圣地。

西泠印社以一种地域的标志，覆盖着尘世的传奇。一次冥冥之中的寻访，仿佛有一个美妙动听的声音一直在引导我们，进行一趟久远的时光之旅，需要我们溯流而上，去探索篆刻艺术的源头和身世。

我的眼睛很快被忙碌的脚步晃乱，一些衣衫整洁的人穿梭在我们之间，那些眼神，那些笑容，那些声音，悠远而安静，只属于春色明媚的西湖。他们携带篆刻工具，当场切磋技艺；他们还准备了清酒管弦，大家兴之所至，或对座畅饮，吟风弄月；或把盏倾谈，笔墨相酬。

是雅集。每一个人的拿手活都被那些古老的印谱、印章带到我们面前来了。每年的春秋两季，西泠印社都会举办这样的雅集活动。雅集是开放的，不论是谁，即使不是印社社员，只要有兴趣都可以参加。

1913 年，西泠印社第一次社员雅集大会上，69 岁的缶翁吴昌硕作为第一任社长出现在人群中，他挥笔写下一副对联：

印讵无源？读书坐风雨晦明，数布衣曾开浙派；
社何敢长？识字仅鼎彝瓴甓，一耕夫来自田间。

“数布衣曾开浙派”，说的是丁敬，他的坐像在汉三老石室前。丁敬是个卖酒的布衣。卖酒的时候，他手不释卷；不卖酒的时候，他去西湖诸山看石刻碑版。丁敬治印，善用细碎短刀，表现古拙笔意。朴质苍深的风格，一洗纤弱俗媚之习，开创了印学的“浙派”先路。

“一耕夫来自田间”，是说吴昌硕自己，他本是浙江安吉乡间一个勤奋刻苦的农家子弟，小名“乡阿姐”。刻印，在吴昌硕不是安身立命的功名之事，而是一种惯性的生活和心灵的轨迹，像蛇走泥留迹，蜂过花留蜜一样，自然而然。看吴昌硕的画、书法、印章、给朋友的信札，他的谦虚和活泼的心性，不要我们折服，只要我们喜悦。

他的画家情肠能够解释何为“赤子”，他的见解足为“独到”二字作笺注。用“一波才支万波随”来评价吴昌硕任西泠印社第一任社长时的盛况非常贴切，在观乐楼我体会到了元好问这句诗的妙处。

青天浑如碧水，绿树成林，鸟语花香。清代显贵李辅耀的住所坐落于此，盛宣怀的别墅也坐落于此。竹树间那些飞檐翘角的房舍真美，时隐时现，尽管年深日久。怪石嶙峋、参差错落的小盘谷原是李家宅院，纳入西泠印社后更是清幽雅致。

大雪纷飞，茫茫一片，只留下一条弯弯曲曲的小路在延伸，这就是名副其实的鸿雪径。在青苔满布的太湖石壁，当年西泠印社的社员们把李叔同常用的93方印章留在了洞里，他们留下的，仅仅是大师本人并不在意的鸿爪雪痕吗？此刻，远的村，近的树，我看见雪花给碧澄的西湖盖上了一层厚厚的棉被，花鸟虫鱼都蛰伏在被窝里，“呼呼——呼呼”，睡得好香啊！想到这个比喻，我有些羡慕它们了。

攀上山顶，我们俯瞰平静如镜的西湖，感叹不已。四照阁、剔藓亭、题襟馆，还有华严经塔和遍布书刻的“小龙泓洞”，汉三老石室保存着“汉三老讳字忌日碑”，与三国魏至明清各代碑刻、画像石，古朴深厚。我料定，这里必是吴昌硕长久驻足之处。暮色沉沉，山间腾起的烟岚之气缓缓向我们拢来，氤氲缭绕。

大自然亲切的触摸使我从小对书画和篆刻有了兴趣，练字作画的动力来自我对它的热爱。站在屋檐下，望着远山连绵黝黑的剪影，内心有一种湿漉漉的情感被激发。像个不识愁滋味的少年，纵然潇洒放棹西湖折尽堤上杨柳，也难以将这一片湖光山色的底蕴参透。

少年时曾两次在六和塔乘渡轮来去杭州湾，俯身船舷，看西湖的清澈碧澄涌进钱塘江的雄浑苍黄，翻滚浪花如雪，水流渐渐交汇，边际越来越模糊，终于在远远的江心，完全混为一色，每一次都让我深深震动：这是两条来自不同源头的江河啊，真的可以融为一体吗？

我喜欢在宝印山房走来走去，如同走在拙政园的拜文揖沈之斋。当文徵明手植紫藤开出一串串碎绸般紫花的时候，我会在午后来到拙政园。我从拜文揖沈之斋穿过，走完曲曲长长的波形廊，便看到了阳光照耀下的虬曲盘旋的古紫藤，花团锦簇，流光溢彩，黄鹂在鸣唱。

她从绿林翠竹间显露，微笑着看我，她与拙政园有共通之处吗？在离她一百多公里的地方，一座苏州文人的山水园林，从我的记忆深处走出来，与眼前这座印人的园林接通重合。我看见五岁的我，七岁的我，十岁的我从一百多公里远的那座园林跑过，黄鹂的鸣唱追在我的笑声与脚步声后。现在，一听见黄鹂啾啾的叫声，那么细柔轻嫩的叫声，我就会不由自主地跌回过去，跌回有着暖暖阳光的春天午后。

海棠未雨，梨花先雪。既然春天花开是这么重要的雅事，不妨让我们悄悄与花相约：花开之日，便是你我动身去西湖与君相见之时。

由岳庙向东，走过钱塘名妓苏小小墓，跨过西泠桥，到达孤山西南麓，一走进这座精美清寂的江南园林，我有一种奇特的感觉。

我的目光顺着她的目光爬进她的内心深处，那里虚掩着一扇门，只需伸手轻轻一推，门就会吱呀打开，婉转动听的黄鹂声清晰传来。

原来，我听这鹂声听了那么多年。

这声音在我梦里，萦绕缠绵。每天早晚两次透过窗户流进来，一声，一声，又一声，是鹂声。

刹那间，我恍然不知身在何处。

来到西泠印社的一共是三个人。我、艳秋，还有燕子，遇上了印社春天雅集。几百人从各处走进印社，园林里立刻满满当当。我的目光伸得很远很远，伸进完结一个多月的春天里不舍得拔出来。那几天真热闹呀，社员们围坐在一起说笑，他们都有一方印章：西泠印社中人。

我没见到印社的大家，包括现任社长饶宗颐，但我见过他画的西湖荷花。于是，晨曦中我看到他一路走进印社的曲院，通向百年前的光阴。当他走出来的时候，那些光阴的安静和悠远沾得他满头满脸。

小龙泓洞有一座小小的石桥也叫“锦带桥”，与白堤上的那座一样。从前的印社社员得到白堤锦带桥上的旧石栏，将石栏移到了这里。

有个年轻人在锦带桥后的缶亭吹起了竹笛，金色的阳光斜照过来，他的笛声在光线里飘荡，清越悠扬。我不由想起印社的四位创始人，他们的年轻和俊朗，对金石篆刻的执着和挚爱。有关他们的历历往事，像清澈的溪流朝着我轻淌而来，溪流所经之处，仰贤亭、宝印山房、山川雨露图书室、石交亭……我们看到一座新兴的江南园林正在西泠印社创始人的手中拔地而起。

华严经塔是西泠印社的标志，塔高二十余米，八面十一级，最下层刻有《华严经文》，末端有弘一法师之偈。中间两层是“扬州八怪”领袖人物金农手写的《金刚经》经文。

落英缤纷，拙政园的紫藤在风雨中凋谢了，也带走了诗人花前月下的吟咏。文徵明的长子文彭用篆刻这种“雕虫小技”延续了春光与诗意，让人沉醉其中。在文彭传世印作中，有一方清丽沉雅的石章，就是“琴罢倚松玩鹤”。这是中国文人400多年前的生活实景。

明嘉靖年间，文彭的好友唐顺之，即荆川先生，辞官在家，过着闲散却自律的生活。他要求自己冬天不生火炉，夏天不扇扇子，出门不坐轿子，一年只做一件新衣，一个月只吃一次肉，这样的日子过得有些清苦。但是，他家有个不大不小的园子，园子里种了一棵古松，还养了两只白鹤，他常邀请文彭来家中小聚。暖风和煦，他们坐在松树下，抚琴玩鹤，长啸放歌。文彭难忘这样的风雅快乐，又感念好友的一番情意，专门在橱柜中挑拣了一块方正的旧青田石，刻下“琴罢倚松玩鹤”六字，赠送给唐顺之。此印由印社社员收藏家葛昌楹收藏。后来，葛昌楹把最钟爱的文彭《琴罢倚松玩鹤》、何震《听鹂深处》、邓石如《江流有声断岸千尺》等43方印章，全部捐给了西泠印社。

“江流有声断岸千尺”，听上去激流澎湃的词组，落在纸上笔画多的多，少的少。有谁想到，邓石如的这方印章竟然是先在炉上烘烤待现出赤壁图后再刻的。章法上，巧妙地把八个字两行排列，使空处愈空，密处更密。他那种丰富多彩的想象力，令我佩服得五体投地。

一场雪后，莲池边的梅花疏疏地开了两三枝，星星点点。远远地经过柏堂、竹阁、印廊，闻见幽远清彻的阵阵暗香，透露出春的消息。

想起小时候，墙角的芭蕉舒展新嫩的绿叶，帘影映出细淡的阳光，照在青砖地上。绣架上绷着月白缎子，我一针一线绣出翠柳黄鹂，黄鹂的毛色绚丽多彩，用了约二十种丝线，针法也烦琐。抬起头，望见两只黄鹂在杏花枝头欢快地跳跃、鸣唱，我静静聆听，渐入佳境——何震的一方印章："听鹂深处"。

明万历初年，何震应好友王稚登的请求，刻下这方印章，送给王稚登的红颜知己马湘兰。

王稚登为苏州名士，是继文徵明之后，主掌吴门文坛三十年的文学领袖。马湘兰是秦淮名妓，琴棋诗画样样精通，尤其善画兰花。

王稚登与马湘兰一见钟情，两人经常在秦淮河边煮酒论曲，赏兰赋诗。结果，王稚登却斩断情丝，以仕途为重婉拒了马湘兰的情意。他所做的只是把对这段情事的眷恋寄托在"听鹂深处"这方印章上。

唐人韦应物用一首诗也写活了一片幽绝恬静的山水春色："独怜幽草涧边生，上有黄鹂深树鸣。春潮带雨晚来急，野渡无人舟自横。"

其实，"听鹂深处"只是一个寓意象征，靠着对春天的呼唤，人们在文化传统上努力去还原一个悠远深邃的风骨的西泠印社。听，黄鹂还在这座园林里，在花丛树荫，在清泉竹影，虽然有些依稀和生疏。

"听鹂深处"的意境就是绵延不绝，山高水长。

暮春三月，院中的海棠如期开放，如粉似霞，花枝横逸出竹叶，在微风中摇曳，映在素白的窗纱上，花影随意一剪便如描画绣本。鸟声啼啭，我在桌前读《西泠印社志稿》，真是冰炭置肠，百感交集。

光绪三十年，篆刻家丁仁、王福庵、叶铭、吴隐，在西湖创立了"西泠印社"，希望印社的发展能摒弃门户之见、海纳百川，将篆刻艺术永久传承。在国破家亡、时局动荡的情况下，他们和那些印社社员，一面体悟着人生的艰辛与困苦，竭力保护印社；一面仍然热诚而细腻地生活着，从不放弃刻印。他们爱西湖、爱金石，爱到了骨髓里。

西湖是风月无边的西湖，西泠印社是以西湖风月镌刻的一方印章，掩藏在历史的尘埃中。初春的黄鹂，啾啾鸣唱，引导我来寻她。

后　记

亲爱的红：

天边的夕阳，映着彩霞，是你爱看的。不知道你经常仰望天空的那个爬满红蔷薇的窗台，如今是什么样子，又是谁倚在窗边唱歌。

我去找你，熟悉的石门一路33弄，熟悉的石库门，门扉紧闭。我曾经无数次地在门扉打开后看到你可爱微笑的脸，可是你不在了。听邻居说，两个月前你已经搬走。好在，她给了我你的新住址。

我在你家附近我们常来的咖啡馆坐下。在下雨，城市安静，有鸟在这里在那里啁啾，叫声连成一片。十一月，天气阴冷，长长的林荫道上橘黄橙绿，落叶飘零。有次，我在树下等你下班，愉快地来回溜达，一脚一脚去踩水洼。一抬头，不远处有家西餐馆，红房子湿漉漉的。

你也是这样等我的。我从西班牙旅行回来。一见面，便迫不及待地对你说起格拉那达郊外，摩尔人在西班牙最后的宫殿——阿尔罕布拉宫，说起里面华丽精致的狮子院。还有，宫殿旁的庭院，住过作家华盛顿·欧文，写了《阿尔罕布拉宫的故事》。这本书仿佛为西班牙人拂去了一件熟视无睹的古董上的尘埃，让他们看到金子的光泽。

我不在的日子，你又去了一趟凤凰。你说："虽然去了两次凤凰，将来老了，我还愿意穿一件红衣裳坐在沱江边喝一杯自己亲手煮的奶茶。"你说到了冬天，凤凰的人很少，你想在吊脚楼上吃火锅，看漫天的雪花飘落……这样的细节，有审美的成分，有温馨的记忆。

凤凰是听了我的画家朋友说起它的别样风情，一起撺掇着去的。一路颠簸，路上还被中巴司机抛下，步行半天才到达，累得半死。当攀上大虹桥，俯瞰沱江水时，我们不约而同地发出了"哇"的惊叹。

集市上有当地的拜祭活动，苗家妇女在庙前念念有词，烧纸烧香，生意红火；有傩戏表演；街边叫卖水果的老奶奶热情地喊我们："姑娘，拿只尝尝！"甚至有因争执市集位置而拌嘴，用俚语吵骂的乡民。

我们游走其中，津津有味，你画了一幅速写《背背篓的女子》。

杭州是我们共同热爱的一座城市，湖光山色。我们从唐诗宋词的字里行间，从工笔写意的山水花鸟中，从真草隶篆的金石篆刻里去体会西湖。发亮的眼睛，乌黑的长发，对艺术、对美、对爱敏感，纤细；脆弱如瓷，却又坚执。在某个情境下，看见你如同看见我自己。

你为杜拉斯的中国情人流泪，如同自己经历过一般；你凝视着那个温柔多情的罗密欧，哀愁不已；还有奥菲利娅在水中死得那么美，美得让你心碎；在皇村在树林在达吉亚娜那里，你忧郁、彷徨……

前段时间，我一直在巴黎。像在苏州喜欢听古琴、看画展、收藏玉雕、红木小件一样，我去逛那里的跳蚤市场。收集古董是巴黎人普遍的生活方式，不只是卢浮宫，历史在家家户户，通过无数被小心保存的日常生活的细节而存在。租住在小街楼房阁楼上的我，梦想是一条19世纪的蓝围巾。这并非一时的心血来潮，而是我知道你肯定会喜欢，这条围巾可以通向那种深刻、持久而如胶似漆的爱情。

此刻，我坐在咖啡馆给你写信。你总是坐在我对面，陷入百叶窗的阴影中。窗外草地如从前一般明绿，想来太阳底下是热辣的。我随身带的两本书，一本是我写的散文集，一本是你送给我的《枕草子》。

日本平安朝的习俗其实学的是中土唐风。《会真记》里说崔莺莺写了伤情动性的一封书信给张生，凄美婉约的词句之外，还附着玉环一枚；彩丝、文竹茶碾子各一。书信与物饰，都是为了传递心意。

我的口袋里藏着一个外婆留下的铜手炉，小巧玲珑，质地明亮光滑。下雪天，握在手掌心特别暖和。冬夜，我与你手拉着手在黄浦江边散步，你的手冰凉冰凉的，我想把铜手炉送给你，又怕你不要。

于是，我一心想着要给你个惊喜——把这本散文集送给你。可是你不在了。我用心构造的，仅仅是一个一个画面，关于中外的历史、文化、艺术及形态，零零碎碎，很难连缀成一串完整的时间，但深植于细节中，这些细节，需要用心灵去感应。那些我想要的如诗的黄昏，那些神话里忽闪忽闪的精灵，那些穿梭在戏台上的才子佳人，如同深秋黄鹂的啼鸣一般褪去了一层层清亮的声调，喑哑，在秋风中颤抖着。

乔治·桑说："艺术的使命是一种情感和爱的使命。"我想着有一天早晨，红蔷薇忽然开满窗台，你起床后穿着一件宽松布裙，披着长发，读着我的书，脸上露出了微笑。